四季

ShiniChiro NakamUra

中村真一郎

P+D BOOKS
小学館

目次

第一章　夢の発端 ――――― 5
第二章　夜の思想 ――――― 32
第三章　過去への出発 ――――― 54
第四章　夢の開幕 ――――― 76
第五章　青年たちの家 ――――― 97
第六章　午後の徜徉《しょうよう》 ――――― 174
第七章　夢の暈 ――――― 232
第八章　快楽の館 ――――― 253
第九章　崖の上の眺め ――――― 319
第十章　夢の完結 ――――― 371
解説　加賀乙彦 ――――― 386

春はあけぼの……………………

清少納言枕草子

第一章　夢の発端

それが夢の発端だった——

突然にKの口から「秋野さんのお嬢さん」という言葉が投げ出された。その名前が冷房のききすぎた夜の部屋の空気のなかで、ブランディーのためにそこだけもやがかかっているように熱していた私の脳に、いきなり飛びこんできて明るく弾けた。

それまで私の脳のなかに立ちこめていたその灰色のもやの中央に、不意に鮮かな桜色のしみが、絵具のように滴り落ちて、それは見るみる拡がり、そのもやが染められて行く。

私は桜色に変ったもやのなかに身を任せて、茫然とその雰囲気に酔いはじめた。

秋野さんのお嬢さんという言葉は、長い歳月の彼方の、記憶の空間を徐々に明るませて行く。古い音楽の旋律のように、私の心の奥に抒情的な郷愁が生れてくる。それは深い森の奥に仄《ほの》かに明るむ日の光りを認めた時の、不思議な心のどよめきに似ていた。何か思いがけない新しいそうして愉しい運命あるいは可能性が、私の過去から今、首をもたげようとしている……

「おい、酔ったのかい？」

というKの苛だたしさを含んだかすれ声が、遠くから聞えてくる。

私は暖かく色づいたもやのなかから物憂く首をあげて、目の前のKの顔を眺めた。横皺《よこじわ》の目立つ広い額のうえの、脂気の脱けた薄い髪の毛は、私のなかに長い歳月への感慨を更に掻き立ててくれる。

「君は覚えていないのかい、秋野さんのお嬢さんだよ」

私はそのKの性急な言葉にうながされて呟いた。

「あの秋野さんには子供はいないよ——」

それは私の意識の隅の、辛うじて醒《さ》めている理性の部分から発せられた言葉であった。

「そうだ。だが、ぼくたちは彼女を秋野さんのお嬢さんと呼んでいたんだ」

Kの初老の声がそう繰り返した。

「彼女は西洋人だったかな？」

と、私は半ば無意識に訊いた。私のその桜色の記憶の奥に仄かに今、長い柔らかい金髪が輝かしい煙のように浮び出てくる予感がしたのである。

「いや、それはリュシエンヌの方だよ。ベルギー人の貿易商の娘だ。彼女の方は秋野さんの家の隣りに住んでいた。あの緑色の屋根の大きな家さ。秋野さんのお嬢さんとそのリュシエンヌは、いつも一緒に森の小道を自転車で走りまわっていた」

私の記憶の空間のなかで、長く渦巻く金髪と、リボンで結んだ黒い髪とが、微風になびいている幻影が仄かに浮んで、またそのまま融《と》けて行った。その二種の髪に縁取られた顔形は、浮び出るいとまはなかった。

Kは更に早口につけ加える。

「それから、そのお嬢さんの兄貴だった太郎君も……そうだ太郎君は確か混血だったな……」

混血の兄と日本娘の妹――その関係は今の私の酔い心地にとっては、難解な課題だった。

「判らない、覚えていない」

と、私は口籠《くちごも》った。

三十年前の、いやそれ以上古いかも知れない記憶の層は、今はすっかり深い忘却の底に沈んでいる。恐らくあの戦慄すべき一時期がその埋没を完全にしているのだ。そしてその後の私は、その古い記憶の層の助けは藉《か》りないで、長い歳月を生き続けて来た。もしいつかそこから青年時代の初期の頃の私自身の姿が偶然に浮上して来ても、私はそれを私自身だと認めることはできないだろうし、それからその若者が何を考えていたのかも一向に推測できないだろう……

私は緩やかに物憂く、思考の車を回転させて行った。

……しかし、今、私を包んでいるこの酔うような桜色の雰囲気は、そうした私の心を、三十年の時の彼方へ、自然に快く導こうとしているように感じられる。だから私の心は意志的に何かを思い出そうとして思いだせないでいる時のあの苛立たしさ——近年、いよいよ強くなっているあの心理的発作、そして、そのために私の生の歩みが、絶えずつまずきがちになっていることの、あの気持のわずらわしさ——そういう苛立たしさを、今は引き起してはいない。遠い過去のなかから、或る具体的な姿、たとえばKが今、探したがっているお嬢さんの面影を、無理に記憶のなかから引き出そうというような焦りは、私の心のなかに生じてこない。ただそのままの気分のなかで、心のとろけるような喜びを味わっていれば、それで充分幸福だと、私は思っていたのである。

秋野さんのお嬢さんという言葉は、特定の娘の映像を甦らせようとはしない。ただ安らかで懐かしい、何か柔らかい生毛《うぶげ》に触れているような幸福感だけを、私に送ってくれるのである。

私の目のまえには、茶色と黒との暖かい感じの模様がちらついている。そしてその模様の起伏のあいだからも、静かに幸福感が湧き出てくる。それは気が付くとKの羽織っている上衣《うわぎ》の、派手なチェックの柄だった。その柄が私の目のまえで、次第に大きくふくれ上って行って、視界を包んでしまいそうになる。それはなだらかな丘陵の肌に、静かに雲の影が移って行くのを眺めている気分に似ていた。それから私は目を頭上に向けた。高い天井に垂れている巨大な切子ガラスのシャンデリアが迫って来た。その複雑な鋭いきらめきが、また懐かしい幸福感に燃え上るように感じられた。

それからもう一度、おぼろな視線がゆっくりと目のまえのKの顔に戻った。すると私の心のなかの幸福の焔《ほのお》の照り返しで、その人生に疲れた生気のない顔の奥から、昔の若々しい顔、特に豊かで黒々とした髪を頂いた血色のいい学生の顔が、古い記憶の世界そのものからではないが、現在の私の想像の世界から下絵のように現われでて来た。

その濃い髪の若者が、「秋野さんのお嬢さん」という言葉を、もっと新鮮な生命力の溢れた声で、絶えず叫んでいたのだろう。そうして、その言葉の響きは、若い私と若い彼とのあいだに、また当時の他の仲間たちとのあいだにも、輝くような虹の橋を架けていたのだろう。――だがお嬢さんという言葉の感じさせる一種独特の雰囲気そのものが、今日の私たちの生活からは失われてしまっている。そうした、若い男たちからは手の触れえない遠くに住む、神秘的な魂と肉体とを持つ娘。そうした娘たちはあの恐ろしい時期を境いとして地上から消えうせてしまっているのである……

そうして、その幻の秋野さんのお嬢さんと、それから私が現在、一年に何回もパーティーなどで顔の合う、あのいつも眼の笑っている痩身《そうしん》の老作家の秋野氏とは、今の私の心のなかでは、全く別の部分に、いや別の層に、更には別の時間のなかに住んでいる。それに現在の秋野氏の住んでいる世界は、今、私の包まれている幸福感のなかでは、妙に手ごたえのない色褪せたものに感じられてきている。

「あのお嬢さんの名前は、どうしても出てこないな。君はしょっ中、秋野さんと会うんだろうから、その後の彼女の消息を聞いてみてくれないか」

Kはそう云いながら、私の顔を覗《のぞ》きこむようにしている。しかし、私は今や色褪せた手ごたえのない現実の世界のどこで、秋野氏と出会えばいいのだろう。

私の眼の前のKと名乗るこの老人じみた顔には、三十年前には全然なかったに相違ない、複雑な皺の線が縦横に絡まり合うようにして刻まれている。それは手ごたえのないだけではなく乾いた不安な人生の生んだひび割れのように見える。

この某金融機関の役員をしているという五十男は、私の昔の仲間だったKとは、やはり全く別の存在なのだろう。丁度、昔のそのお嬢さんと今日の秋野氏とが別の世界の住人であるように。

そうして、今の私にとっては未知の人間になったKという男が、奇怪にも三十年前の時の彼方と現在とを繋ごうとして、こうやって今、私に執拗な呼びかけをしているのである。

――一体、どうして学生時代以来、一度も会ったことのないこの男と、私は今、こうして向い合って酒を飲んでいるのか？　という疑問が、そこで意識の表面へ泡のように浮び出て来た。

この男と私との間には、現在、その生活の軌跡が交りあう必然性はないのである。そしてこうして対面している今でも、自分が本来自分の住んでいる筈の世界から拉致されて来ている、という違和感が心のどこかに揺曳《ようえい》しているのを、私は時々、気にしている。だいち、このKと名乗る男と、私がもう失っている記憶のなかの昔の仲間とが、同一人だというのは、どこにもその保証はありはしない。私が歳月のなかで変貌したように、彼も変貌して別人になっていることは確かだし、友人として心が通い合っていたのは三十年前の、別の二人の若者のあいだだったのである。

私は今日の夕方、あの音楽会場へ入るまでは、Kという名前すら思い出したことはなかった。それが休憩時間中に、会場の廊下で全く偶然に、私とその男との視線が出会い、そして、私たちはお互いのなかに、二十歳の頃の昔の仲間を、その瞬間にやはり全く偶然に認識したのだった。

度ぎついくらいに華やかな服装と獣のようにしなやかな身のこなしをした若い男女が賑かに往来し談笑している広い廊下の片隅で、彩色した石の壁に背を凭《もた》せかけながら、困惑した表情で落ちつきなくあたりを見廻していたあの男。最初、私は自分と同年輩の男が珍らしく目に入ったので、それがどのような種類の人間であるのか知ろうという好奇心を起した筈だ。それは音楽会という気分の浮き立つ雰囲気に、いつも周囲の影響を受けやすい私が捲きこまれて、感覚が鋭敏になっていたせいもあるし、またそうなると一段と活発さを増してくる職業的観察の習慣のせいでもあったろう。

抽象画風にはめこまれた大きな朱色の石の板を背景にして、切りとられたように鮮かに浮び出ていた黒服の男の姿が、今また幻影のように甦ってくる。その黒服とじみなネクタイとは、音楽会に来るためにダーク・スーツを身にまとったといったふうな洒落《しやれ》た感じではなく、長年の勤め人生活の習慣から来る仕事着——あらゆる精神的肉体的な放逸を細心に拒否している、禁欲的な拘束衣——という感じを強調していた。それにその男の身のこなしがまた、鮮かな色彩の溢れている熱い会場の空気のなかで、その一点だけ冷たく凝縮している、という孤立した場違いな感じを漂わせていたのである。

私は更に好奇心を駆りたてられて、その男に向って数歩あゆみよった時の自分の感覚を思い出す。そして、私のまえに立ちはだかっていた五六人の若者のグループから、私の身体が離れ出た瞬間、彼は私の顔を凝視し、それから、その眼に怪訝《けげん》の表情が浮び、それは一瞬にして更にその奥から浮び出て来た喜びの色に押しのけられ、そして黒服の男の姿が立ち上り、同時に私の記憶の中からKの名が突然に飛び戻って来た。そういう具合であった……

もし、私が学生時代の夏休みに仲間たちで並んでとった写真を示され、彼を指さされて、その名を云えと命ぜられたのだったら、私は仲々Kという姓を思い出せなかったに相違ない。しかしあの時、不意に彼の名が脳裡《のうり》にひらめいたのは、それは咄嗟《とつさ》に固有名詞を記憶のなかで見失うという、近頃頻繁になった心理的な抑圧を起すための時間的余裕もないほどの、瞬間的な目の出会いであったからだろうし、私の注意が人の名を思いだそうとする努力と、その努力が空しいであろうという予感とを引き起す筈の私の内部からは外れて、純粋に視覚的な外部の存在に集中されたためであったろう。酔って暗闇のなかを歩いている人がつまずかず、却って注意して足もとを照しながら足を前にだしていると踏み外すことがある、というのと、それは似た現象だろう。ある意識は、別の意識によって反省的に照り返される瞬間、不意に暗くなるものなのである。

それにしても、と私は口のなかで呟きながら、また改めて相手の禿《は》げ上った額を眺める。多分、ゴルフ焼けというのだろう、その額はなめし革のような色を呈している。それは青年には決して見られない、長い歳月の風に吹きさらされて来た人間の皮膚である。

それを私は柔らかな桜色に煙る気分に包まれたなかで、珍らしい物体を見るようにして、観察している。

その物体は長い歳月の波を浴びつづけるうちに徐々に形作られたものであり、そして私の心は今、私にとっては未知のその彼の長い歳月を飛びこして、向う側へ着陸しようとしている。その向う側には、この物体と同じ名を持った、しかし全く別のひとりの若者が、生きいきとした眼を輝かせて待っているに相違ない。

しかし、どうしてあの瞬間、お互いに三十年の昔のお互いを、現在の姿の奥に二重写しのようにして認めることができたのか。——彼に云わせれば、私の顔は時々、新聞などで写真を見ているのだから、私の年々の変化は知っていたのだそうだ。「こうして動いている君は、新聞で見るより若いじゃないか……」

私の方もあの黒服の姿の奥に、昔の仲間を透視し得た理由に容易に思い当ることができる。それはこの柔らかいもやのなかに心を涵《ひた》している状態からは、自然と推測がつくのである。感覚の隅々にまで幸福感が行き亘り、眼にするすべてのもの、高い天井も、そこから垂れているシャンデリアも、足もとの水色の絨毯の色も、それから彼の上衣の茶と黒のチェックの柄も、またその生地も、同じ幸福感を放散し、そして私の左の掌が押えている革のソファの腕置きのなめらかで弾力のある感触も、また私の右の掌が握っている、暖まったグラスの柄の硬い感触も、両方ともが私の心に安息感を与えている、今のこの時間のなかでは——

そうだ、それは先程の音楽会のせいだったのである。フランスの近代音楽、二十年代、三十年代の音楽ばかりをプログラムに並べてあった今夜の曲目は、それらの曲を毎日のように聴いていたあの頃の私の、また私たちの、青年時代の感覚を一時的に私のなかに甦らせていたのである。それは長い間遠ざかっていた曲ばかりであったから、尚更《なおさら》であった。ラヴェルから始まって、オーリックが、ミヨーが、プーランクが、オネガーが。明るく繊細で、飛びはねるように機智的で、思いがけない瞬間に抒情的になり、また一転して悲痛な世界に降りて行ったかと思うと、悪ふざけしながら逃げて消えて行く、悪戯《いたずら》好きな妖精のような音楽。透明な色彩にいろどられて、絶えずその色の組み合せを変えて行く旋律……それらの曲は、私の冷えきった記憶の深層に次々と浸透して行って、その死んだ筈の層に暖かい生気を取り戻させはじめていたのだ。だから、あの秋野さんのお嬢さんという最後のひと言が、私の感覚に火をつけることができたのである。

私がこの目の前の無数の亀裂の走る皮膚の奥に、若々しい生命を持つ別の肖像を透視し得たのは、そうした記憶の底の層のぬくもりのお蔭であった。

そうして、あの音楽会の廊下でお互いに声を掛け合った瞬間から、急に彼が行動の主導権を握ってしまっていることに、今、私は不意に気付いて、上機嫌な笑いがこみあげて来た。私は心理的な混乱——それは現在の中に生きながら、心が途方もない断絶した過去の時間のなかへ飛行して行こうとしはじめたことから起った錯乱なのであるが、心の層を従来幾段にも分けてくれていた境界線が、今、不意に消えてしまったという感覚——によって、一時的に物事の判断力を失ってしまい、そして、その心の状態がひどく快く楽な気分に感じられるままに、何の必要も必然性も意識せずに、彼にこの部屋へ連れこまれることになったわけである。

私はひと気のない大きなビルディングの、空屋のような異様に静かな廊下に立たされていた。そうした、何千人という勤め人たちが一斉に引き挙げたあとの大きな建物の――あたりに漂う空気のなかに、人間の息の匂いの全く途絶えている――夜の時間というものは、私には始めての経験だった。彼は茫然として立ちすくんでいる私を、無気味に大きな昇降機に押し入れ、その密閉した箱が静かに上昇か下降かを始め、――私の感覚はそれがどちらであるか捉えることができなかったのが、また異様であったが――それから扉があまりにも静かに開くと、もう一度、先程とそっくり同じように見える無人の廊下に押し出された。それは何かの誘拐事件に捲きこまれているようで、私に無邪気な物珍らしさの気分を与えていたのである。自分が今、奇妙な不安に捉えられていることを意識しながら、その不安が全く虚妄《きょもう》のものである、つまりこの誘拐は単なる芝居に過ぎないのだと、一方で別の意識が囁いている。丁度、夢のなかで夢であることを知っている、そんな、不安そのものを愉しんでいる気分であった。

それから私が連れこまれたのは、厚い壁に仕切られ、贅沢な家具をゆったりと配置したかなり広い部屋である。先程のひと気の絶えた廊下の奥に、このように暖かい人間的な部屋が、そこだけ別の世界から切り取られて嵌《は》めこまれたという感じで存在しているというのが、やはり丁度、ひとつの夢から別の夢のなかに眼覚めた時の感覚にそっくりだった。私は彼が小さな受付の窓口で署名しながら、これは同業者たちの親睦のためのクラブであると説明してくれたのを、かすかに記憶している。この広い部屋は、まるで現実とは関係のない、空気が停止したような空間を作りあげている。そしてその非現実的な空気のなかで、先程から時々、乾いた鋭い音が一定の間隔を置いて静寂を切り開いている。遠い窓際の席で、Kと同じような黒服の男がふたり、無声映画のなかの人物たちのように、無言のままで向い合って、碁を打ちつづけているのである。そうして私は何度めかにその窓際の黒服の二人の方に目が行ったあとで、その連想からこの目の前にいるKという男が、いつのまにか音楽会の廊下で見かけた時のあの黒い上衣のかわりに、派手な格子縞のホーム・スパンを羽織っていることに気付いた。この縞柄から幸福感が溢れでて来たのを意識しはじめてきた瞬間に、その縞柄がひとつの上衣の部分であることを認識し、そこではじめて彼の服の入れ変っているのに気付いたという順序だった。

そうだ、先程彼は、この引っこんだ壁際の席に私を案内して坐らせると、自分で酒瓶《さかびん》の棚を背にした褐色の制服姿のバーテンダーのところまで歩み寄って、酒の注文をしていた。そして、その時間が少し長びきすぎているのに気付いて、もう一度、酒瓶の棚の方へ目をやると、Kの後姿がそこにはもうなかった。その時に、彼はここのロッカーにでもあずけてあった、このくつろいだ服に着換えたのに相違ない。それを今まで気付かないでいたのは、私の意識が自分の住む日常的な世界の外へ遠く漂いでていた証拠なのである――

そうだ、あの時、再びどこかから現われたこの男は、私の前にはじめて深く腰を落すと、突然に何のまえぶれもなしに溢れるように話しはじめたのだったが、それが何と彼自身の日常生活についての告白だった。それは異様なことであった。告白の相手が昔の若者ではなく、三十年後の、だから彼にとってはもう未知同然の私なのだから、その言葉の瀑布《ばくふ》は、まるで反応のない空しい岩壁に向けて崩れつづけていたようなことになる。一体、この男は誰に向って、何のために喋っているのだ、と私は現実ばなれのした気分のなかで、ぼんやり考えていた。そうしてお互いに無縁であった三十年の空白について、彼から様々な插話や意見を聴かされつづけている間に――それは全く私の外の世界の、私にとっては無関係な人物たちのあいだのドラマであり、従って何の共感も反感も感じることはできず、それ故に彼の意見に対しても相槌の打ちようもない性質のものであったが、そうして、そのような打ち明けを私に向ってする彼は、恐らく現在の私の奥に、三十年前の親しかった私の面影を描きだしていたのだろうが――私の方は彼の顔の奥に二重写しに現われていたあの青年の面影が、かえって次第に薄れて行き、どこかへ消えてしまうのではないかという不安を覚えはじめてきた。その面影が消えてしまえば、彼と私とは全く別の世界の存在になり、そうして私は未知の路傍の人と親しげに酒を飲んでいる、というまた別の夢のなかの場面のような結果になるのではないか。そう意識しはじめた私の頭のなかには、ながい夢から突然醒めはじめた時のような奇妙なめまいに似た感覚が訪れて来て、私の身体が浮き上り、何か目に見えない籠にでも乗せられて、宙吊りとなったままどこかの空間へ運び去られようとする。そのような異様な予感に襲われてきた。そしてその異常感覚は、一面の灰色のもやとなって、胸のなかの荒野に拡がって行ったわけだった。

そうした不安な状態がどれほどの時間か続いて、そうして、それから、不意に、あの秋野さんのお嬢さんだった。あの名前が魔法のように、私のなかの灰色のもやを一挙に桜色に変え、私の心の落ちこんでいた違和感は、みるみる明るい浄福感と変って行ったのだ。そして今、私は安らかな気分に涵りながら、この男のお喋りの続きに耳を傾けて、心をその柔らかなもやのなかに漂うままに任せている。丁度、一度、醒めかけた夢のなかへ、うまい具合にまた滑りこんだ時のように。

しかしつい今までのあの告白は、何という寝苦しい夢のなかへ私を誘いこんでいたことだろう。——私の脳裡には、私の日常の生活の全く外にある、未知のひとりの初老の男の生活と感情とが、次第にひとつの小説の下書きや断片の集りのように、暗い夢の光背を冠した姿として描きだされてきていたのだ。私は我にもあらず、この未知の男の内部を覗き見させられることになった。それは時々、目のやり場のなくなるような落ちつかない時間だった。ふっと、この初老の男の乾いた体臭が鼻先に匂ってくるような瞬間が、何度かあったのである。もし私が今のこの夢みるような心の状態のなかでなく、普段の鋭い現実感覚のなかに身を涵していたとしたら、私は途中で席を立っていただろう。

……ここにひとりの初老の男がいる。それは何百万人という同年の男たちのひとりである。そうして、朝の通勤電車のなかで鞄を擁《かか》えながら、肩を押し合っている者も見えれば、会社の差しまわしの黒い自動車のなかに身を伸ばして、新聞の見出しに慌ただしく目を走らせている男も見える。私の目の遠くを、それらの人物たちは灰色のもやを通して、小人のように動いている。彼等はいずれも制服のように黒い服に身をかためているのである。

そうした男たち、黒服の男たちの前に、今、人生のひとつの区切りが迫って来ている。停年。「君たちの職業にはないものだがね。つくづく自由業の君が、今になって羨ましく感じられるよ」。先程の彼の力のない嘆声が、再び私の耳許《みみもと》に甦ってくる。停年。その言葉が私と彼との間に、重い厚いシャッターを降したような錯覚に、その時、私を陥らせた。それは思いがけない不安感となって、私をおびやかした。私は自分の世界にはない停年という観念に、急に恐怖を覚えたのであろうか。いずれにせよ、その重い厚いシャッターに私自身が閉じこめられてしまったという、閉所恐怖症に似た怖れを感じたのであった。

停年は徐々に確実に彼等の眼前に迫ってくる。ある人にはそれは直接の生活の不安として。別の人にはもうひとつの人生の出発点として。また少数の恵まれた人達には、隠退生活への入口として……「が、ぼくにとっては、何よりもまずそれは奇妙な感覚としてやって来た」、と彼は呟いた。奇妙な感覚、——遙かの以前、厚い記憶の塵《ちり》の彼方で、帰還、就職、結婚という事件が慌ただしく重なっている。そこからひとつの軌道に乗った生活の道が、一直線に現在の彼の足許まで続いている。その長く続く白い軌道の上で、彼は一度も、この真直ぐな道以外の生活が自分にあると感じたことはない。そうした疑問は「真面目すぎるくらいのぼく」には起りようがなかった。会社と家庭。それが彼にとっては人生だった。人生とは彼にとってはそういうものだった、と彼は断言する。彼は喜んだり口惜しい思いをしたりして、その道を歩きつづけて来たという。決して後ろを振り返ることはせずに。

それが或る時、突然、その軌道の先方に踏切りの棒のようなものが降りて来た。その棒の影がその男の頭上近くに感じられるようになった。その時、その説明のしようのない「奇妙な感覚」が彼を襲った。

「君、もしぼくが今の企業に就職しなければ、また今の女房と結婚しなければ、ぼくは別の人生を送っていたかも知れない、と気が付いた瞬間のショックが、君に想像がつくかね。それは口に出して云えば、当り前すぎる話だがね。今までは誰かにそんな指摘をされたら、ぼくは、何て青くさい世間知らずの文学青年染みたことを云う奴だと軽蔑したろうよ。ところが今は、突然に、自分の勤め先も家庭も、宿命的なものには思えなくなって来た。不思議なものだよ。足許に急に深い穴が口を開いて、その暗い底へ身体が引きずりこまれそうな感覚なんだ。……朝、会社へ出て行って、自分の机に坐ろうとするね。今迄は、気が付いてみると、もう自分がそこに坐っていて、茶を飲んでいる。ぼくのまわりにはもう何十年も馴れた空気が漂っている。そういう具合だったのが、今や一瞬、椅子を引く前に、この椅子がそもそもぼくの椅子であると誰が決めたんだ、という不条理な疑問が自分のなかから頭を擡《もた》げてくる。そこで、ぼくははじめて坐るような居心地の悪さを感じながら、腰を落すことになる。そこへ茶が運ばれてくる。それは長年、ぼくの使っている厚手の湯呑みだ。その湯呑みの手触りがまた奇妙な感覚になる。これは毎朝、ぼくが両掌で抱くようにしている湯呑みの肌だが、しかし、この毎朝の馴れた湯呑みの与える感触そのものが、果してぼくの感触なのかどうか。――ぼくがここに坐っていなければ誰か別の奴がここに坐っていて、その男が長年、この掌の感じを味わいつづけていたわけだ。とすれば……判るかい、この今のぼくの掌の感覚は、ぼくのものというより、誰か誰でもいい奴の感覚なんじゃないか……」

それはもう退職が間近に迫ったから、という気持とは微妙に異っていて、そこのところをよく了解してほしいと、彼は――私の幻影のなかにおぼろの姿を見せているKという名の未知のその男は――念を押していた。引越しが近くなると、今まで住んでいた家の部屋部屋が急に自分に疎遠に見えてくるものだが、そういった感覚とは、それは全く別のものだ、判りにくいかも知れないが、とその初老の男の口が灰色のもやのなかで繰り返した……

「それから家庭だ。……君は目下、家庭というものも持っていないんだな。羨ましいよ」

と、遙かな遠くから、彼の言葉が私の意識のなかへ浸みこんで来て、そこに形成されかけているひとりの勤め人の姿に、肉付けを与えて行く。

彼は今まで一度も私が想像してもみなかった彼の家庭の図を、私の目の前に描き出そうとしている。黒服の勤め人の背後に、和服姿の家庭人がもうひとり現われ出はじめる。それから彼の憑《つ》かれたような熱心な言葉の糸のあいだに、仄かな幻影のように、ひとりの中年の女と、若い娘との姿が浮び出てくる。

小ぶとりでよく身体の動く、模範的らしい細君——その女性は昔、もんぺ姿で彼と見合いして、そして彼は外地から帰ったばかりで、女性的な暖かみに餓えていたので、目の前に自分のものになる可能性のある女性が現われた途端、その女性に飛びついて行った。あのあらゆる物の欠乏していた時代。魂さえも餓えていた時代。その時代からならば現在まで一直線に私自身の記憶も連続している、——その時代の直前に、突然の奇怪な記憶の欠落の層が開けているのだ。そして、その記憶の砂漠のなかに、彼はこの告白の直後に、あの秋野さんのお嬢さんを投げこむことになったのだった。そして、そのひとことが砂漠のうえに、匂いのある花々の幻影を一挙に生れさせはじめたのだ。そして、その花々の幻影が、やがてこの夢の物語をおのずから作りあげて行くことになるのだが……

彼の話はまだ記憶のこちら側を、行ったり来たりしながら徨《さまよ》っている。

「勿論、その女の性格だの何だのというような贅沢な注文なぞ、ありやしない。相手も引揚者の娘でね。もう誰でも亭主になってくれる男なら結婚しようという思いつめた心境だったらしい……」

そうした二人が出会い頭に抱き合ったようにして、一組の夫婦となった。――その二人の男女の姿が、遠くから肩をならべて私の方を見ている幻影を、一瞬、私は見た。――そうした結合に何の不思議も感じることなく、滑るようにして二十年以上の歳月が去って行く……彼が勤めから戻ってくると、茶の間には昔の細君とそっくりの顔をした彼らの娘が、足を投げ出して菓子を口にほおばっている。その茶の間の壁だの家具だのは、私の幻影にははっきりとは見えてはいないが。しかしそれはまことに自然な感覚でこの男に受け入れられる家庭というものだったらしい。

「ところがこっちの方も、一年ばかり前からおかしくなって来た――」

こっちの方という言葉は、もやに包まれている私には直ぐには意味がつかめなかった。が、それは家庭という意味だった。家庭の方の説明になって、Kの話の糸はいよいよ微妙に複雑にもつれ始めたのだった。彼が熱心になればなるほど、そのもつれは解きにくくなる。それと同時に、私の心のなかのもやも深まって行ったのである。そして、そのもやのなかに、この初老の男の姿は呑みこまれてしまいそうになる。しかも、この男はいきなり奇怪なことを云いはじめて、私を脅やかす。

まず、その小太りの細君の台所で働いている後姿、その腰付きなどが、妙に生まなましく、女らしくなりはじめたと、云いだしたのである……

一体、それはいつの話なのだ。結婚当初の頃に、彼の告白は引き返しているのか。「否、いや……」と彼は呟く。「今だ、最近だよ。一年くらい前からの話だ」

「今更、ぼくの性欲が異常に昂《たか》まって来たわけではない。いや、時どきぼくが女房の後姿に欲情を刺戟《しげき》されて誘ってみても、女房は一向にその気にならないのだね。そして、娘のことが心配でそれどころではない、と云うんだ。そのくせ、娘がどう心配なんだと訊いても笑って返事もしない。その笑い方の厭らしさといったら……」

細君の身振りはいよいよ華やかに若々しくなり、そうして彼に対しては強情に拒絶的になって来た。彼女はどうも気分が落付かないらしい。そして肝腎《かんじん》の娘の方は、彼の話のなかではいつのまにか既に大学を出て、ある事務所へ勤めはじめている。そうして時々は、夜、おそく帰ってくることもあり、酒気を帯びていることもあるが、そうして、若い娘の口から吐く息に酒の匂いがするのは、彼には感覚的に耐えられないのだが。「それも自分の娘がだよ」。しかし現代のような時勢であるから仕方がない、と、彼は投げ出したように云う。何しろ、毎日勤め先で見ている若い娘たちも、同じような生活態度をしているのだ。

そうした娘は、以前から父親である彼とは余り口をきかない間柄であったのが、段々その度合いがひどくなり、彼が遅く帰った晩など、茶の間に足を踏み入れると、母と娘とが突然話をやめた気配で、迷惑そうに彼を見上げる。

「しかし、これも別段、不思議はないのでね。何しろ親子の断絶とやらいう流行《はや》り言葉もあるので、会社で若い娘たちをつかまえて訊いてみても、自分の父親の肉体が生まなましく、男性として感じられて不愉快だ、なんて云う娘もいるくらいだからね……」

それからKの説明は、そこでまた難解な飛躍をして行ったのである。私の心のなかの幻影は、ゆがめられた時間感覚のなかで、奇妙にねじまがって行く。

現在の彼の家庭の情景――いつのまにか夫婦差し向いの生活が復活している。細君は相変らず、華やかに若々しくはしゃぎ廻っている。その未知の中年の女性の後姿が、廊下のカーテンのあいだから台所へ消えるのが、私の幻影のなかにちらりと見えた。そして、Kは茶の間の卓のまえに背をかがめて、年寄りじみた惜しそうな飲み方で、ウイスキーを嘗《な》めている。彼の娘の描いたという意味不明の抽象画の、壁にかかっているのを見上げながら。

私の意識のなかに、ひとつの疑問が頭を擡げた。私は目をあげる。現実のKがぐいとグラスを飲み乾《ほ》しながら、私に早口で話しかけている。

彼の話のなかに出て来た「夫婦差し向い」という言葉が、急に私の意識の端に、流れをせきとめる異物のように引っかかったのだった。

「娘さんはどうなったんだ？」

と、私はKの説明の混乱に疲れを感じながら訊いてみた。

「だから今、云ったじゃないか。娘は家出したんだよ――」

Kと私とのお互いの意識は濃いもやのなかで、姿を見失いかけていて、彼の話した筈の事柄が、私の中には入って来ていないのだった。

或る日突然に彼は細君から、娘がもう一昨日から家に戻って来ないと知らされたのだそうである。そして、行く先の見当は大体ついているから心配は要らない、私に任せておいて下さい、と細君が念を押した。

「それが丁度、勤め先で例の奇妙な感覚を味わいはじめていた頃だった。そして、妙に秘密めかした得意そうな女房の顔を見ているうちに、ぼくは娘も女房も、全然、ぼくとは無縁な人間だという気持のなかへ、ふっと引きこまれてしまった。これはぼくのようにひとつの軌道を歩んできた人間にとっては、大変なことなんだよ。そうして、そのままの状態が今もって続いている……」

彼にとっては、大事なのはこの奇妙な感覚であって、赤の他人の細君と娘との運命ではない、とKは強調しはじめた。そして、急に話を端折りはじめたのだった。

細君は娘と秘密に行き来しているらしい。娘は事務所で知り合った男、多分、そこの所長と同棲をはじめていて、そしてその所長には別居中の妻子がいる。男が妻子との関係を清算した上で、正式に男からKに挨拶があるというようなふうに、事情は進展しているらしい。そして、細君が妙に若々しく刺戟的になったのは、「愚かしさの限りだが」、この娘の秘密な恋愛の影響を受けたためだったのである。彼女は夢のなかった青春時の空白を、娘の情熱的行為の手助けをすることで、取り戻しているつもりになっている。もう滑稽というか悲惨というか。――

「こんな女を二十年以上も女房だと思って過して来た自分が情ない。というより、こんな女との二十年間が、ぼくにとって唯一の人生だなんて、到底、思えないんだよ。自分の学生時代のことを思い返してみると、どうしてもこんなふうになる筈じゃなかった。どこかで道に迷ってしまったのだ――というふうに感じるようになってしまったんだ」

Kは、彼の奇妙な感覚についての分析を、更に押し進めてゆく。

彼は会社に行っても家に戻っても、自分が本来いるべきでない場所にいるような気がして仕方がなくなっている。それは幼時に迷子になった時の感覚にそっくりなのである。まわりの情景がすべて見馴れないものに見えてしまう、恐ろしい空虚感。そこで彼はどこかに彼の本来いるべき場所があるに相違ない、と考えるようになって来た。

「よう、またやっているな――」

という撥《は》ねるような快活な声が、桜色のもやのなかでの、私の回想を中断させた。

やはり黒服の――しかし仲々、仕立てのいい服――に身を固めて、細身のズボンの両脚を開いて立った男が、私とKとを見降した。私は目を無理に見開くようにして、この現実からの闖《ちん》入者《にゅうしゃ》を見つめた。そうやって見ると、その男もまたどこかに私の学生時代の友人の面影を持っていた。もうひとつの、消えた過去からの合図――

「忘れたかい。おれだよ。Hだよ」

と、その男は屈托のない調子で自ら名乗った。それから、卓をはさんだ私とKとの中間に、さっさと自分で丸椅子をずらせてくると、そこへ股を開いて腰を落した。

「こいつは、この間から同じことばかり云ってるんだ……」

と、HはKの方へ顎《あご》をしゃくるようにして笑った。

「それにしても、やけに派手な上衣を着こんだな。いよいよ本気で若返るつもりかい。停年だというんで、急に驚いてうろたえるなんて、本当にばかげてるよ……」

それからHは、急に思い付いたように、私に向って提案した。

「そうだ、丁度いいや。おまえ、こいつと旅行に行ってやれよ……」

旅行？　自分自身の本当に住むはずだった、どこかの場所を求めての、この停年間近の男の過去へ向っての旅行に？

　私は、まだ私がそのなかに漂っている色づいた幸福感のなかで、曖昧に微笑んでいた。

「な、お前なら丁度いい。どうせ文士なんて閑なんだろう。どこへ行っても原稿は書けるんだろう。こいつ、おれに一緒に行けと云うんだが、おれはうちの公団の仕事で、来週はヨーロッパへ行かなくちゃならない。観光旅行ってわけじゃあないから、大変なんだ。とても何とかのいい、お嬢さんの遺跡めぐりなんてのに、つき合っちゃいられない」

　制服のバーテンダーが、彼専用らしい酒瓶を持って近付いて来た。Hはそのバーテンダーにも愛想のいい声をかけると、また私の方へ忙しく向き直った。

「こいつは、今ごろになって三十年も前の恋愛を成就したくなったんだからな。気が長すぎるよ。とてもおれみたいな気の短い男には、こいつの気持は想像もつかない。おれはまだ過去なんか振り返っている閑はないんだ。ヨーロッパ共同体の現状分析で、目下手一杯だ。見てくれ……」

　Hは卓上に置いたふくれた革の鞄を敲《たた》いてみせた。

「このなかにその関係の資料が一杯つまっている。これを来週までに、全部、ひと通り目を通しておかないと、向うへ着いても仕事にならない」

　私はこの若々しい旧友の慌ただしい口調のなかに、遠い仄かな記憶の先端が微《かす》かに明るみはじめようとする予感を摑《つか》んだ。この忙しい男の身振りには、たしかに見覚えがあった。三十年以上も前の学校の廊下を、こうした慌ただしい話し振りで、通りすぎていった青年がたしかにいた。そしてその記憶の先端は、今、私のひたっている桜色の幸福感のなかで、ほのかに揺れはじめようとしていた。そうして今度は、私が酔い心地のなかで、ゆっくりと声に出して云ってみた。

「秋野さんのお嬢さんか……」

それは、幸福感を持続させる鍵《かぎ》の言葉のように、優しく耳許に戯れかかり、それからしばらく名残り惜しげにあたりに漂っているように感じられた。

第二章　夜の思想

その晩、Kと別れて家に戻ってくると、私は寝床のなかで眠れぬままに、心の底へきりもなく意識を彷徨《ほうこう》させて行くことになった。それは深い霧に覆われた森のなかをさまよっている感じそのままで、時々、霧が晴れると、不意に目のまえに新しい道が開けてくる。そして、急に足を速めると、また深い霧が立ちこめてきて、どこまでも同じところで足だけを交互に動かしているように錯覚されてくる。そんなもどかしい感じだった。――その彷徨の足どりはまず停年という言葉からはじまった。その言葉が、どうやら私の意識の奥に深く突き刺さっていて、その傷口から夢想が流れ出はじめ、気が付くともう私はその流れのなかで方向を失っていた、という具合だったからである。先程、Kは私のような自由業には「停年」はないと云ったな、と私は呟いた。その呟きが直ぐ意識に次の反応を生んだ。私は先程のKの面影に向って、こう話しかけていた。「しかし、実はぼくもこの二三年、徐々に自分の内部で何か大きな変動が行われはじめて来ているのを、秘《ひそ》かに感じていたんだよ」。そうだ、それは彼の言葉を借りれば、やはり一種の「人生の清算期」というようなものかも知れない。それは泳いでいて、水のうえの眺めには何の変化も見られないのに、不意に水流の温度が変ったのを胴体が感じとる時の、あの不安感に似ていた。

まず、社会と私自身との関係、過去の私と現在の私との関係、それから私の日常生活と私の内面との関係、そういうものが、いつのまにか以前とはたしかに異ったものとなりつつある、という感触が、時々、私の心の奥の方で、鋭く感じられる瞬間があるようになったことである。

それは最近、足の指先などに、針で刺されるような痛みが走るようになった、あの生理的な感触にそっくりだった。特に青年たちに対する私自身の気持に変化が発生しているらしく、それは青年たちの私に対して示す態度が、数年前に接していた若者たちとは非常に異ってきていることから、逆に照り返しのようにして察せられるのではなかろうか。彼等が妙に、私に対して敬遠的な態度を見せはじめていると気付いて、はっとすることがある。急にあたりの空気が稀薄になったような感覚である。それは単なる私自身の肉体的な衰えからくる、若い動物的精力に対するおびえというようなものではない。

――劇場の廊下や喫茶店などで、偶然に目の会った未知の青年たちの、私に向って見せるあの微笑は、まるで異人種の遠い人に対して作る、心のうつけた形だけの微笑の模倣ではないのか。どうしてあなたのような人がここにいるのですか、とその目は微笑の奥に怪訝の色を浮べている。それに気が付くと、私は急に一種のとまどいを感じる。そのとまどいは、心のこわばりとなって後まで残る。それまで私の自由に生きていた、人間たちの呼吸で暖められた空間に、不意に身動きを不自由にする冷たいゼラチン状のものが拡がってくるような感覚である。

Kの云った「奇妙な感覚」は、微妙に違った形で私のなかにも生れはじめているのである。――これはなるべく早くKに教えてやらなくてはいけないと、私は思った。同時に、同じような感覚を意識しているという点で、急にKに対して新しい友情が起ってくるのを感じた。あのクラブの卓の向う側の額の禿げ上った彼の顔と、派手なチェックの上着に包まれたその肉体と、グラスを握っていた表面に皺の走っていた手の甲とが、今、私の幻影のなかで、幽霊のように卓を通過して私の身体のなかへ融けこんできた。その瞬間、そうだ、先ほど話題になったKの旅行に、私も同伴してやってもいいではないか、という不意の思い付きが、心のなかを走った。私の身体のなかで、私の心と彼の幽霊の心とが、素早く会話を取り交した、という感覚だった。先程、別れぎわに約束したように、明日の昼頃、彼の勤め先へ電話をしよう。彼は違和感に悩まされている例の椅子で、その電話を受けるだろう。私は枕許の手帳を開き、最近の予定の書き込みを調べた。月末に旧知のフランスの心理学者が、京都の学会へ出席するために来朝する。彼と羽田で再会する予定の日まで十日ほど空いている。その空白にKとの旅行を当てれば、丁度、いい。

私の空想は、黒い服を不自由そうに着たKの傍らで、一瞬足を停めた。それから私の心の彷徨がふたたびはじまる。……私はそういう青年たちに対する「奇妙な感覚」のなかで、不意に「では私は老年期の入口に差しかかっているのか」という呟きを耳許に聞き、そしてその声に自ら驚いて、胸が緊めつけられるような感じを味わう。その感じは思いだしただけで、私をおびやかす。現に私は、今、手帳を閉じて明りを消し、頭を戻したばかりの枕から急にまた首をもたげて、上半身を起しそうになった。私が老人となる、いや、もうなりはじめている……それは私には常に思いもかけない声であり、そして、その都度、忽《たちま》ち反射的に私のなかに強い反抗の気分が突きあげてくる。一瞬、収縮した心臓が、もう一度、膨れ上って来て、血管のなかの血が、一時に赤さを取り戻してくるといった肉体的な感覚が起ってくる。おれは未だまだこんなに若さのみなぎりを感じるのだ、と私は、その度にその内心の声に反撥する。今も私は、もう一度、寝床のなかで両脚をゆっくりと伸ばしながら、確信をもって、自分を説得するように、そう呟いた。——が、しかし今夜にかぎって、その呟きは同時に、私と同年代の知人たちの最近の容貌や姿やものの云い方を、眼のうえの闇のなかへ一時に甦らせた。そしてそれらにやはり老年の影のありありと感じられるのに、私はまた驚き直した。それは奇妙な錯覚であった。私の内部での若さの感覚と、外部での老年の幻影とのあいだの大きな落差に、不意に落ちこんだ私の意識が、おい、君たちだけでおれを置いて、老年のなかへ滑りこんで行こうとしているのか、と叫びたいような衝動に、瞬間的に捉えられたのである。

しかしそうした感覚の錯乱が鎮静してくると、私は枕のうえで頭の位置を直し、そうして新たに疑問の形で、こう自分に向って囁いた。

いや、ぼくも君たちと同じことなのだろう。若者たちの目から見れば、先程のKのように「停年期」での精神的変化を経過しながら、余生というようなものに歩み入りつつあるのだろう。そうして、忌々しくも徐々にそれに慣れることを、要求されているのだろう。――私はまるで羞恥に襲われたかのように、闇のなかで頬が熱くなるのを覚えた。そして、その羞恥に似た感覚は、やはり思いがけず奇怪にも、青年の始めの頃にいつも味わっていた心の動揺の状態を、ありありと現在のものとして思い出させた。

――私の心の彷徨は、そこでその羞恥の現場から遁《のが》れようとして、更に遠くへ足を速める。そういうふうに私の感覚が不安に捉えられると、私の反射的習慣は、いつも一般的抽象的な知性の領域へ逃げこむのである。

……今日では人間の平均寿命は著しく延長されて、そうして特に西欧の都市では、老人たちの姿が目立つようになっている。と、私は文章を作るような、客観的な表現で夢想を進めはじめる。パリで公園へ歩み入る度に感じる、あの独特な悲観的な気分。それは露骨に口にすることをはばかられる感情であるだけに、尚更、私の心を覆い、暗くする。日本では老人はあまり人中へ出ない。いわんや公園などに集って、所在なさを消しているという姿を見せることはない。日本人は、人生というものの暗黒面を、そっとどこかへ隠して、皆で知らない振りをしていようという生活技術に長じている。——そこで、私の目のうえの闇のなかには、街中でバスを待っている、身奇麗な和服の老婆の姿が浮び出てくる。それからその傍らの横断歩道の白線のうえを、故意に軽快な足どりで渡ってくる、停年をはるかに過ぎた年齢の洋服の老人の姿が、幻影の片隅に現われてくる。それらはごく最近、実際に私が街で見掛けた姿に相違ない。私の幻想の空間には、まるで同窓会の集りのように、男女の老人の姿が氾濫してきはじめた。そこで私は、また架空の文章を、心のなかに作りつづける。——

日本の老人たちはたまに人前に出る時は、何くわぬこざっぱりした服装をし、そして死に対してはとぼけたような顔で、そしらぬ振りをしている。それを見て、私たちは彼等の足許に迫って来ている恐ろしいものの影を、つい忘れることができるのである。それに日本の老人たちは、あの独特の「枯れる」という自然の美しい衰態を、巧みに模倣することを知っている。——私の幻想の空間のなかで、老人たちの群は、不意に一面の枯野原のなかへ吸いこまれる。私はその幻影を眺めながら続ける。——彼等は西欧人のように、無理やりに生にしがみつこうとする残酷な姿、脂ぎっているだけに、余計、痛ましい姿を見せることはない。しかし、——私はそこで、一瞬、自分の感情に表現を与えるのをためらう。そして、その躊躇を押しのけるようにしてまた続ける。——私はそうした西欧の老人の群を見るたびに、彼等がベンチのうえで、薄日に当りながら物静かに話し合っている、それも屢々《しばしば》知らない同士が口をききあっているのが目に入ると、全ての人間が生きていさえすれば、不可避的にそうした時期を迎えざるを得ないし、そして、その先にあるのは暗黒な死だけである、という感想が湧き出て来て、私の気分を暗くし、そして、そして人生そのものに悲観的なヴェイルを掛けてしまうのである。私たちのあらゆる建設的な営み、生きるための努力は、全て空しいのではないか……

そうした感慨が、夜の闇のなかで洪水のように私の脳を溺《おぼ》らせようとしはじめる。そうなると私の架空の作文はもう客観的な表現をとろうという努力を継続できなくなり、意識の流れのままに進みはじめるようになる。そこで私は闇のなかに大きく目を見開いて、今度は恐怖そのものを正面から見つめてやろうと決心した。

……実際、老人たちの、もう新しい服を作るのをやめ、若い頃の服のお古を、時には倹ましく身だしなみよく身にまとったり——パリ郊外のある新興住宅地での庭のうえの昼食の席で、私のまえに坐ってお行儀よく話しかけて来た、頬の赤い退職した小学校教師——それも人に会って、仕事の話をするとか、仕事場に現われて机に向うとかいう目的を失っているために、その身じまいのよさそのものが、却って空虚に感じられて、それが恐ろしいものにさえ見えてくるのだし、また一方で、もう衣服を整えるという生の方向への感覚を失って、だらしなく襟元を拡げたり、すりへった靴の底を人前に見せびらかしている——パリの一区の国立銀行の横の公衆便所の塔によりかかって、改装しつつある事務所を見上げながら、紙袋から何かを取りだしては口に運び、まるで永久運動のように入歯を動かしていた老人——そうした老人を見るのは、人生に対する気のはりの欠落がそのまま、もう投げやりにその人が死の到来を待っている、あるいはそれ以上に、既に徐々に死の胸に身を任せはじめているように思われて、こちらの生命の脅かされるような、生きていてまだ瑞々《みずみず》しさの残っている感覚が不意に硬化させられるような、戦慄を覚えないではいられない。——そこで、私の恐怖を支えている堰《せき》が切れた。私は目を閉じて、瞼の裏に踊り出て来る幻影に惹《ひ》きこまれた。——あの皮膚から溶けて流れ出ようとするような異様に太った肉体、あの唇からはみ出ている毒々しく肉欲的な口紅、あの魔女のように深い皺のあいだから鋭く突き出た鉤鼻《かぎばな》、あの無理に大きな肉片を押しこもうとしている歯のない口のなかの粘膜の猥褻な赤さ……

老人たちのリウマチスによって節くれだった、木の切株のような手、また象のようにずん胴になった、黒い靴下から押し出ようとしている脚、そうしたものが見せびらかすように両側のベンチのうえに並んでいる並木道を歩いている私の姿が、今、ありありと闇のなかに見えてきた。その幻想か記憶か定かでない私の姿は、まるでそうした死の前触れ、また苦痛の暗示、——彼等がその肉体に巣食った激痛と、夜、孤独な部屋のなかで、空しく戦いながら、虚空に死の幻影を描いて、幼児のように恐怖に襲われている姿が、私の脳にシャム猫のように飛びついてくる——そうしたものの展示場のなかを横切っているように感じられてくると、私は思わず目を閉じて足を速めはじめた。そうした幻影の私の傍らを、子供たちが歓声をあげながら駆け過ぎて行くと、いよいよそうした出口のない暗鬱な気分が、その弾けるような若い生命力との露骨な対照によって強まってくる。その気分は、幻影のなかの私を呑みこんで、寝床のなかの現実の私をも溺らせようと、闇のなかを押し寄せてくる。

そこでそうした暗鬱な気分の洪水から、もう一度、私自身を救いあげようと、私はまたもや架空の文章という形で、その気分に表現を与えはじめる。私はそうした心の動揺のさなかでも機能を停止しようとしない職業的習慣に、一瞬、「黒いユーモワ」を感じた。

……さて、長生きをする人間が増えてくるということは、そうした暗鬱な気分を、この社会の中に年々、急速に濃厚にして来つつある、ということになる。そして、それは恐ろしい。私は青年時代に、はじめてリルケの『マルテの手記』のなかで、作者のそうした感慨に触れた時、それが「詩的」に生まなましく感じられて、若い私の感受性に対するおぞましい挑戦であるとして、意識の奥の方へ、その気分を大急ぎで押しこんでしまったものだった。——そこで、私は、架空の文章に、ひと間《ま》、与えて、また新たに進めた。——しかし、最近では、そうした気分が自分のものとして、「詩的」というのでなく、直接的に「生的」なものとして、ということは、つまり詩人の天才によって喚起された特殊な感覚としてでなく、日常的な反射的感覚として、ということであるが、それが私の心の奥から湧き出てくると、もうその気分から逃げだすだけの気力が失われているのではないかという弱気が起って、砂地の斜面を滑り落ちる時のように、あるところで自然に停止するのを、諦めて待つようになってしまっている……

Kとの対話の後味が、あの暖かいクラブの部屋に満ちていた桜色のもやから脱け出て来てしまった今、私のなかにそのような厭な気分、近頃ではそれが私にとって最もなじみのあるものになってしまっている気分を、まるでぬるま湯のように、また甦らせ拡げて行くことになってきた。そうして、そのような暗い考えが心のなかに氾濫して来る時、そのままそこへ居すわらせてしまうというのも、この二三年来の習慣であると、私は心の片隅で思い付いた。そこで私は、先程のクラブのKの面影に向って話しかけた。「それがぼくたち自由業者の長年にわたる自由な生活の報いとして、今、引き受けなければならない、姿なき停年期というものかも知れないね。君たちのそれと、ぼくたちのそれと、どちらがよりやり切れないかということは、君、比較するのはむずかしいだろう……」

しかし、私は、そこで不意にまた私の心のなかの若さが、草原を撫でて進む風のように、心の地平から現われて来るのを感じた。そうして、同時に先程まで私を包んでいたあの桜色のもやが、記憶のなかのクラブの情景のあいだから湧き出てくると、私の胸の奥を華やかに明るく揺らめかせはじめるのを意識した。あの好奇心という生命の機能もまた頭を擡げはじめる。そうだ、私の感じるこの「奇妙な感覚」というものは、確かに私のなかに生き続けている若さ、生命力と、生理的な老いの徴候との、奇妙な混り合いから起ってくるものに相違ない、と私は自分に云いきかせた。老いは恐らく、若さが変化して出来上るものではなく、若さとは全く別のものとして、私の奥に生れはじめているのだろう。そうして、若さの立ち去ったあとへ、老いが丁度、具合よく滑りこむ、というふうには行かず、この全く異る二つの要素が、私のなかで勝手に衝突し、乱戦のなかで敵味方の人数が混り合うようにして、奇妙な混合体となってしまうのだ。現に私の心のなかには、厭な暗い気分と、それと全く関係のない明るい桜色のもやとが、今、混りあい流れあっている……

そうした不安定な気持を、私は腹痛をでも耐えるようにして暫く自分の内部で味わっていた。すると意識の表面に、不意にひとつの疑問が、浮び出て来た。

――こうした「奇妙な感覚」は、私ひとりのものではない筈だ。現に同じ世代の別の職業の人間であるKにも発生しているではないか。としたら、私たちの同業の先輩も同じ感覚に身を任せた時期があったに相違ない。そうだ、それでは彼らは、そうした時期に、どのような気分に捉えられていたのだろうか。――その疑問は、一瞬私の目を私の内部から外部へ転じさせることになった。

私はその心の転換をひとつの救いのように感じると、その救いの瞬間の遁れ去るのを待たずに、すぐさま手を伸ばして、明りをつけ、そして枕許の卓に積んである本の山のなかから、今まで何度も読み返したことのある永井荷風の日記を引き出した。そしてほぼ私の年齢にあたる頃の部分を、スタンドの小さな光りの輪のなかに開いてみた。それから偶然に開かれたその頁から数頁先まで活字を目で追うと、また少し手前の頁へ戻って数頁読んでみる。それから今度はその翌年の正月からまた読みはじめる。そうした操作を続けている間に、次第に当時の荷風の「生ける姿」が、私の脳裡に形成されて行った。——初老の荷風は、彼の生活を引き締めて来る反動的な禁欲的な風潮のなかで、連日、肉欲の冒険のために、ほとんど時間のすべてを捧げている。彼は何軒かの私娼窟《ししょうくつ》を代るがわる足しげく訪れては、性的感覚の新しい経験に没頭し、そしてその経験を、ごく単純な記述のなかに釘付けにする。まるでその感覚の乾物を作ろうとでもいうように。しかし、何という激しい身心の投企であろう。私は目のくらむ思いのなかで、その頃の荷風と若い私が街ですれ違った情景を記憶のなかに甦らせた。あの茶色っぽい肌の横顔に漂っていた、何とも云えない拒絶的な表情。外界のすべてに対して心の扉を閉めていた、あたりの空気を冷却させてしまうような、あの木片に似た顔。その顔の奥に、このような激しい肉欲が燃えさかっていたのである。

しかし以前に私がこのあたりの頁を読む時は、私はそこに専ら作家としての風俗探険への貪欲さをだけ発見して、微笑しながら過ぎたものだった。さすがに荷風は観察派のヴェテランだなあ、と呟いて。が、今、こうして深夜の床のなかで、暗い室内の唯一の光りのたまりである小さなスタンドの灯のしたで、例の奇妙な感覚に溺りながら読み返していると、本文の日付けの上の執こい点の連続——何とそれは肉の交りの回数の記録であるに相違ないのだが——そうしたものにも、荷風の異様なほどの生への執着を読みとらないではいられなくなり、そしてそれは毛布のしたの背筋に異様な感じが生じてくるほど戦慄的であった。私はその感じを消すために、シーツを蹴るようにして両脚を思いきって伸ばしてみた。深夜、丁度、今の私のようにして、床のなかで日記帳のうえに身をかがめ、そして、その月の快楽の回数を、朱筆の頭で何度も数え直している、鬼気迫る彼の姿が私の幻想のなかへ浮んでくる。その姿は官能に身を任せることで死の影を押しのけ、そして、自分の生命力のまだ衰えていないことを自分に納得させることで、自分の内部に首をもたげようとする老いの予感を圧えつけようとしているように見える。彼もまた彼の内部の若さを結集して、迫り来る老いに向って決戦をいどんでいたのである。

だから、そうした肉欲的渉猟のさなかに、ふと「月日のたつは早く世の中は変りてわれは老いたり」というような嗟嘆《さたん》の声が、にわかに口をついて出ることがある。この歳月の急速な経過も、世情の変遷も、それまで世の風俗の絶えざる更新に貪欲につき合っていた荷風の実感であることは、私にも鮮かに感得されるが、それに続く老来の嘆きも、同じような実感に溢れていて、単なる文学的修飾、老人ぶり、というようには感じられない。——いや、今の瞬間の私には感じられなくなって来ている。荷風日録は、突然に私の目のしたで、従来とは別の姿、典雅な詩的な姿でなく、恐ろしい生的な姿を露呈しはじめて来たのである。

同様にして、「曾《かつ》て麻布転宅の際古道具屋にて購《あがな》ひし煖炉《だんろ》は古びて用ひがたくなりたるなり。麻布に移居せしも数えればいつか十四年のむかしなり。道具も古び、器具も破れ、庭の樹も風と虫とに枯れたるもあり。身の衰老も思へば亦《また》怪しむに及ばざるなり」の「衰老」も単なる詩的形容ではないであろう。

そうした荷風は、ある晩、例によって陋巷《ろうこう》に女を抱いて帰ってから、書斎の燈下に二三枚の原稿の執筆を試みたあと、急に思いついたようにして、新井白石の『折たく柴の記』の中の老衰の心得の記事を、日記のなかに書き写している。老人は口数を少くし、若者たちのあいだから静かに身を退くがいいのだ。そして記憶力の衰えによって若者たちから軽蔑されるのを防ぐのが、老醜をさらすことからの、唯一の賢明な手段なのだ……荷風はこの白石の文章を写しながら、ほとんど自虐的な喜びに身を任せているように見える。——この日の夕方からの遊蕩《ゆうとう》と、執筆に気が乗らない状態と、その後に来る、白石の文の筆写。それは見事に前後照応して、当時の彼の心の奥での、老年への歩み入りの感覚の揺曳ぶりを、生まなましく甦らせている。

私は日記の頁から目を離して、暗い天井に視線を徨わせた。

……かつて壮年の初めの時期の私には、荷風日記中のこれらの衰老の記事は、文学的効果、あるいは詩的気どりとばかりしか感じられなかったものだ。それなのに、今夜の私は、その同じ記事のなかに、荷風の肌の老人特有の匂いを、ほのかに嗅ぐに至っている。五十代半ばの荷風が、日記のこの部分において、数年後に現実となるはずの彼の老年を鋭く予感して、戦慄しているのを生まなましく追体験できるというのは、私の内部に大きな地すべりがはじまっている証拠にちがいない。

それから、私は自然の連想に従って今度は、やはり青年時代以来親しんで来たアンドレ・ジードの日記を開けてみようと、不意に思いついた。私は体操をする時のように、腰のバネを利用して一気に上体を起した。そして、ベッドから降りると、書庫に入って手探りで電燈をともした。空屋のような冷たい空気の支配する室内の雰囲気が私を包み、私の頭のなかでは眠気と覚めた意識との衝突が起って、それが身顫《みぶる》いとなって足をよろめかした。私は足を踏みしめるようにして、壁際を占めている書棚の天井近くに、長い間放置してあったジードの全集を見上げ、それから踏み台を使って、その古ぼけた本の列に手を伸ばした。そうした私の寝間着姿を、もし誰かが垣間見たとしたら、彼はその私の姿に対して、やはり私自身が今そのなかに身を涵している「奇妙な感覚」を味わうに相違ない、という思いが、またもや「黒いユーモワ」となって心のなかをよぎった。

ジードは青春の入口で私に、ほとんど最初の純粋な文学的経験を味わわせてくれた作家であり、そしてその後も私は、最も共感をもって読みつづけたし、その頁のあいだで何度も恍惚の境いに魂が浮上したことのある懐かしい文学者である。そうして文学的にか生活的にか、何らかの悩みに捉えられると、私はその都度、彼の日記へ戻って行き、そのなかの彼の独白に、生きて書くことの工夫を教えられたものだった。そうしてそれももう三十年の昔になってしまっている……

その日記を、本当に久し振りに、書棚の奥から引きおろした時、埃の匂いがむせるばかりに鼻先を襲った。

私は床に戻ると、開いたままの荷風の日記のうえに、その大版のジードの日記を重ねて、もう幾分か黄ばみはじめている頁を飜して行った。彼が現在の私と同年配に達したのは、荷風よりも更に十数年以前のことであるのが判った。

彼はその年の元日に、生活の改善を決意している。そして田舎に引き籠るのに、わざと煙草を忘れて行く。それは「禁煙」の実行というより、そうした日頃の習慣をひとつだけ外してみることで、自分のなかに起るであろう新しい反応を観察しようという、自分自身に対する彼流の好奇心、あるいは悪戯、つまり若さから来る心の弾みである。そう気付いて私は、思わず床のなかで失笑した。それから、彼は親友の『チボー家』の作者から教わった体操をやってみている。そしてそのあとで長い散歩。どうやら、彼は青年時代以来の、成り行きまかせの不節制な生き方では、もう肉体的にやって行けない時期に入ったと自覚しているらしい。彼は生涯の大作であり、自分の「最後の作品」、自分をそこに全て投入すべきライフワークである『にせ金使い』に取りかかろうとしているのである。そして、自分の文学的決算であるこの作品を成功裡に仕上げるために、肉体的に最上のコンディションを作りあげようと、従来にはなかった節制生活に入っているのである。節制とは、ひとつの方針によって自分の生活習慣を規制することであり、そして、「ひとつの方針によって」というのは、従来のジードにおいては全く見られなかった、新しい態度なのである。彼は常に自分の精神を矛盾する両極端のうえに宙吊りにしておく癖があったのだから。だからこの新しい態度は、彼が一生の最終ラウンドに、遂に自分が差しかかっていることを、自覚しはじめたことを示していよう。しかし、この自己規制は、老年の接近そのものというより、やはりその接近に対する若さの側の防衛作用であるように、私には感じられた。それにしてもジードは荷風よりは若い。ジードの老来の嘆きは、時々、若い俳優が不慣れな老け役を演じているように見える……

　彼は最近の自分のなかに生じた奇妙な変化を、奇妙な表現で記している。「それは感覚が弱ったというのではなく、一種の転位によって、感覚がもはや直接に私に関係しなくなったということのようである」。彼は「もう久しい以前から、まるで既に死んでしまっているかのようだ」と呟く。「私のすること、私の感ずることがどれも、もう私の道徳的な責任を伴わないような気がする」。自分はもう、生きていることに何の重要性もない、「一種の追加の生」を生きているのだ……

この「感覚の転位」という表現に、私は雷に打たれたような衝撃を受けた。突然、大分以前から秘かに私の内部で進行している、性感覚における不可解な変化を思い出したのである。思いだしたと云うより自覚させられた、ひとつの明解な解釈が与えられた。そう私は感じたのである。それは皮膚と粘膜とにおける快感の「直接性」から、自分が行為中に隔離させられているという、奇妙な感覚である。その隔離のなかに、敏感なジードは死の予感を感じとっているように思われる。ある生理学者が、性的快感というものは私の年齢においては、半ばは直接経験というより記憶の作用であると述べていたことを私は今、同時に思い出す。その説明を読んだ時点（数年前）においては、この学者の説が私には怪訝の思いをしか抱かせなかったのに、現在の私は「半ばは記憶の作用である」というその説を、あの行為中の快感の直接性からの隔離という現象であると、納得することができた。そうだ、荷風の連日の性的冒険も、彼が自覚しはじめていたこの隔離感に対する必死の抗戦だったのではなかったろうか。毎日行為を繰り返すことによって、この隔離の壁を打ち破り、青春時代の直接的な快楽を回復しようとする努力だったのではなかろうか。そうした直接的快感を回復することで、若さそのもののなかへ戻ろうとしていたのではなかろうか。——それとも、逆にこの隔離作用そのもののおかげで、彼は連日のあの冒険を繰り返すことが可能になっていたのだろうか。この隔離作用は、一種のタンタロスの悩みを、当人に引き起すのだから。つまり行為の直後に、全身全霊の解放されたという喜びを味わうことができなくなっているのだから。そして、そのために、一度終ったあとでもう直ぐ次の行為を願うようになり、そしてそれが色情狂的な態度にまで昂進しないのは、もっぱら生理的理由——体力の衰え——によるのであろう。とすれば精力絶倫の老人というのは、性感の直接性に到達できない、老化現象のあせりのなかにいる人だ、ということにもなる。

ジードはそれを「既に死んでいる」という表現で捉えているのである。

ジードの場合、この焦躁は「自分の青春の後を追いかけている」というふうに感覚されている。「青春というものが、美以上に、どうにも抵抗しがたい魅力を以って私を惹きつけるのだ」と、彼は書き進める。「真理は青春のうちにあると私は信じている」。それは、彼自身、自分が青春と対立する存在になっているということの自覚から出た言葉である。青春に対立する現在の彼自身を、彼ははっきりと「老齢の者」だと書いている。「青春」と「老齢」とが対立する時、常に正しいのは青春だ、とさえ、彼は云う。——

私は今、私と同じ年齢の荷風やジードが、自分をはっきりと老人であると規定していることに、驚きを新たにした。その驚きの感覚は、深夜の寝室のほの暗い壁のうえに、架空の稲妻を繰り返して出現させるような錯覚を与えた。そうした光と影との明滅のなかで、私は更に自分の夢想のあとを追いかけて行った。——そうだ、以前にこれらの文章を読んだ時、それを自然に感じて読み過してしまったのは、私自身が今の年齢に達していなかったからなのだ。そうして、今、私の同時代者が「停年期」に達した時になって、私はこれらの文章を読み返して、そしてその筆者たちが老年期の入口にいることを疑いもなく自ら承認しようとしていることに、私自身の内的感覚からして、賛成しかねているわけである。

今夜のKは、そうした新しい時期のはじまりを、いきなり老年期だとは云わず、「奇妙な感覚」の始まりだと告白していた。私もまた、その彼の言葉に触発されて、私自身の「奇妙な感覚」を意識しはじめた。そうして、この「奇妙な感覚」がそのまま老年だとは、深夜の床に横たわった私のなかの若さが認めることを拒否しているのである。ただ、その拒否を力強いものにするには、私はその奇妙な感覚の奥へ徹底的に探りを入れてみる必要があるだろう……

そうだ、そのためにも私は、Kの誘いに乗って、彼と一緒に旅へ出よう。そうして「秋野さんのお嬢さん」という先程のKの言葉が惹き起した、あの桜色のもやの立ちこめている、若い私や若いKやのかつての世界に、もしできればもう一度、足を踏みいれてみることだ。そうすれば、私は私の「奇妙な感覚」の実体に触れることが可能になり、そして、——そしてその先にもし本当の老年が匿《かく》れていたとしても、私はその時に、はじめてひるむことなくその老年を正面から見詰めることができるだろう。

そのように私の考えが、ひとつの結論のようなものに辿りついた時、私はようやく明りを消して眠る気になった。私の心の彷徨の足どりは、不意に速度を落して来たのだから。私は近付く眠りを半ば意識しながら、更に次のような考えの後姿を追いつづけていた。

……荷風もジードも二人とも、ほぼ私の年齢の頃に、老年への入口に差しかかっていることを認識している。しかし、二人とも本当はその後、二十年間もかけて徐々に老いて行ったのだし、二人ともこの時期の半ばで、最高の自己実現としての、成熟した心境を作り上げている。だから、停年後の生活は「余生」だとしても、またジードの云うように「一種の追加の生」だとしても、それは青春の理想と壮年の行動の期間が終り、自分の一生に決着をつける時期に入ったということで、つまり、青春や壮年に次ぐこの第三の時期は、あるいは人の生涯の最高の収穫期なのである。そして、その収穫期の終ったあとで、人は真の老年の時期、衰退と死の時期に入るので、それまでに私は——あるいは私と同年配の人間は、——最も充実した最終コースを駆けつづけるわけである。

そこで私は、また眠りに入ろうとする意識のうえにかすかに、最近読んだばかりの画家北斎の伝記中の記事を思い出した。それによれば彼もまた、現在の私の年頃に、生涯のひとつの決算期にさしかかったと自覚し、それまで用いていた「北斎」の号を捨てて、新たに「戴斗」という号を名乗った。そして十数冊に及ぶあの『北斎漫画』の連続した制作に没頭するようになる。それは「デッサンの遊蕩者」である彼の代表作となる一連の仕事なのである……

そうした感慨が眠りのなかに溺れはじめてきたのをかすかに意識した私は、明日の昼、Kに電話したら、早速、こう云ってやろうと、辛うじて考えた。「君の、あるいは我々の余生は、死ぬためのものではなく、生きるためのもの——従来の無我夢中の突進的生活よりも、より深く味わいつつ、一生の意味を認識して、それに完成した形を与えるためのもの——なのだ。私たちはいよいよ成熟の時期に入るのであって、君が感じている奇妙な感覚というのは、そういう時期へ入りかけた徴候なのだ。そして、従来、経験しなかったために、それが奇妙に感じられるのだよ……」

私はそこでようやく安らかな眠りが接近しはじめていることを感じた。大きな白い翼が、頭の上方を覆いはじめている。すると、突然、どこからかまたもや「秋野さんのお嬢さん！」という叫び声が聞えた。それはKの声のようでもあり、私の声のようでもあった。いや、それは私たちの三十年前の若い声かも知れなかった……

第三章　過去への出発

——その翌々日にもう、私とKとは、高原に向う車中にいた。「秋野さんのお嬢さん」を中心としたすべての思い出は、その高原にあったからである。

おそらくお嬢さんも、その高原の避暑客の大部分のように、普段は東京に住んで、夏だけをそこの別荘へ過しに行っていたのに相違ない。まだ時代は破局に向ってはいなくて、その高原は「疎開地」にはなっていなかった筈だから。私にとって、この避暑地の思い出が全く消滅しているというのは、あの恐るべき時期の到来と共に避暑地そのものが消滅して、別のものに変化した、という事情も加わっているのだろう。そうして、私はその避暑地が疎開地と変るのに立ち会ったために、記憶そのものも融解し、一方でKの方は、避暑地が避暑地であった記憶を持ったまま、外地へ出掛けて行って、そしてこの二十何年間は、ほとんど一度もその高原には戻ってこなかったという。そこで彼の場合の方がその思い出は純粋に保存されていた、ということになるのだろう。今、Kはその高原の、数々の想い出の場所を訪ねることで、古い記憶の細部を回復し、そして、そこにそのお嬢さんの面影を喚《よ》びさまそうというのである。そうして、その面影を通して、彼自身の青春を再発見し、それからその人生の出発点にもう一度立って、架空の未来を眺めることで、彼が本来なるはずだった、現在とは別の彼自身の姿を、おぼろげに描き出し、更にはその実現することのなかった本来の彼の姿に、できるだけ近付くための努力に、停年後の半生を捧げよう、というのが、彼の夢想的な計画であった。

その計画の成否は、だからこの小旅行にかかっている。

「ぼくのこの夢みたいな計画は、小説家の君から見ても、非現実的に見えるかね」

と、彼は車内に席を占めるや否や、張りのある声で私に話しかけた。

「何しろ、会社の同僚に今度の休暇の内容について話しかけたら、まあ気狂い扱いされるだろうからね。女房には、ただくたびれたから古い友達と旅に出るとだけ告げた。行先なんかは教えていない。女房は冗談だと思ったらしく、今朝、玄関を出る時、茫然とぼくを見送っていた。それは全く見知らない人間を見る目付きだった。何しろ、ぼくは結婚以来、今までそんな無目的な旅行に出たことなんか、一度もなかったんだからね。女房は突然に、ぼくのなかに新しい人格が顔を擡げるのを感じて驚いてしまったんだろう。今迄しっかりと繋いでおいた筈の、もう慣れきっていた男が、急に新しい見知らぬ者に変ったんだから。その女房の茫然とした目付きを見返して、ぼくもこの女は長年見慣れている筈なのに、やっぱりぼくとは全然、無縁の人間だという感想を改めて抱いた。いや、彼女の立っている玄関の空気そのものまで、ぼくには疎遠に感じられた。ぼくにとって、人間らしい空気の漂っているのは、これから出掛けて行く高原だけだと、ぼくは思った。何だか、これから死んで行く人間が、去って行くこの世に対して感じるに違いない疎外感——つまり、自分がいなくなっても、相変らず回転をつづけて行くこの世界を、もう自分は全く無関係になったと感じるに違いない、そういった感じ——それを既に感じはじめているような具合だった。その癖、これから入って行く高原の世界は、死の世界とは正反対の世界、つまりぼくにとって、唯一の本当の生の世界だという、確信のようなものが、ぼくの身体全体にみなぎっているんだがね……」

私は、奔流のように押し寄せて来る彼の言葉に顔をさらしながら、その上半身を固めている革のジャンパーと、それから足先の運動靴とを眺めて、彼が本気で過去のなかへ歩み入ろうとしているのを感じた。そうして、この男は学生時代からこのような思いつめた話し方をしたかどうか、と思いだそうと、私は空白になっているその時期の記憶の空間のなかの、あちらこちらへ視線を徨わせてみた。

勿論、それは不可能に近い試みで、私はKという青年の存在そのものも、うっすらとした雰囲気のようなものとしてさえ、捉えることに、まだ成功していなかったのである。

「ぼくはこの旅行から帰ったら、勤め先の連中をもっと驚かせる計画を持っている。実はね、ぼくは停年と同時に、うちの関連企業のひとつにポストが予定されているらしい。上の連中がぼくを経営陣に参加させようというのなら、ぼくをこのまま本社に残して、重役に引きあげるさ。ぼくにもその可能性がなかったわけではない。しかし、数年前に、もとの社長が死んだ時に、社内の勢力関係が大きく変ってね。今の社長はぼくと同期に入社した男なんだ。だからぼくを煙たく思っているところがある。そして彼等はぼくに新しいポストを提供することで、ぼくを安全に排除し、そして一応の地位の安定をはかってくれようというわけだ。おとなしく、提供されたポストを受け入れるのが本人にとっても、家庭にとっても安全だし、今更、全く別の新しい仕事へ入って行くというのも、気が重いからね……」

彼は革ジャンパーの胸のポケットから、葉巻を引き抜いて、その端を歯で食い切った。それは荒々しい戦闘的な感じだった。今、この目の前にいる男は、先夜のあの会社のクラブにいた、そして三十年振りに私に会ったと称していた、あの髪の薄い、そして影さえも薄そうな感じの男とは、また異った新しい男だ、と私は思った。あの晩のあの猫背の男の印象を遡って辿りつく若者の像と、今のこの何物かに戦いを挑もうとして、自信ありげに葉巻を吹かしている男の印象から遡って捉え直す若者とは、全く別の面影の別の人物になるだろう。

記憶というもの、つまり現在から過去に向って意識が戻って行って作り出す映像というものは、その過去の時点がまだ現在であった時の現実の映像とは、大きくかけ離れているものである。それが記憶というものの不可避の性質であり、だから記憶のなかの姿と、当時の日記を読み返して得る印象とは、やはり全く別のものとなって、私たちを困惑させ、混乱させるのである。

そうして、この男の挑戦しようとしているのは、その記憶であり、そしてその記憶の回復作業について、この男は何と確信を持っていることだろう。今、この男――私にとっては、三十年前に、私たちが親友であったと教えてくれた彼の情報を信じるより仕方ないくらい、正確な過去の面影を甦らすすべもない相手――に向って、私が記憶というもののそうした捉えがたい性質について語りかけても、忽ち一蹴されてしまうだろうと感じた。

だから、私は黙って微笑しながら、そして、時々、窓外に展開する近郊の風景に目をやりながら、彼の言葉に聴き入っていた。

「ぼくの計画というのは……」

と、彼はそこで言葉を切って、私の顔を覗きこむようにした。その眼に、急に若々しい情熱がみなぎってくる。それは、一瞬、私の息をつめさせたほど迫力があった。その若々しさというのは、未熟な生硬な「若さ」とは異って、長い人生をかけて成熟させた力強い若さであった。その若さは青年にはない。たとえば長年の訓練の結果、ようやく美青年の役に妖婉《ようえん》さを溢れさせることになる、老いたる能役者の芸のようなものである。

「しかしぼくはその提供された新しいポストを拒否する決心をした。この旅行から帰ったら、それを通告するつもりだ。連中は驚くと思うよ。ぼくは会社でそのような気骨のある男とは、長い間、思われていなかったからね。だから、連中は、偶然にぼくがどこかに有利な口を見つけたと思うだろう。しかし、ぼくは当分の間、全然、そうした口は見付けないことに決めている。それがこの間君に云った例の奇妙な感覚の結果なのだ。つまり、常識からすれば考えられないような、この身の処し方は、例の奇妙な感覚のなかでは全く自然なんだ。ぼくは人生の大事な岐れ目で、決定的な間違った選択をしているのだろう。誰かに相談すれば、そう云われるに決っている。しかし、またしかしだがね。それくらいのことをしなければ、ぼくは本来なる筈だったぼくの正体を見きわめることはできないと思っているのだ。一体、あのカタストロフィーさえなくてあのまま勉強を続けていたら、多分、ぼくはあの夏の翌年に経済学部から志望を変えて哲学者になっていただろう。この頃、よく古本屋めぐりをして、学生時代に読んでいた本を見付けては買って帰る。はじめはその本の装丁などに、懐かしさを感じていたのだが、最近では、改めて読み返してみると、それが実によく理解されるのだな。……」

彼はジャンパーのポケットから、一冊の紙表紙本を出して私に手渡した。ヘーゲルの美学の抄本だった。

「大変なものを読んでいるな」

と、私は云った。

彼の口もとに微笑が拡がった。その微笑も自信に溢れていた。

「いや、小説よりも面白い。あの夏に読んだ時はまるで難解で、鉢巻きをして読んだものだったが、今は面白くて読みだすとやめられない。会社の机のうえでも読んでいるんだ」

金融機関の勤め先で、ヘーゲルを読んでいる五十男というのは、途方もない空想の世界の住人のように、私には感じられた。しかし、それも彼の奇妙な感覚のなかでは、自然な状態なのだろう。

「この間、三十年振りに音楽会へ出掛けて行ったのも、そうした感覚のなかでの衝動だったんだよ。お蔭で君に会えたがね」

そこで急に彼は顔をあげると、

「西行が妻子を捨てて、修行生活に入ったというのは、よく判るね」

と云い出した。

「とりすがる娘を縁から蹴落したというが、ぼくも女房や子供が今や全く本当のぼくの生きている空間の外の存在としか感じられなくなっている。長年見慣れた顔だけに、尚更、縁もゆかりもない存在だというのがはっきり感じられるんだ。時々、相手がぼくに向って喋っているのを、ただ口をぱくぱくやっているだけみたいに見えることさえある。相手の云っていることが、実際に聞えなくなってしまうんだね」

そこで急にKは黙ってしまった。それは何かの拍子に、突然に頸《くび》を垂れてしまった噴泉の水を思わせた。私も黙って、窓の外へ視線を転じた。窓の外を流れて行く景色は、ごみごみした郊外から、今は緑色の田園に変っていた。

私はこれからKと入って行く仄暗い秘密に満ちた過去の世界について、夢想をはじめていた。それは「桜色のもや」の世界である。そのもやは、今、それについて意識を集中しはじめると、また心の一角に湧きたって来て、やがて微かに全身に拡がって行くのが感じられる。たとえば靴のなかで足がふくれてくる感覚であって、その感じがまた一種の幸福感となって胸に戻ってくる。

その色づいたもやを支配しているのが「秋野さんのお嬢さん」という言葉である。言葉であって、実体の記憶は未だ全く甦って来ていない。あの公団理事のHの云った、Kの「恋の遺跡巡り」につき合っている間に、その面影は現像されて出てくるだろうか。

まず「お嬢さん」という言葉から、考えを進めようと私は思った。記憶が現像されるには、写真同様、現像液が必要である。ところがこの現像液、記憶の回復に不可欠な雰囲気が、今日ではすっかり失われている。私はまず、現像液、その「お嬢さん」の住んでいた雰囲気そのもの、を思い出さなければならない。先夜、Kの口から「秋野さんのお嬢さん」という言葉が出て、私が桜色のもやに取り巻かれた時、たしかにそこには「お嬢さん」が現われ出てきそうな雰囲気が醸成されていた。

「お嬢さん」――それは現在の私にとっては言葉でしかない。しかも廃語である。今日、会話のなかで「何某のお嬢さん」という言葉が出て来ても、そのお嬢さんという言葉は、単に何某の娘という意味しか現わしていない。そして娘は未熟な肉体と精神とを持った女性として、目のまえに描き出されるだけである。それは、その娘の母親を想像してみる場合となんら変りはない。必要とあらば、私は想像のなかで、その母親も娘も衣服を剝ぎとって、肉体に直面することもできる。更に必要とあらば、その肉体を腕に抱く感覚を想像してみることも容易である。それは様々の女性経験の範囲外に出る未知のものではない。

しかし、Kが「秋野さんのお嬢さん」という言葉を発音した時、その言葉を取り巻いていた雰囲気は、そうした、私たちの数十年の生活でなじんで来た、肉体をそなえた女性、私たち男性と同じ地平を歩いている存在、ではなかった。桜色のもやのなかに住む「お嬢さん」というものは、あるいは「秋野さんの」だろうと、誰のだろうと、ひとりひとり分離した存在ではないのかも知れない。それは妖精たちに個性がないのと同じように、個性というものはなく、従って肉体もない。恐らく学生時代の夏休みに、高原の避暑地でKが一緒に遊んだと云い、どうやら私自身もその交際に加わっていたらしいが、その時でも、私たち学生の誰ひとり、その「お嬢さん」を自分の腕に抱いて、その肉体を知ろうなどとは、空想もしなかった筈である。

それは「カタストロフィー」の収った後に、私たちが知った現実の肉体を備えた女性、――欲望が起れば今からでも直ぐ、感覚的に味わい直すことのできる、あの女性というものではない。「お嬢さん」というものは、だから現実に他者として存在していたものではなく、当時の青年たちの心のなかの夢想的存在であったと云えるだろう。あの時期の青年たちにとって、同年配の娘たちは肉体的な交りをする相手ではなかった。社会の風習によって、そういう関係は禁じられており、従って初めから、そういう目で娘たちを見ることはなかった。ある青年は金を払って女を買いに行ったり、あるいは家の女中を誘惑したり、下宿の未亡人と交渉を持ったりしていたに違いない。しかし、そうした肉欲の支配する世界の外に、「お嬢さん」という観念があり、青年たちは恐らく南フランス、プロヴァンス地方の騎士たちが、城主の夫人に憧れて理想的な女性の姿を夢見たように、自分たちの内部でそのお嬢さんという観念を無限にふくらませていたのだ。

そう云えば、西洋中世の騎士たちも、一方で村の娘たちを誘惑したり暴行したりして、肉欲の快楽は別に味わっていたのである。

そうした「お嬢さん」という観念は、現代の青年たちからは失われてしまった。男女平等の思想の流行するなかで、娘たちも青年たち同様、肉欲を備えた存在として、男性の目に映ずるようになり、青年たちは交際を始めた相手を目のまえにして、その娘の裸身を想像することが普通になって来た。そうなれば、遙かの空に永遠の微笑をたたえてこちらを見降している「お嬢さん」という幻影は、忽ち霧散してしまうだろう。

いつの時代の人間も、特にその思春期において、女性に対して二つの両極端の夢想を抱くものである。ひとつは崇高な憧れであり、もうひとつは激しい肉欲の対象である。それが現実にはひとりの相手のなかに溶けて行くのであるが、私たちの世代では、社会的風習によって娘たちとの現実的交渉は禁忌とされていたので、少数の例外を除いては、騎士的憧れはそれだけで純粋に培養されることになった。

避暑地で時を過していた私たちの仲間に入って来た「秋野さんのお嬢さん」も、私たちと毎日のように言葉を交したり、自転車を走らせたりしても、それは男女関係というより、私たちの無限の憧れをそそりたてるための、目に見える触媒といった存在だったに相違ない。恐らく私たちは、恐るおそるその少女に接近し、大した意味もない会話を交すと、別れたあとでその少女の声の調子、その話の小さな内容などについて、いつまでも夢想を拡大して、強烈な花の匂いのようなものに包まれて陶然となっていたのだろう。そうしてその夢想は大概、現実のその少女とは、何の関係もないものであったろう。現に私などは先夜、Kの口から「秋野さんのお嬢さん」という言葉を聴いた時に、遙かな記憶のなかに微かに匂いのように浮び出させて来たのは、日本人の娘でさえなく、西洋人の少女の姿だったのである。そうして、若かった私の仲間は、多分、大概は私同様、現実の西洋に住んだことはなく、「西洋」そのものがひとつの夢の世界であったのである。だから、秋野さんのお嬢さんという言葉が、西洋の少女の面影を私のなかに惹き起したというのは、微妙に象徴的であった。

「Hの奴は、あの頃のぼくたちのなかでは例外でね。彼は二十歳前から、もう女性に対して夢を抱かなくなっていた。そうしてぼくたちが秋野さんのお嬢さんに憧れているのを嘲笑していた」

と、Kがまるで私の夢想の内容を見通しているかのように、不意に私に話しかけた。Kと私とは、ひとつの共通の夢想のなかへ、丁度、山のなかで霧に包まれたようにしてお互いを涵していたわけである。

Kは先夜、気軽に自分から名乗った、あの若々しい公団理事の男が、学生時代から女性に対してシニカルな観方をしていたと云いだしたのである。

「あいつは、ぼくたちがお嬢さんを話題にのぼせると、必ずその名前の発音をわざと下品に真似をして、そうして、お嬢さんなどというものは現実には存在しない。存在するのは馬鹿な頭と魅力のある肉体を備えた若い女性だけだと云って、ぼくたちを苛立たせた。だって、彼の話してくれる現実の女性なるものは、ぼくたちにとっては、未知の不可思議なる存在で、それこそ全然、現実感はなかったからね」

それから、Kは、例外的であったHについて、また情熱的に喋りはじめた。これからお嬢さん、んの世界に戻ろうとしているKにとっては、その現実的なHの女性観は、忌わしい敵であることは当然だった。

「あいつは、もう中学時代から許婚者が決められていてね。田舎へ帰るたびに、その娘と寝ていたらしい。娘は身寄りの者たちに早くから死なれて、彼の家に引きとられていたらしいんだ。そうして、彼を溺愛していた母親は、平然として、彼とその娘との布団を並べて敷いてくれていたという。母親としては、東京へ出て行った息子が、気心の知れない東京の娘と勝手に仲よくなって所帯を持ち、そうしてその女の差し金で母親を引きとらないと云いだされたらという恐怖から、彼とその娘とを急いで肉体的に結びつけてしまおうと計画したのだね。若い男の生理について、母親は深い洞察力を持っていたんだよ。娘にしてももし彼と結婚できないと、彼の家を出なければならないし、当時のことで、娘ひとりが生きて行くのは大変だったから、彼の母によく云いくるめられて、母親の計画に賛成したわけだ」

東京の高等学校に入った最初の夏休みに、彼が帰省した晩、娘はひとつ蚊帳のなかの隣りの寝床から、明りを消すと直ぐ、淋しいとか寝苦しいとか云いながら、彼の寝床へ入って来て、そして忽ち関係が生じたらしい。この娘の方から誘ったということが、若い彼の女性観を決定したのである、とKは云う。Hはいつも「女だって男と同じように欲望に苦しんでいるんだ。

だから君たちのお嬢さんだって、夜、ふたりきりで枕を並べて寝たら、忽ち我慢できなくなって、君たちの寝床へ入ってくるさ。そうなれば、もう憧れのお嬢さんなんてものは、君の目のまえから忽ち姿を消してしまう。そうして現実の、健康な欲望を持った女が、代りにそこにいる、ということになる」と、笑っていた。「ぼくの女房なんて、ぼくが田舎へ帰ると、もう夜を待ちかねるようになっている」と、彼はあの年の避暑地仲間に語ったそうである。彼は大学に入った年に、その許婚者と正式に結婚していたのだった。

現実の女性の生態についての情報は、そのようにして専らHの口から伝えられたらしい。私たちは「Hの妻」というひとりの女性の感情や肉体の状態について、たとえばどのように女性は欲望を表現するか、抱擁のあとで女性はどのように感情的変化を示すか、またその胸や腰の触感はいかなるものであるか、というようなことを、彼の口から縷々《るる》として話して聞かされ、そうして、そのHの話から触発されて、私たちの心のなかに拡がる妄想を、私たちはひそかに恥じていたに違いない。それは、そうした経験の全くない私たちにとっては、心のなかで友人の妻そのものを犯すように感じられただろうから。

「Sはどうだった。Sもあの夏、高原へ来ていたような気がするが……」

と、私は突然に思いついて訊いた。

Sは戦後、放送局に勤めているので、現在も私は年に何度も逢っている。しかし今迄、彼と会っていても、いつもそれは現在の彼と話しているので、そうした彼の背後に、学生時代の面影を見出したことはなかった。Sという存在から、私は彼の青春の部分を切り捨てて、彼とつき合っているわけで、だから私にとってはSはいつも「某放送局員」ということになっているし、また彼の方も私を「作家」として待遇して、それ以前の私に対する記憶を抹殺しているらしい。それがこうしたKの饒舌によって、否応なしに、私の切り捨てている記憶の空間が掻きたてられたために、急にそこから今のSになる以前の彼の記憶の影らしいものが、かすかに立ち現われて来たわけだった。そうして私が知っている現在のSは、有名な漁色家であったから、既に当時ももしそうした肉欲の追求に熱心であったとしたら、彼は私たちにとって、もうひとりのHたり得た筈である、と急に私は思いついたのだった。そうだ、あるいは、現在の私と交友関係を続けているSだけが、私の失われた記憶の世界と現在とを繋ぐ橋となり得るかも知れない、と私は感じた。そして、その空白な記憶の世界が、遠くでぐらりと大きく傾いたような感覚を味わった。

——私たちの仲間は、大学時代のある年の夏、多分、その仲間のひとりの別荘に合宿をした。その事実さえ、私はこの三十年間忘れており、そして今、Kから自明のこととして、その話を持ちだされると、私にはそれが前生を思い出そうとする時のような、または昔見たに違いない夢の内容を思いだそうとする時のような、奇妙な心細さを覚えた。そうしたことはなかった、と断言することは、心のどこかではばかられる。しかし、たしかにそうだった、と云うのは、何か嘘をついている時のような、後めたさを感じないではいられない。現に、私自身の当時の行動についても、Kに向って遠慮勝ちに訊いたり、又、誘導訊問を行なって、情報を引き出さなければならない。しかも、もし、彼の記憶に間違いがあったら、私は他人の行為を自分の行為だと記憶し直すという奇怪なことになる。もし私にとって事実無根である筈の行為が、現在の私の道徳的感覚にとって耐えがたいものであったとして、それを誤って私の行為であったと教えられ、そのために私が悩むとしたら、一体、どうなるのか。現にそれは道徳に関したことではなく、趣味に関したことではあるが、彼はその夏、私が外出時だけでなく小屋のなかでも、いつも緑色のベレーをかぶっていたと告げ、そしてそれを青年らしいダンディズムだとして面白がっている。しかし、私はあるいはベレー帽を用いたかも知れないし、場合によっては、避暑地で知らない床屋に行くのが面倒くさくて、長くなるのに任せていた髪を押えつける目的で、室内でもかぶっていたかも知れない。しかし、それが緑色となると、断じてそれはKの記憶違いだと云わざるを得ない。私の色彩感覚から云って、緑色のベレーというのは、どうしても受け入れられないし、記憶の埋没した時期のなかでも、そうした趣味的感覚が、現在と別のものだとは信じられないのである。しかし、もし緑色のベレーがKの思い違いであったとしたら、秋野さんのお嬢さんにKと同じように熱中していたという、緑色のベレーをかぶった青年も、あるいは私ではなかったかも知れず、そうなれば私の記憶が、この旅のあいだに次第に明るんできても、そこからその憧れのお嬢さんの姿が浮び上ってくるということはないかも知れない、ということになる。しかし、これはひとつの理屈に過ぎない。一方で私は現に今、胸のなかに、あのかすかな桜色のもやを感じているし、そして、そのもやの出現の動機となったのは、秋野さんのお嬢さんという言葉だったのである。

「Sはおかしな奴でね」

と、私の質問に答えて、Kが話しはじめた。

Sは大学時代から芸妓遊びという方法で欲望を満足させる習慣を持っていたという。そして、彼はその経験を私たちによく語ってきかせたというのだが、それはHのようなシニカルな調子ではなく、美的な快楽主義の立場からであった。だから、Sの話から触発される生身の女体への幻想には、Hの場合のような嫌悪感を伴うことはなかった。あるいはそれはお嬢さんというものが、一方でたしかに肉体をそなえた娘であって、そのお嬢さんたちのひとりと、私たちが結婚する可能性もなくはないという予感が、遠い未来のこととしてはあり、他方で芸妓というのは当時の私たちにとって、全く別の世界の女性であって、会うことさえないと思っていたからかも知れない。会う可能性のない相手を犯す空想は、起しようがなかったからである。そうして、何かの間違いでお嬢さんたちのひとりと肉の関係に入るということは、恐ろしい罪ではあったが、全く可能性がないわけではなく、それを空想することが嫌悪感を惹き起すことはあり得たのだから。

ところでその夏、裕福なSは、学生の身分であるにもかかわらず、その避暑地の最高のホテルに滞在していた。そこで私の記憶のなかに、またひとつの新しい空間が開けて来た。その頃には「避暑地」というものがあり、そこに「最高のホテル」というものがあった。あの頃の避暑地というものは、日本の支配階級の専有物であり、そしてその階級は固定していたし、従って彼等のための最高のホテルの客も一定していた。ホテルもたとえば避暑客のお雇い運転手の場合は、彼等専門の別の旅館があった。現在では流動的となった階級が、そうしたホテルの区別を無視するようになっている。あの頃のあの最高のホテルも、今日では改築されて、なるべく多くの客のために、多数の簡易な部屋をアパートのように並べてしまっている。そうして現に、私たちはそのホテルに、今度の旅で宿をとることにしていて、そしてKは平然と革のジャンパーと運動靴という略装のまま、入って行こうとしている。そうしたことは、以前には考えられないことであった。さて、その最高のホテルに、誰か常連の紹介を得てだろうが、泊ることに成功したSは、数日後に散歩の途中で私たちに出会い、話し合いの末にそのホテルを引き揚げることになって、私たちの方へ移って来た。ホテルへある皇族が滞在することになって、警戒が厳重になったのが、彼にはわずらわしくなったからという理由だった。

「何しろ当時のことだから、腕章を巻いたカーキ色の服の男なんかが、庭をうろつくようになり、それにSはあの頃の学生には考えられないほどのお洒落だったろう。男の癖に化粧ケースなんて持ち歩いていたんだから。そんな彼の服装は、たちまち制服の反感を買って、どんな難癖をつけられるかしれない。それで彼はこわくなったんじゃないのかな。宿泊料が心細くなったからなんて口実もつけてはいたけれど。しかしあの気取り屋は、引越してくるのに、ホテルのボーイにトランクを持たせて後にしたがえ、りゅうとした麻の白服で、ぼくたちの小屋への坂道を上って来た。カンカン帽を扇子のかわりに使いながらね……」

Kの描写は私の前に、その情景を小説中の一場面のように鮮かに甦らせてくれた。それはほとんど私自身の記憶が復活したと錯覚しかねないくらい鮮明な幻影だった。しかし、悲しいかな、その白い麻服の男の顔は、私が最近でも会っているSの、鼻下に髭を貯えた初老の男の顔であった。しかしこのSに関するかぎり、私の記憶の陥没時期の生態の実感は、今日まで見事に連続しているようである。それが私には奇妙な感動を与えた。あの記憶の砂漠のなかから、Sは現在とそっくりの人格なり習慣なりを備えたまま、この世に立ち現われたわけだから。それに比べて、この目のまえのKは、もし私の記憶のなかから何かの拍子で、うまくその青年時代の面影が飛び出して来たとしても、私はその面影と対照すべき、現実の方の彼については、先夜の彼の説明以上に、何も知らないのである。しかも、今、彼は記憶のなかに失われた青年を発見しようとして、そのために現実の方の彼自身を否定する決心をしてしまっているのである。

「いや、それでね。面白かったのは、Sはぼくたちの家に移ってくると早速、東京を発つ前の日の芸妓遊びについて、その芸妓の肉体的特徴を微に入り細にわたって自慢しはじめた。そうそう、彼は家の手前、遊ぶのはいつも昼間だったと云っていた。昼遊びという言葉を、その時、ぼくははじめて教えられた。それでそのSのお喋りに現実的な相槌をうてるのは、勿論、もう結婚していたHだけだった。SとHとはぼくらの前で優越感に満ちて、女性の肉体というものについて、またその肉体の愉しみ方について、情報を交換していた……」

そこでKは笑いだした。そうして慌ただしく葉巻をふかすと、また話を継いだ。

「そのSがだよ。翌日、遊びにやって来た秋野さんのお嬢さんに紹介されると、たちまち夢中になってしまったんだ。しかもその夢中になり方が、お嬢さんの肉体を征服したいとか、そういうことじゃなしに、ちょうど、ぼくたちみたいに、肉体なしの憧れの存在として、受けとっていたんだね」

Sには、既に当時の青年としては例外的な肉欲的経験があった。その経験はHの場合には、全くお嬢さん的幻影を受けつけるのを拒否させるふうに働いたのに、Sにおいては、芸妓とお嬢さんとは、全く二つの別の経験として捉えられることになったというのである。Sにおいては、それに先立つ肉欲的経験に打消されることがないほど、夢想的なお嬢さんという幻影は強いものであった、というのである。

つまりH青年にとっては、世界は既にただひとつの現実だけであった。ところがS青年にとっては、世界は青年らしく、全く異る二つの世界から構成せられていた。現実の世界と夢の世界とである。そして、現実の世界のなかで、彼は金で芸妓を抱き、夢の世界のなかでは、幻影のお嬢さんに憧れたというわけだった。

それは、無神論者と篤信者との関係に似ているなと、私は列車の振動に身を任せながら、連想の遊戯を愉しんでいた。そうした宗教的領域の問題をも、そのように無責任に連想のなかへ立ち現わせるというのが、この思いがけない旅の雰囲気に、私が既に影響を受けている証拠でもあったのだが。――無神論者にとっては、Hと同じように、現実はあるがままの現実ひとつしかない。ところが篤信者にとっては、世界は人間の目で見る自然的世界と、神の目で見る超自然的世界との二重構造になっている。Sはそうした二重構造のなかで、自然的世界の存在として芸妓を抱き、超自然的世界の存在として、お嬢さんに憧れていた、ということになる。

そうして、私たち、私やKやその他の仲間にとっては、その二つの世界のいずれもが現実的な手答えのない夢であったわけである。秋野さんのお嬢さんが夢であったのは云うまでもないとしても、もう一方の、HやSの放言に触発されて、眼前に生まなましく描きだされる「現実の女性」という方も、現実的に人間的な顔は備えていなかった。私たちが満たされない肉欲にうながされて、突然に夏の小屋から、日の光りの強い野原に徨い出、女の肉体の幻想に追われて、背の高い薄《すすき》のあいだを腕を振りながら歩きまわったであろう時、どの具体的なひとりの女の肉体をも想像していたわけではなかったろう。

しかし、そのようにして、肉欲もまたひとつの、実体のない幻想の世界を作りだしていたとすると、私たちの内部で、その二つの夢の世界が、ある時、ひとつに溶けたことはなかっただろうか。――そういう疑問が不意に私の脳裡を横切った。そして、その質問をKに向って発しようとしたが、彼は片手に握った紙表紙のヘーゲルに、今は熱中している。その熱中によって、彼はこれからおとずれて行く世界へ戻ろうとしている。つまり、その熱中そのものによって、いわば肉体的に、同じような熱中ぶりでその頁を睨《にら》んでいた青年時代の感覚を、取り戻そうとしているわけであろう。その過去の喚起作用に、途中から別の視点を要求して濁りを与えるような質問は、この旅行の目的に反すると、私は思いかえした。

私の疑問は、その記憶の道を辿る途中で、自然に解答に出会うかも知れない。それまで待っていればいいのだ、と私は自分に云いきかせた。そして、改めて目のまえの、長い歳月のなかで徐々に確実になめされた男の顔の皮膚を観察しはじめた。彼はこの皮膚を引き剥いで、その下から若い柔らかい皮膚を、もう一度、取り戻そうとしているのである……

第四章　夢の開幕

……微かなかすかな葉ずれの音が、私の頰のまわりに近寄って来て、また遠ざかって行く。近寄って来るに従って、私の意識は眠りの奥から浮上しかけ、遠ざかって行くにつれて、その意識は底の方へまた沈んで行く。その葉ずれの音は、波のように繰り返して、ひたひたと、私の眠りの岸に寄せてくる。そうして時々、その間にオーボエの音のような山鳩の鳴き声が、遠くで甘えたくぐもった音を立てて、それが深い林の拡がりを、私の意識のうえに拡げてくれる。私の閉じた瞼のうえに、優しい日の光りが、猫のように繰りかえし、しつこく戯れかかりはじめる。それが私の意識を眠りの奥へ引き返そうとするのを引き留めている。それから、不意に鋭い草の匂いが、私の鼻腔《びこう》のなかへしみ入ってくる。

林の草原のうえで、日を浴びながら昼寝をしているのだ、と私は今の自分を判断した。そうして、その葉ずれの音と山鳩の声と日の光りと草の匂いとが、私の意識のうえに拡げている草原というものが、半ば眠っている私の感覚にとって、非常に親しいものである、と気付いた私は、次にそうした親しい感覚そのものが、長い間、私の忘れていたものであることにも気付いていた。そういった外界と私の肌とが、火のうえのバターのように溶けあう親しい感覚を、私はいつから味わわなくなっていたのか。そうだ、そうした感覚に疎遠になっていた間は、私の肌は世界に対して閉ざされ、孤独な存在と化していたのだ。それは動物としては不自然な、病的な生き方である。そうした長い長い間――しかしそれは本当に、長い間だったのか。いや、それはほんの一刻の昼寝のあいだに過ぎないのかも知れない。多分、この深い眠りがそのような時間感覚のうえの錯覚を作りだしているのだ。そして、そのような深い眠り、太陽の光りに包まれたなかでの、気を失ったような快い眠りというものも、しかしまた、長い間、忘れていた、と私は思った。

一体、そうした長い間というのは、何なのだろう、どういう感覚なのだろう、と私は浅い眠りに快く涵りながら、ぼんやりと考えはじめた。長いと私の感じているその感覚は、一刻の深い眠りによる、身体と心との疲労の回復の感覚、全身に若い新しい力がまたみなぎりはじめている、という肉体的感覚の惹き起している錯覚なのではないのか。そして、そうした回復の感覚を、長い間忘れていた、と私が感じているのも、実はその回復の感じが非常に大きい、非常に若返ったと感じたところから来ているのではないのか。昼寝に入る瞬間のけだるい疲れの感じが、あまりにも鮮かに一掃されたのを、今、全身で感じているために、私は生き返ったように、つまりは一度死を通過して、もう一度生の世界へ戻ったように感じているのではないのか。

そうして、その死の世界の通過の感覚が、長い長い長い間と錯覚されているのではないか。
しかし、一方で、そうした快い眠りの感覚を長い間忘れていた、と今、私が感じているのが、錯覚でないとすれば、その忘れていた間の長い時間というものは、私の人生のどこにあるのだろう、と今度は私は考えた。そうして私の思考はそこで不意に深い謎《なぞ》のなかへ落ちこんだように混乱した。

もし、私の人生のなかで長い時間が経過したとしたら、私は年をとった、長い時間を既に生きた、ということになる。何という滑稽な思い違いだ、と私は思った。今、私の全身にみなぎっているこの若い生命は、私が青春のさなかに生きているということを、私に感覚させている。そうしてただ一刻のあいだ私が離れていた、この葉ずれの音、山鳩の鳴き声、日の光り、草の匂いは、先程、眠りに入るまえと同じように私のまわりにあり、そして目覚めようとしている私の意識のなかへ、愉しくまた侵入しはじめているのだ。そう感じることで、私の意識は一瞬の謎の世界から、また一気に浮上しはじめた。

それにしても、何としつこく日の光りは、私の瞼を刺戟しつづけていることか。それはもう暖かさから熱さに変っていて、起きろ起きろと囁きつづけている。

私は私のまわりに集って来て、私の眠りを覗きこんでいる草原の奴を驚かせてやろうと、悪戯気を起して一気に大きく眼を見開いた。

そうして、一瞬のあいだ茫然となっていたあとで、今度はもっと大きな感覚的混乱のなかに落ちこんだ。

私は草原でなく、ベッドに寝ている。私は大急ぎでまわりを見廻す。白い無表情の壁が、冷然として私の驚いた視線を拒否する。

私は毛布をはねのけようとして、不意に私の手の甲に眼が行く。その甲には無数に細かい皺《しわ》が、複雑な地図のように拡がっている。私は玉手箱を開いた浦島子のような悲鳴を耳もとで聴いた。その悲鳴もまた踏みしだかれた枯葉の音に似ている。ここで未知の寝台のうえに横たわっている肉体は、二十歳ではなく五十歳の肉体なのだ。そしてそれが私の肉体なのだ。

ようやく私は現実感覚を取り戻した。私はあの日の光りの戯れに肌の感触を溶け合わせて陶然としている親しい感覚を味わわなくなってから、現実に長い間を生きていたのだ。その長い間は錯覚でなく現実であったのだ。草原のうえの一刻の昼寝という方が、錯覚だったのだ。

私はようやく、はっきりと現実の世界のなかに眼を覚ました。しかし、私の体内には、覚め際に私が快く感じていたあの二十歳の力のみなぎりが、まだ去りやらずに残っている。そしてその感覚の原因となった日の光りが室内に溢れていて、眼覚めた私の肌にあのとろりとした親しい感覚を、まだ味わわせつづけている。私の脳裡を、先夜の、私の内部における若さと老いとの戦いという感想が、一瞬、甦って通りすぎた。その時、身体の奥の青年の力が、私を一気にベッドから跳ね起きさせた。枕もとは大きな一枚板のガラス戸で外界と区切られている。そして、そのガラス板は、強い日の光りで鏡のようにまぶしく輝いている。

私の意識は、本の頁を繰るように、現実の記憶を回復して行った。これはホテルの一室なのだ。昨夜おそく階下のバアで飲み過した私は、この部屋に入ると、窓のカーテンを閉めることも忘れて、眠ってしまったのだ。そうして、バアに落ちつく前に、あの中庭に面した食堂で夕食をとり、そしてKはこの食堂だけには昔の面影があると感嘆し、「ここで秋野さんに昼飯を御馳走になった時、君も一緒だったかな」と彼は私に訊いたのだった。そうしてその前に、彼は自分の部屋にボーイに案内されて入った瞬間、「この新しい部屋はなじまない」と愚痴を云い、中年のそのボーイが、「昨年まで、まだ一翼だけ旧館の建物が残っていましたので、昨年、おいで下さればよろしかったのに、残念なことをしました」と答え、そうしてボーイが慇懃《いんぎん》な態度で部屋を出て行くと、「あのボーイの態度にも言葉遣いにも、あの頃の匂いが残っている」とKは昂奮して云い、そうして、「今度のぼくの計画は成功しそうだ」と喜んだのだった……

私は日の光りによって熱くなったガラス戸を押し開いた。小さなヴェランダがついている。そしてヴェランダの前は、一面の林の梢《こずえ》が深く枝を交し合っている。私は暖かい空気を肺いっぱいに吸った。鼻腔へ先程と同じ、鋭い草の匂いが浸み入ってくる。そうして遠くの森のなかから、甘えたような山鳩の声が聞えてくる。

私はまたもや先程の覚め際の感覚のなかへ入った。私は二十歳なのだ、と昂奮して思った。そしてヴェランダの端へ歩み寄り、鉄の手すりを両手で摑むと、隣りの部屋へ向って大声でKの名を呼んだ。もしKもヴェランダへ出て来たら、それは二十歳のKであるだろうし、そうすれば二十歳の私は直ちに二十歳のKに対して親しい感情を取り戻すに相違ない。

しかし、ガラス戸の一枚が開け放たれて網戸に変っている隣室には、人の動く気配はなかった。私よりも早く二十歳のなかに目醒めた彼は、私の起きるのを待ちきれずに、庭へ出て行ったのかも知れない……

私は迷路のように長い廊下を辿りながら、昨日横切った筈のロビーに向った。その細い廊下は天井も狭くトンネルのようで、そうして足の感覚が微かな下りの勾配を捉えている。その緩やかな坂を降りる感じが、また私のなかに夢見心地を上昇させる。眼で見ただけでは気のつかない微妙な道の昇降が、歩いている私に夢路を辿るような思いをさせる、というのも、私にとっては長い間、忘れていた感覚であった、と私は気が付いた。そして同時に、懐かしい抒情的気分が私の胸に満ちて来た。その気分は、現在とは全く切り離された、――ということは全く忘れはてていた、――過去の一時期の感覚が、不意に甦って来たところから起るものだ、と私は思った。そしてその過去の一時期というのは、Kが今、入って行こうとしている私たちの学生時代の夏休みの時期なのだ。この高原の避暑地の林のなかの小道は、自転車で走ればすぐに判るのだが、平らなところが殆んどなく、大概、昇り道か下り道かで、そうしてそのような微妙な傾斜が、青年の心を夢見がちに保ってくれるのだった。その感覚をこのホテルの朝の廊下が、不意に私のなかへ立ち戻らせてくれたのも、今、私の足が青年の歩き方を思いだしているからだったろう。そうした抒情的な気分が全身に拡がって行くのは、私には奇蹟としか思えなかった。それはこの間の晩のKのクラブで私の内部に不意に立ち昇って来た桜色のもやの、もうひとつ奥にひそんでいた気分でもあったのだろう。あのもやに私が溺ったということが、私の心の底の、もうとうに死んだと思っていた、いや、かつてそうしたものがあったということさえ忘れはてていた、この気分に、今、私が出会うことになるのを準備してくれていたものに相違ない。しかし、こうした気分が、何の予告もなく私のなかに立ち現われた時、それが何十年前に私が味わったことのある気分であると直ぐ気が付くというのは、何と不思議な記憶の回復作用であることか。ある記憶の内容を思い出して、それが過去の経験であると認識するのは知性の仕事であるとしても、こうした感覚的気分を、かつて遠い過去に何度も経験したことがあると気付くのは、感覚そのもの、気分というものを味わう器官そのものの仕事なのだろう。

私の内部のその抒情的気分は、私が廊下を先に進むにつれて、いよいよ昂まって来た。廊下の終るところは、革椅子の配置してあるロビーが開け、そのロビーの右手のフランス扉を押すと、そこに小さなカフェ・テラスがある。

　私はそのテラスに出て、真新しい白木の椅子に坐り、トマト・ジュースを持って来させた。朝のすがすがしい風が、テラスのなかを吹き通っている。目のまえは広い前庭が拡がっていて、その中央に両側を花々に飾られた茶色の土の道が、曲りくねりながら下って行く。その道はやがて樹々のあいだに消える。私はそのゆるやかな坂道を目で追って行った。消えた先は、森の向うの表通りへ通じる道が梢のさし交した下を通っている筈である。

　突然に私は、その表通りのやはりゆるやかな下り坂となっている道を、山の手の方から降りて来る、二十歳の私の肉体的感覚を想い出した。爽やかな午前の空気のなかを、彼は両側の店に時々目を走らせながら、ゆっくりと坂を下ってくる。そうだ、その青年は、正に今、私がそのなかに涵っているのと全く同じ抒情的な気分が、胸のなかに溢れ出るのを感じながら足を進めているのだ。今、彼は左手の郵便局のペンキを塗った木の建物のなかへ入って行く。昨夜、悪戯半分に自分で描いた絵葉書を投函するためなのだろう。

　彼は冷やかな空気の支配するその建物から出ると、今度は気紛れを起して、背中に暖かい日を浴びながら、その木造の建物の角を曲って、今までの坂と直交している通りへ入る。つき当りにコートがあり、白い服装の男女が乾いたボールの音を心地よく響かせながら、テニスをやっている。彼は数日前に、このコートで友達がトーナメントに出るのを観に来たことを思い出す。

その友達は誰であったのだろう。今、このテラスでトマト・ジュースを飲んでいる私には、もう思い当らないが、しかしその友達が賞品に貰ったノートを、彼に呉れたことは確かだ。文章を書くこと、またそのためのノートをとることが、ほとんど唯一の趣味であった当時の彼は、帳面を貰ったということが非常に嬉しかったのである。その子供らしい嬉しさが、三十年の時の彼方から不意に甦って来て、私の抒情的な気分のなかへ幸福な匂いを注ぎこんでくれた。こうした無垢な幸福な気持というものも、何と長い間、味わったことがなかったことか。一冊の真新しいノートの薄青の横罫《よこけい》の走っている卵色の頁を目のしたに開いて、そこに大輪の花のように無限の夢の開けて行く予感に、胸を踊らせるというようなことは、人生そのものがこれから始まって行く時期の青年にしか、味わうことのできない経験なのだ。そして、もう人生の三十年という頁を、様々の大きさの字で埋めつくしてしまった現在の私に、一体、誰がもう一度、真新しいノートを呉れるだろう。

私は氷が溶けて薄くなったジュースの残りを一気に飲みほした。

それからもう一度、目をテラスの下から延びている正面の道の方へ徨わせた。

丁度、先方の樹影から、ひとりの若者が元気な足取りで上って来る。その青年の姿に、私は今まで幻影に描いていた三十年前の私自身の姿が、そのまま重ね合せになるのを感じた。その青年――かつての私――は、テニス・コートから足を伸ばして、森のなかの冷えびえとした空気の流れている道へ歩み入り、そして、今、私の眼のまえの樹影から現われたことになる。

実際に私は、Kの云うように、三十年前の学生時代の夏休みに、ここの別荘地のなかで合宿生活を送っていたとしたら、――そして確かに先程、ほとんど思い出のようにして、あの表通りの坂道を降りてくる、若い頃の私自身の姿を幻影として見たのだから、そのKの証言はほぼ事実に相違ないのだし、そして次第に私自身のなかにその時期の記憶を回復させるための現像液がたまって来つつある気配を、濃厚に感じはじめているのだが――もしそうなら、三十年前のある朝、その私は実際に、この目のまえの、ホテルの正面玄関に通ずるゆるやかな坂道を、昇って来たのかも知れないのである。

そして突然、私の意識のなかに奇妙な逆転の感覚が生じた。前庭に立ちどまって、このテラスを見上げている彼――三十年前の幻影の私――のなかに、私が入り、そして、今、テラスのうえからその青年を見下している方の現在の私の視線が、他人のものとなった。

その他人のものとなった視線は、突然に私には成熟した大人びたものに感じられた。ということは、私の気分がそうしたものを、若い自分とは異質に感じたということで、つまり私は青年の心理状態に入っていたということになる。それから、その成熟した視線の他人は、ひとりの中年男の映像となって、遠い記憶のなかから時間の厚い層を切り裂くようにして戻って来た。

それは昔の近江先生の視線なのだ。あのカタストロフィーの終りの、物資の極度に足りない時期に、この疎開地で息を引きとった先生。その先生は、今、あたかも前生からのようにこのテラスのうえに甦って、前庭に立って見上げている私と視線を交している。

それはいつのことだろう、今、私の経験している感じは記憶なのだろうか、それとも幻影なのだろうか。先生の視線そのものは、確かに記憶のなかのものであるが、その視線とこの場所とを重ね合せたものは、過去における現実であったのか、それとも現在の私の心のなかの単なる連想の戯れなのか。

とにかく、テラスのうえに坐ったままで、テラスの下の道に立ってこちらを見上げている青年の幻影のなかに、不意に入ってしまった私の意識にとっては、今このテラスは全く別の様相をとって見えて来る。

私は先程、何気なく部屋から出て、このテラスへ歩み入った。それは私にとって私の気分と同質の時間であり、木の椅子もテーブルもこの時間のなかで、自然に私に受け入れられた。

ところが、今、そのテラスは、下の道から見上げると、不意にひとつの「聖域」と変った。そこは若く貧しい彼の踏み入ることをためらわれる場所であり、だからこうしてやって来たのに、彼は足を留めて見上げているのだ。

日の光りの溢れている道から見上げると、このテラスは薄暗く、そしてそこに坐っている二三人の人物は、幽霊のように影ばかりに見える。そしてその仄暗さのなかで、近江先生は病人独特の鋭い視線で、彼を見下している。

この逆転の感覚は、私のなかにはっきりと三十年前の青年の心の状態の再現を意識させた。あの頃の私たちにとっては、このホテルそのものが、気易く足を踏み入れる場所ではなく、ここに泊っている、余裕ある生活の大人たちを訪ねて来ても、幾分の居心地悪さとおびえとを感じながら、道に立って相手がテラスから降りてくるのを待つのが習慣だった。

つい今まで、私にとっては居心地のよい場所だったテラスは、想像のなかで前庭から見上げた時、そこに私たち青年からは、遠くかけ離れた富裕な成熟した年代の人物の視線を思い描くにおよんで、突然に「聖域」と変ってしまった。私が坐っている木の椅子は、私の想像のなかで、私の頭上の天井もろとも、廻り舞台のように、百八十度、回転したのだった。そして、百八十度回転したこのテラスは、三十年以前には、あの私たちとは異質の存在である富裕な大人たちの青年を見下す視線と共通の雰囲気を持っていたわけだ。だから、近江先生の視線の記憶が、この場所の逆転の感覚を導き出したのかも知れないし、あるいは本当に、そうした「聖域」としてこのテラスを感じていた当時の私が、現実にこのテラスから日の当る前庭に立っている私を見降していた、近江先生の視線を受けとめたことがあったのかも知れない。しかしその情景そのものは、未だ私の記憶の奥からは甦ってはこない。視線の記憶と、場所の記憶と、情景の記憶とが、私の心の奥で別のカプセルに入っていて、私はそのカプセルの色の類似から、今、視線と場所とを組み合せて、ひとつの情景を作りあげ、その情景と類似する過去の情景を、記憶のなかで模索している、というわけだろう。しかしそれは偽の記憶であるとしても、いかにも真正の記憶のような姿をとっている。

現に、私にはテラスの上の先生と、テラスの下の私とのあいだの会話が、明るい幸福な日の光りのなかに聞えて来はじめさえしたのである。

「君がこっちに来ていることを、東京で聞いた。ぼくは昨日来たんだが、それで君に電報を打ったわけだ」

「お身体は、よろしいんですか」

「いや、それが駄目なんだ。駄目だから、ぼくは夏をこっちで暮すことにしたんだ」

「奥さんは？」

「女房は、もう今年あたりは、この土地は物が不便だからと云って、来たがらないんだ」

「それでホテルでお暮しになるのですね」

「いや、そんな金はぼくにはないよ」

そこで先生独特な皮肉な光りが、視線のなかにひらめく。先生は財産家の奥さんを貰ったことで、金のことが話題にのぼると、必ずシニカルになるのだ。奥さんには金があっても、自分にはない、とそう聞えるように、先生は話しているのだ。こんな高級なホテルに泊りながら。それは貧しい青年には、厭味《いやみ》な冗談に聞える。——そう、幻影のなかの私は思った。

「だから、例年のように、あの山小屋を開ける。こんな身体では、しかし、掃除やなんかは手に負えないから、それで君に、二三日でも泊りこんで、手伝ってほしいのだ。なに、土地の手伝いの女を見つけるまでだ」

幻影のなかの私は、以前に訪問したことのある先生の山小屋の壁を埋めていた、厖大《ぼうだい》な書籍を思い描き、そして急に嬉しさが胸に一杯になる。それに、いつも青年たちに距離を置いている先生が、そのように自分を信頼してくれているということを知った嬉しさが、その心の弾みをいよいよ勢いのいいものにしている。

——ここで、不意に幻想のなかの会話は途切れ、その会話の雰囲気そのものも、どこかへ霧散してしまった。後がまた続いて出てくることはない、と私にははっきりと判った。

そう判った途端に、また幻想の舞台は私を載せたままで、いわば九十度だけもとへ戻った。私は自分が木の椅子の、今まで近江教授の占めていた後に、青年の気分をもったままで、移って来て坐った、という感覚を味わった。私は先程のトマト・ジュースを飲んでいた時間と、この新しい時間とを連結させるために、全く何気ない表情で、卓上のコップを取りあげて水を飲んだ。壁際の薄暗い勘定台に坐って、こちらを見ている娘には、私のこの二度の変身のドラマは、全く気付かれなかったことは確かである。

それにしても今の会話は、非常に内容のあるものであったが、それは三十年前のある夏の午前に、本当にこの場所で、先生と私とのあいだに交されたものなのだろうか。もし本当の記憶の回復であるとすれば、それは微細に過ぎるように思われるし、一方で単なる想像であるとすれば、やはりあまりにも真実味がありすぎる。私は今、私の心の奥で、情景のカプセルが溶けてくれるのを激しく待望した。それは心の片隅に一種の焦燥感となって感じられた。情景のカプセルが溶けて、記憶が現われ出てくれれば、今の会話もそっくりその情景のなかに融合してくれることになるだろうに。

私は先生の性格、先生と奥さんとの関係、また先生の山小屋、その室内などを、いずれも遠い記憶の反映のようなものとして、漠然とまた切れぎれに思い浮べた。私は先生の奥さんには、この土地でも東京でもお目にかかったことがあるような気がする。そしてそれは明るい声で朗らかに笑っている、肉付きのいい中年の女性という印象を、今、思い出させてくれた。しかし、その顔や身体つきの具体的な姿は、全然、思い浮ばないのである。それにしても、先生の奥さんが大きな持参金付きで嫁入って来て、それが貧書生であった先生との間に、心理的葛藤を生じさせ、更に先生の弱い体質とあいまって先生の性格を皮肉なものにしていた。そうした事情を当時の私が熟知していた。ということなど、今の奇妙な会話以外には、私に思い出すようすがはない。しかし、あのありありとした会話の空耳は、私にその内容が事実であったという確信を、疑いないものとして与えてくれた。

その時、突然に庭から木の階段を昇って、長身のKの姿が現われた。

「今朝は早く起きて、村をひとまわり歩いて来た。大分、見当がついて来たよ。君、マダム・ヴォルテールを覚えているかい？」

と、彼は元気のいい声で云いながら、私のまえに掛けた。

「ヴォルテールの奥さん？　何でまた急に。あの十八世紀のフランスの哲学者は独身だったんじゃないか？」

Kは声高く笑った。

「あの年のぼくたちの小屋に通って来ていた手伝いの女さ。Sの奴がぼくたちのところへ移って来て、直ぐにあの婆さんの横顔が、君の持っていたフランス文学史の本の表紙についていたヴォルテールの肖像にそっくりだと云ったので、それでマダム・ヴォルテールという渾名《あだな》になったんだ。その婆さんがまだ生きているらしいんだ。あの婆さんを世話してくれた八百屋の店がまだあったんで、入って行って雑談したら判ったんだ。あとであの婆さんの家を探して、会いに行ってやろうじゃないか？」

そこで私は急にKの饒舌を遮って質問した。

「君、近江先生を覚えているかい?」

一瞬、Kはとまどった表情になった。しかし彼は大急ぎで、自分の意識の流れの方向を変えようと努めているようだった。

「ああ、あの先生の教室に出たことはないが、正門前の並木道で、何回か見掛けたことがある。いつも身体にぴったりの服を着て、物すごく痩せて青白い顔をした人だった。いつも力のない咳をしていたね。もう死んだんじゃないか、確か……」

Kは私の顔を覗きこむようにしていた。

「しかし何だって急にあの先生のこと……ああ、そうか」

Kの顔に忽ち明るい光りが射した。

「そうか、君もあの時一緒だったのか?」

「あの時?」

と、私は口ごもった。

「うん、あの夏、あの崖《がけ》のうえの家へ、秋野さんの使いで、例のお嬢さんが行ったことがあるだろう。あの時、君もあのお嬢さんについて行ったんだっけか」

私にはKの思い込みの内容が摑めなかった。

「何の話だ」

と、私は追及した。

「何だ、違うのか」

と、Kは失望したように云った。しかし、

「いや、君のお蔭で貴重な思い出を取り戻したがね」

と、Kはすぐに気を取り直して、脚を組み変えた。それではゆっくり説明してやろうという姿勢を示したわけだった。

「今、君に訊かれて思いだしたんだが、ぼくは近江先生を、ただ学校で見掛けただけじゃなく、話をしたこともあったんだ。いや、すっかり忘れていたが。実はね、あの夏に、近江先生もこっちに来ていたんだ。そうしてある日、ぼくたちの小屋へお嬢さんが来てね、秋野さんのお使いで近江さんという大学の先生のところへ行かなくちゃならないんだが、その先生のところはここから一里以上もある山のなかなんで、ひとりで行くのはつまらないから、誰か一緒に来てほしいと誘ったんだね。ぼくは二つ返事で庭から自転車を引っぱり出したんだ。その時、君もついて来たのかい。ぼくはあの長い長い坂道を、彼女と二人きりで、自転車を漕いで行ったように記憶しているがね……」

　Kは嬉しそうな笑顔になった。それは思いがけなくも、優しい人のいい無抵抗とも思える笑顔だった。何十年も会社員として浮世の荒波を乗りきって来た人間には不似合いの笑顔だった。

そしてそこに、最近、彼が求めはじめている「本当の彼」の片鱗が覗きかけたということだろうか、と私は思った。

「そうだよ、たしかにお伴はぼくひとりだったんだ。あの坂道をサドルから腰を浮かせながら、二人で競争して昇って行ったんだよ。彼女は見かけより自転車が遙かに達者で、あの急勾配をぐんぐん漕いで昇って行った。そうして絶えずぼくに声を掛けて、へばりそうになるぼくを励ましたり、からかったりしたんだ。何しろ近江先生の家というのが、不便なところでね。その坂を昇りきったところに、崖のうえに身を乗りだすようにして建っていた。ぼくはようやく到着して、息を切らしながら、あの家のヴェランダへ昇って行ったんだが、そこにある籐椅子に掛けると、目の下に緑の谷間が広く拡がっているのが、実に気持がよかったのを、今、ありありと思い出した」

Kは注文したコーヒーが来たので、それに砂糖を入れながら、首をひねった。

「待てよ。そうだ、あの時、君はヴェランダにぼくが坐ると、二階から降りて来て、そして片手に本を持ったままヴェランダへ出て来たぜ。君はあの家にいたんだ。どうも途中の道は彼女と二人きりだったような気がしていて、しかし、何となく記憶のなかに君の姿がちらちらするようで気になってたんだが、君はあの家にいたんだよ。……しかし、どういうことかな。あの夏は、君はぼくたちの小屋に住んでいたのは確かなんだが……」

私は、先程の幻影がようやくKの記憶のなかにうまく滑りこんで、ひとつの情景を作り上げはじめるのを感じた。

「うん、多分、あの時、ぼくは近江先生があの家を開けるのを手伝いに引っぱり出されて、あの家に臨時に泊りこんでいたんだ」

「そうだ、そうだ」

と、Kは膝を敲いた。

「あの時、ぼくはぼくたちの小屋に届けられた君あての電報を、あそこへ届けに持って行ったんだ。あれは何の電報だったのかな」

私にはその電報の記憶はなかった。ただ、私が手にもったままヴェランダへ出て来たという本の面影が、不意に眼のまえに幻影のように立ち現われるのを感じていた。それは純白の表紙に朱で表題の「ジル」という字が浮き出ている大型のフランス書で、その頁のところどころは空白になっていた。検閲のために、組み上ったあとで版をけずられたので、そうなっているのだと、私は誰かに教えられて知っていた。そして、フランスの本で、そのように検閲のあるものを始めて見た私は、その一冊の小説本によって、ヨーロッパの政情の異常な混乱を、ひしひしと身近に感じていたわけだった。そうして、表題の朱色もたしか気のせいか、その出版社の従来のものよりも、露骨に下品な色であって、それが印刷インクの不足を現わしているように思われたのだった。私はそうした感想をKに述べようとして、その読みかけの本を持ったままで、ヴェランダへ出て行ったのだろうか。

「その本は思い出した。しかし、あの家のヴェランダで、君とそのお嬢さんと一緒にいたというのは、全然、記憶にないな」

と、私は答えた。私の内部では、その本のごく小さな周辺しか明るくなって来ないで、そうしてKやお嬢さんの姿はその闇のなかに沈んだままであった。

「待てよ。そうすると、ぼくが近江先生のところへ君あての電報を届けに行った時と、あのお嬢さんについて行った時とは、別の時だったのかな。しかし、たしかに近江先生があのヴェランダでお嬢さんに、秋野さんのことを色いろ訊いていた時、君はぼくの横に坐っていたんだがな。そうか、お嬢さんがぼくらの家へ誘いに来ている時に、丁度、郵便配達が庭に入って来たんで、ついでにぼくが持って行ってやろうということになったのかも知れないな」

Kは遠い記憶の奥を覗きこむような目付きになって、コーヒー・カップを持ちあげていた。

その時、私の眼のまえには、私が見た筈のない情景、郵便配達夫の丸い制帽が、梢のあいだから見えかくれしながら、朝の坂道を昇ってくる幻影が、ありありと浮び出て来たのだった……

第五章　青年たちの家

Kと私とは午前の透明な光りが梢を通して地面にレース模様を描いている、唐松林の道を、肩を並べて歩いていた。若者のように肩を振って大またに歩いているKの、ゴルフ帽のひさしにも、また肩先にも、日の光りは陽気に戯れ、もし私が二十歳なら歌いだすだろうと感じた。現に私の胸のなかには、声を発したい衝動が突きあげて来て、それがその気持にふさわしい旋律を咄嗟に発見できなかったので、ゆっくりと残念そうに溶けて行くのを、意識していた。

Kの方は同じ衝動が饒舌となって、喉へつき上げて来ているらしかった。

「この村はどこへ行くにも、こんな唐松林のなかの道だ。だから慣れないうちはよく道を間違えたものだし、また夜になって懐中電燈で足許を照しながら歩くことになると、また道の有様が全く違って見えるようになるんだね。だから夜道は厄介だったよ」

私の目のまえの木洩れ日の戯れている茶色の道が、不意に空想のなかで夜景となった。両側の唐松の梢のあいだから、濃い闇が霧のように噴き出て来て、私の足をもつれさせる。その足のもつれが、忽ち三十年前には慣れきっていた、この避暑地での夜歩きの足の運びを私に思い出させる。そうだ、そうして足をもつれさせながら歩いていた時は、必ず誰か仲間の身体が傍らにあることを意識していたものだ。闇のなかに半ば溶けながら、懐中電燈の光りの向う側で揺れている仲間の影は、波間に浮んでいるように錯覚されたものだった。そうして運悪く電池が切れたりすると、私たち皆の影は、闇のなかに溺れてしまって……

Kは一段と大声になって、話しつづけている。

「あ、思いだした。秋野さんが用があって東京へ出掛けてね。そうしてあの家はお嬢さんと太郎君の二人が留守番をするということになった時、お嬢さんが自分のところでパーティーを開くことにした。ぼくらが日頃、碌《ろく》なものを食っていないから、スキ焼きをしてくれるというので、ぼくらは張り切って出掛けて行った。覚えているかい？　そら、夕方、まだ暗くならないうちに、庭の芝生のうえで車座になって鍋を囲んだのを。隣家のリュシエンヌが、ズボンをはいて横坐りになっていたのが、ズボンが豊かな腿《もも》ではち切れそうになっていて、妙に生まなましかったのを覚えているよ。当時のぼくらの感覚では、若い娘たちは肉感を挑発するはずのものではなかった。ところがその瞬間のあのベルギー娘は、妙に動物的に見えたのだね。それに彼女は鍋から肉を拾いあげて——ああそうだ、彼女はたしかフォークを使っていた——口へ持って行くと、その時、その口が拳固でも入りそうに大きく開くんだね。もともとあの子はグラマーだったが、そうやって長い時間、位置を変えないで向い合っているということが、それまでなかったせいもあるかも知れないが、眩しいくらいに官能的な肉の塊みたいになって、こっちに迫ってくるんだね。何だかぼくは見るべきでないものを目にしているようで、自分が悪いことをしているような気がして落ちつかなかったよ……」

「草のうえの食事」と、私は心のなかで呟いた。それは印象派の絵のような光景を思い描かせた。その時、――もし私がその食事に出席していたとすれば――私たちのうえに降り注いでいる日の光りは次第にすがれて行き、庭を囲む唐松の樹の影が驚くほど長くなって、そして私が坐ったまま頭上を見上げると、梢の端が金色に光り、枝々が、背景の赤黄色く染った空から、切抜画のように黒く並んで浮出していただろう。私にはその光景が明らかにいつかどこかで見た景色として、今、目のまえに浮んで来た。それは確かに記憶だけの持つ奇妙な生まなましさを持っていて、ただそれが秋野家の庭の情景を喚び出さないために、その夕空だけが孤立して、日付けなしで今、甦って来たわけだった。――単なる幻影には、そうした「奇妙な生まなましさ」はない。その生まなましさは、現在の気分と屢々何の関係もなしに、その経験の行われた時間の気分を持ったままで甦って来て、現在の気分に衝突するための違和感から発生する。それに対して、幻影は現在の気分そのもののなかから生れて来るので、違和感は起らないで、自然と今の私の心に溶けこんでしまうからである。

「そうだ、その時、Tの奴もいてね。何しろ彼は外交官の息子で、子供の時、ドイツに育っただろう。だから日本語の不自由なリュシエンヌとドイツ語で喋っていた。彼女は自由にお喋りができるので喜んで、Tとばかり話していた。それを負けず嫌いのHが、時々、下手なドイツ語で喋りかけるんだが、一向に通じなくてね。そうだ、そう云えばお嬢さんとリュシエンヌとは、いつもフランス語で話していた。お嬢さんも子供の頃、向うで育ったのかな。彼女の兄の太郎君は混血だったし。そうだ、彼はリュシエンヌからはアンドレと、フランスの名前で呼ばれていたぞ」

私は最近、新聞で、いかにも貴族的な端麗な顔の外交官の写真を見た。それは何か彼が話題になったために、「時の人」というような欄に取り上げられていて、大きな横顔が載せられていたのだった。その時、私はふと、この外交官の名前に見覚えがあるような気がした。気のせいか、その広い額と、かすかに皮肉な笑いを漂わせている眼の表情にも、私の記憶の奥を揺がすようなものがあった。私は昔の同級生かも知れないな、とその時、一瞬、思ったままで注意をそらしてしまったが、それが今、話しているTと同一人物らしいから、そうするとTは親子二代の外交官だということになる、と私は思った。そうか、あの夏の私たちの仲間のなかには、Kのような都市中産階級の出や、Hのような田舎の地主か何かの出の青年の他に、Tのような支配階級に属する子弟も入っていたのか。それは私には大いに意外だった。

私たちはいつのまにか本通りを横切って、別の狭い道に入っていたが、Kは急に話しやめる

と足をとめた。そして、

「おい見ろよ。店のなかは昔のままだぜ」

と云った。それはありふれた洗濯屋の店で、店の奥は棚になっていて、仕上げた洗濯物が、それぞれ白い紙に包まれて積み上げられている。そうして日の当っているガラス窓のなかで、大きなアイロン台のうえに拡げられた白い布に、大きなアイロンを滑らせている店員の、うつむいた頭がゆっくりと動いている。

「覚えていないのかい」

と、Kは笑った。

「おまえはあの頃からおかしな奴だったなあ。皆で家の仕事を分担してやってたんだが、おまえは料理も、食器洗いも、部屋の掃除も、端から厭だというんだな。それにおまえにやらせたら、他の奴が後からやり直さなきゃならないので、二重手間だということで、結局、そういう仕事は免除されたんだ。その代りに、おまえは朝、牛乳と新聞を村に取りに行く仕事と、それからこのクリーニング屋へ、皆の洗濯物を持って来たり、持って帰ったりの仕事を、専門に引き受けたんだ。だから散歩の時、おれたちがこの店のまえを通りかかると、店員がおまえにだけ声をかけるし、牛乳を分けて貰っているパン屋では、おまえがおれたちの小屋の主人だと思いこんでいた。東京のお邸の坊ちゃんが、友人たちを大勢つれて別荘へ来ている、と了解していたんだな。本通りの大概の店は、何軒か別荘を管理していたし……。パン屋のおかみさんがシーズンの終りに、おまえに若様のお邸は何処でございましょうか、と東京の住所を訊いていたぜ。おまえはてれて、あとでおれに、ぼくのお邸は、四畳半ひと間のアパートだよと笑っていた」

私のなかに、突然に埃っぽい安アパートの狭い部屋の記憶が立ち戻って来た。暑い夏の日に照されて、赤茶けた畳は足の裏に焼けつくように感じられ、そしてひと夏、閉めきりにしていたために、壁際の本棚に並べてあった本の背が、皆、鼠にかじられて、千切れた表紙が畳のうえに丸まって転っていた。それは私には実に思いがけない嫌な衝撃的な経験であったのだが、それは多分、このKなどと共同生活を送った夏休みが終って帰京し、直ぐに出会った情景だったのだろう。あの厭な記憶は、今、気が付いたのだが、その後の私の半生で何度も、疲れて寝苦しい夜に、悪夢となって甦ってきている。時には、背景となる部屋は別の場所だったり、あるいは全く見覚えのない部屋だったりに変貌していることもあるが、そのおぞましい荒廃した雰囲気だけは、変らないのである。その経験だけが、これから私の内部にもう一度、戻って来ようとしている明るい花のような青春の記憶のなかから、あまりにも不調和のものとして、私のなかで切り捨てられていて、そして美しい記憶がすべて私のなかで眠りに落ちてしまったあとでも、その忌わしい記憶だけは、度々、悪夢となって、私の無意識のなかに立ち現われ、そういう形であの青春の時期と、成人後の時期とを、私のなかでトンネルのように繋いでいたのだった。だから、私は肉体的な不快感という感覚を通して、あの忘れはてた筈の過去の彼方へ、深夜の夢のなかで屢々立ち戻っていたわけだった。私は一瞬、自分の肉体があの、一夏、全く閉めきりにしてあった荒涼とした部屋の蒸れたような空気に取りまかれるのを感じて、大急ぎでそこから遁れ出るために、足をはやめた。

そして、そのクリーニング屋の前の狭い道を曲った途端に、私の目のまえの空に、白く光る小さな十字架があった。私は思わず駆け出していた。

日を浴びた小さな前庭が開け、今そこにリュクサックを背負った数人の若い男女が立っていたが、その前庭の正面に、三角な屋根を持つ白壁の建物があった。急勾配の大きな屋根が、建物のうえに大きな鳥が翼を拡げたような具合に覆っている。そうして十字架のすぐ下には、聖母像が半ば影になって浮き上っている。屋根は木の皮をいかにも繊細な感じに細かく張り合せてある。そして細長く切抜かれた矩形《くけい》の窓を並べている白い正面の壁は、封建時代の日本の城を連想させる。そこには清浄で素朴な雰囲気が漂っている。そしてその雰囲気のなかに立った私は、現在であって同時に三十年以前に立ち返っているのを感じた。時代の変転のなかで、この前庭だけはそのままに変らぬ雰囲気を湛《たた》えつづけていたのだ。だから、今日風の荒い服装をした若者たちが、大きく両手を拡げた聖者の像のまえに、かたまって立っているのを、三十年前の若者の心を取り戻した私が眺めていても、そこに何の不調和も感じないでいられるのだ。このごく小さな木造の教会は、神の住居にふさわしく、永遠の時のなかに立ちつづけていたのだ。そう、私は思った。

傍らにKが歩み寄っていた。Kはまた喋りはじめた。

「そうだ、日曜の朝、お嬢さんと太郎君、それからリュシエンヌは、いつもここへ礼拝にやって来た。外交官の家柄のTは家代々のカトリック信者だから、日曜だけは無暗と早起きをして、それからネクタイをきちんと締めて、坂道を駆け降りるようにして出掛けて来た。Tがそうして正装をすると、急にぼくたち学生とは、別世界の人間のように見えたものだよ。何だか妙に洋服が板についてね。西洋人の青年紳士のような感じになったものだ。あいつの持っている何本ものネクタイだって、皆、チェッコかどこかの製品でね、当時のおれたちの手には入れられないものだった。そのデザインの洗煉された美しさは目を見張るばかりだったが、誰も貸してくれとは云いだせないようなものが、その柄そのものにまつわりついている感じでね。そういうTをまたあのHが口惜しがって、Tの教会通いはお嬢さんたちとの交際のためだ、逢引きに教会を使うのは怪しからんとか息まいて、ある日曜日に、とうとうTにせがんで、一緒にこの教会へやって来た。ところが……」

そこでKは思い出し笑いをして続けた。

「はは、あいつはね、帰って来てから、ひどく閉口していたよ。若い外人の神父につかまって、色いろと質問をされ、近いうちにお茶を飲みに来るようにと誘われたと云うんだ。そうして日本語の公教要理のパンフレットを貰って帰って来た。神父は彼を、お嬢さんでなくイエスに関心が深い青年だと誤解したんだね。何しろ、あの日曜の礼拝というのは、儀式の進行の途中で、何度も椅子に掛けたり、椅子から降りて前においてある藁の台に跪《ひざまず》いたり、仲々、忙しいらしいんだが、Hは傍らのTのやるとおりに真似をして誤魔化すのがやっとだったという。それにお嬢さんに醜態を見せたくないという気持があるもんだから、愈々《いよいよ》ぎこちなくなったらしい。くたくたに疲れてしまったようだ」

「君はここに来なかったのかい」

と、私は調子に乗っているKを、ちょっとからかってみた。お嬢さんに強い関心を持っていたのは、寧ろ君だったんじゃないのか、というのが私の質問の底意だった。

「ぼくたちは、つまりぼくやSや君やだがね、あの山小屋の全員は、大体、礼拝の終る時刻に、うちつれてこの庭へやって来たのさ。日曜日は、あのマダム・ヴォルテールが休みだから、昼飯は村のレストランで食べることになっていたから。いつもお昼近くここへ来てみると、あの白い壁のまえに、何台もの自転車が並んでいてね。そのなかから、お嬢さんのと、リュシエンヌのとを、ぼくたちは直ぐ見付け出して、まもなくその自転車の持主が出てくるぞと、胸を躍らせたものだよ。お嬢さんのもリュシエンヌのも、サドルのところの荷台が、この地方の竹細工でね、それに色鮮かなリボンが結んであって、直ぐ見分けられるようになっていたんだ」

午前の光りが、丁度、今と同じようにこの前庭を満たして、自転車の群をきらきらと輝かせ、地面に梢の模様を描き出している。白い壁の奥からは終りに近い祈りの声が、蜂の羽音のように微かに湧き上って来て、待っている青年たちの胸を揺する……

そういう想像図が今、この永遠の雰囲気を漂わせている前庭の白壁のまえに、現在の時間のなかで演じられているかのように、夢の暈《かさ》を帯びて浮び出てくる。

傍らのKは、濃厚な記憶の復活のなかに涵って、その情景を次つぎと忙しく言葉に飜訳することに夢中になっている。

「実は今、告白するとだね、ぼくは何度もひとりで山小屋を脱け出して、ここへやって来た。そうしてひと気のない建物のなかへ忍びこんで、小さな木の椅子に坐っては、ぼんやりと時間を過したものだった。薄暗い室内にひとりで坐っていると、周囲の壁のなかから、あのお嬢さんの笑い声が微かに聞えて来たり、それからオルガンの備えつけてある中二階から、狭くて足もとの不確かな木の階段を、彼女が降りてくる足音が響いてくるような気がして、愉しかったんだな。ぼくとしては、我々の小屋のなかで、たえず君たちの視線を意識しながら、ひそかに彼女のことを考えるというのは、何だか落ち付かない感じだったからね」

それから不意にKは奇妙な困惑した表情を顔のうえに現わした。

「それが妙なことから、急にここを訪問するのを、ぼくはやめなければならなくなってしまった。ある時、いつものように足音を忍ばせて滑りこんだ途端に、正面の祭壇のすぐ下に、ひとりの人物がこちらに背を向けて、祈っている後姿が、仄かに浮びあがって見えたんだ。ぼくは足がすくんだようになって、目を凝らした。すると、段々薄暗さに目が慣れて来て、その人物をはっきり見分けられるようになった時、それがまぎれもないTであることを、認めたのだ。ぼくは急いで庭へ戻った。そうしてこの両手を拡げている白い聖人の像の下に坐ったまま、ぼくは自分の動悸《どうき》の収まるのを待っていたんだが、その間ずっと、ぼくは心のなかで神に向って、今迄この建物をひとりの娘を思うことに使っていたことを謝りつづけていた。それほどひとりで祈っているTの後姿は、ひたむきの思いの籠っている、きびしいものだったんだ。Tがその時、何を祈っていたのか、自分のどういう罪を、神に向って歎いていたのか、それはぼくは知らない。しかし、いつもぼくたちのまえでは傲慢な、優越的な、そうして時々、人を見くだしたような皮肉を云うTが、あんなに孤独な姿で、神に訴えているというのは……」

Kは、この思いがけない記憶の情景の復活に、打ちのめされたようになった。彼は足許の小石を暫く黙って蹴っていた。それから、不意にまた口を切った。

「そうだなあ、今、思うと、あの青年は世界の平和のために祈っていたのかも知れない。そうして自分の無力さに打ちのめされて、神に向って、その思いを打明けていたのかも知れない。そうだよ、きっと。あの男は、夏休みが終って学校へ戻ると、間もなく喀血《かっけつ》して、そのまま平和が回復するまで、ずっと療養所暮しだった。あの傷心と苦悶が、あいつをとうとう病気にしてしまったのだ、とぼくは彼を見舞いに行った帰りに、そう考えたのを覚えている。彼の父親は、当時、ヨーロッパのどこかの国に大使として行っていて、そうして有力な和平派として、当時の日本の外交方針に抵抗しつづけていた。政府としては、和平のゼスチュアを見せるのに、大使を泳がせておくのが便利だったので、呼び返さないでおいたんだろうが。ある夜、煖炉のまえに坐って、おれたちが世界の情勢を議論していると、黙って聴いていたTは、突然、君たちはまるで素人の意見で空想的に過ぎる、と口をはさんだことがあった。世界情勢を論ずるためには、可能なかぎりの情報を手にいれることが必要なので、そのためには最小限、中立国の新聞くらいはいつも目を通していなければ駄目だ、と彼は云った。その調子が、いつもの、人を馬鹿にしている口調でなく、悲痛なくらい真剣なものだったので、皆は暫くしゅんとなってしまったよ。おれたちにとっては遠い彼方のものとして、日常生活の外にあった国際政治というようなものが、このTの家ではいわば茶の間に入って来ている、そういう生活を、この男は子供の時からしている、ということに、おれはあの時、はじめて気がついた。おれのおやじなんて、ポルトガルという国は南米にあると思い違いしていたくらいだが、Tのおやじはそのポルトガルの首府で、現実に外交を動かしていたんだからな。それから、世界情勢や、その情勢の背景をなす各国民の性格の相違というようなことについて、おれたちはTのレクチャーを聴かされることになった。たしか君だったよ。次々とTに、仲々適確な質問をして、彼から話を引き出したのは。そうだった。Tの話のなかへ出てくる西洋の国や都市の名前が、彼の発音で聞くと妙に実感があって、それまでは活字や写真や映画でしか知らなかった、そういう国や都市が急に、現実の地上のものとなったように感じられたものだ。それに、そうした地名や人名を、Tは正確に発音していたが、その正確さが、おれたちには何とも耳慣れないもので、いちいちびっくりしたっけ。たとえばスペインのバルセロナを、Tはそのセのところをフェに近く軟らかい発音をするんだ。あのアメリカ大統領も、ルーズベルトでなくて、ローザヴルトというふうに聞えるんだ。そうすると、急にあの小児麻痺の大政治家が、新聞の写真のなかから車つきの椅子を自分の手で動かしながら、眼のまえに現われてくるという気がしたものだ。おれたちはあの晩に、完全にTの知識に圧倒されたね。何しろ西洋を生ま身で知っていたのは、おれたちのなかでは、Tひとりだったんだから……」

私たちは木の皮を葺《ふ》いた長い庇《ひさし》の覆っている入口の、厚い木の扉のまえに歩み寄った。それから庇を支えている白木の柱を、私はゆっくりと掌で撫でた。その丁寧に皮を剝がれ磨かれた柱は、何十年もの歳月のなかで、瑪瑙《めのう》のような色つやをみせている。その滑らかな表面を掌で触れると、日に暖まって血が通っているかと錯覚される表面から、過去の時間が緩やかに溶けて、私の体内へ浸透してくるような気がしてきた。それから私は、柱の傍らに、大きな木の切株が据えられているのに気付いた。その中央の凹みには水が溜められていた。私は日曜日の朝、この教会にやって来た人たちが、この水に指をひたして、それから扉を排して薄暗い内部へ入って行く光景を、幻影のように見た。そして、その信者たちの群のなかに、身のこなしの木鼠のように軽やかな娘と、それにつきそっている青年をちらりと見たように思った。その娘も青年も、どことなく私たちとは異った西洋風の服装と髪型をしていて、彼等は信者の大部分である西洋人のなかに混っているのが自然だったのである。そのつかの間の娘の幻影はやがて記憶のなかのお嬢さんと合体して行くのだろう、とふと私は感じた。今、聖水を覗きこんでいる私は、今まで一度も私の記憶を刺戟しなかったお嬢さんの幻影が、一瞬、私の傍らを通り過ぎて行くのを感覚した。が、それらの信者たちの幻影は次々と、私の傍らをすり抜けて、そのまま建物のなかへ消え、そして、私はひとり厚い扉のまえに残された。それから私は、幻影のなかの人々の真似をして、切株の凹みのなかへ指を差し入れようとして、急に何者かにその差し伸ばした腕を強く捉えられたような気がした。その時、私のなかに、何かある強烈な記憶が頭を擡げようとし、それから、その記憶は表面に現われることなく、心の奥の方へ溶けて消えて行ったのだった。

何か重大なことに相違ない。そして、それは重大すぎるから、記憶の奥の方に匿されていて、軽々しくは現われようとしないのだ、と私はかすかな恐れのような気持のなかで思った。

私は一種の肉体的な圧迫感のようなものに圧されて、木の扉のまえから遠ざかった。そして白い壁について、建物の側面の方へ曲って行った。側面の窓には、内部から切紙細工のような、単純な形の日本紙がガラスに貼りつけられて、焼絵ガラスの代用をしている。この地方の特産である、荒い手触りの手漉《てす》きの日本紙を使っての簡素な工夫が、また私には快かった。その紙は薄い部分は半透明で、そこに長い歳月による変色が行われ、厚い部分は白い繊維が糸のように固まって、その変色から取り残されているので、白い平面が実は注意して見つめていると、無限に複雑な旋律をそこから湧き出させてくるような気分になってくるのだった。そして、その快さがそのまま、はじめてこの窓ガラスを見た頃の、若かった私の感じた快さの記憶を、自然に私の心のなかへ立ち返らせてくるのを感じた。その気分の復活は、ひとつのある情景の復活とは異って、幾つもの経験が繰り返されて溶け合ったものであり、丁度、目のまえの日本紙の変色のように、微妙な濃淡の色あいを帯びていて、それが裏から暖ためると、紙の表面に模様が浮き出てくるようにして、意識を暖ため明るませながら、回復されてくるのが、それがまた快かった。

この建物の持つ、時間の外の雰囲気のなかでは、いつでも自由に、明るい陽光のしたで、失われた記憶のなかへ帰って行くことができるのだ、と私は思った。そして、あのもうなじみとなった桜色のもやが、またもや私を快活に取り巻きはじめるのを意識した。つい先程、私が木の聖水盤を覗きこんだ時に、私を捉えたあの肉体的な圧迫感は、丁度、日蔭から日向へ出ると、いつのまにか寒さを忘れるような具合に消えていた。目のまえの薄く黄ばんだ日本紙の切紙細工は、今、その桜色のもやに表面を撫でられて、次第にその快活な色に染って行くように思われた。

正面の扉が乾いた音を響かせ、そして忙しい足取りでKが前庭へ出て来た。

「どうも、中の椅子や何かが、少し変っている感じだな。ちょっと椅子に掛けてみたが、あのお嬢さんのことを考えながら、いつまでも坐っていた時の、おれの心の状態を取り戻すことはできなかった。やっぱり、おれの方が変ってしまって、心が硬くなっているのかな」

しかし、彼の口調は相変らず明るかった。彼はこれからの探索の散歩の収穫について、自信に満ちているようだった。

「何といっても、おれたちの当時の生活と、この外人のための教会とは、やっぱりかけ離れていたからな。そのかけ離れている距離が、おれたちとお嬢さんとの距離だったかも知れない。あのお嬢さんはこの避暑地の外人たちの交際グループのなかのひとりだったんだ。……そうだ、だから君は、あのクラブでおれがお嬢さんを覚えているかいと云ったら、西洋人だったかい、と訊いたわけだな。何をとぼけているんだと、あの時、おれは思ったが、それは君の鋭い感覚が、彼女の一面を感じとっていた、ということかも知れないな。彼女は表面は日本人だったが、本質は外国人だったのかも……」

それから、Kはまた急に話しやめた。そして、私たちは教会の前庭のまえの道へ戻り、暫くお互いに黙ったまま進んで行った。が、急にKは夢から覚めたように立ち停ると、

「ああ、やっぱりこの道だ」

と、叫んだ。

私たちの足もとから、かなり急な傾斜でようやく二人並んで歩けるほどの細い坂道が、左へ折れて木々のあいだを昇って行っている。

「この道をかなり昇って行くと、ぼくたちの小屋の前に出る筈だぜ。毎朝、君が牛乳のバケツを持って、降りたり昇ったりした道だよ。見覚えがないかい」

その火山灰の細かい砂に、足が踏みこみそうになる細い道は、私の記憶のなかには現われてこなかった。しかしKは猟犬のような身軽さで、私のまえに立ってさっさと昇って行く。最近では、人通りもあまりないのか、灌木《かんぼく》の枝が道を遮っていて、それを先に立って行くKが払いのけると、反動がついたその枝が、後から進む私の顔に、正面から敲きつけられた。

草の匂い、木の匂い、枯葉の匂いの混りあった空気が、私たちを包んでいる。しかし、その

空気は、まだ期待に胸をしめつけられている私のなかに、何の記憶も甦らせてくれてはいない。Kによれば、この道は私が毎日、何回も往復したのだという。しかしこの自分の足で踏みならした道が何の記憶をもまだ甦らせてくれないということは、私自身、過去へ戻って行く道そのものを、もう見失っているということになるのか。結局、もう私のあの時期の記憶は死んでいるのだろうか、という疑念が、瞬間に私の脳裡を横切った。しかし、もし死に果てているとしたら、その死の原因だけでも突きとめてやりたい。そうすれば、そこに、私の過去の、現在から断絶した一時期の意味が、またその情況の異常さが現われ出るだろうし、それはやはり、現在の私にとって何物かであるはずである。現に、先程、あの聖水盤の傍らで、私の腕を強く圧えつけた、不可解な記憶の影らしいものも、そうした過去の一時期の私のなかにおける禁圧と、何らかの関係がありそうではないか。そうして、その禁圧の原因に突き当ることが、この頃、通過しようとしている若さと老いとの衝突する、あの奇妙な感覚に、何か大きな進展を私のなかで与えることができるかも知れないのである。

私は爪先を食いこませるようにして、一歩ずつ細い坂道を昇りつづけた。相変らず目のまえには枝が突き出ていて、私の目を突こうとする。しかし、Kはもう駈け出して梢の向うに消えていた。

私はもう一度、私の失われた記憶の世界へ、どうやって接近できるのだろうか、と考えはじめた。爪先上りの小道を一歩ずつ昇って行くのが、私の思考が一歩ずつ上昇して行く感覚となって、私には感じられていた。——先程からの散歩の間に、既に、私は過去に向っての二つの道を発見している。ひとつは忌わしい感覚の闇のトンネルであり、そこから、過去の何かが身体の奥の疲労した混沌のなかで、深夜の夢となって、たえず現在の私を訪れにやってくる。これはいわば、過去と現在との生理的連続であって、そうした荒廃した身体的記憶からは、私の心のなかへの新しい展望が、開けてくることができるのだろうか。もしできるとしても、それはあの青春の、恐らく美しかったに相違ない明るい夢とは正反対なもので、もしそちらの面から過去の情景が開けてくるとすれば、私は私の死んだ過去を、裏から覗くということになり、そして裏から覗いた過去は、表から眺めるのとは、全く別の雰囲気を見せることになるだろう。そうして、この疲労した肉体の生む幻覚のなかへは、あの明るい桜色のもやは決して浸《し》みこむことはできないだろう。だから、それは私の——そして当然、Ｋも——最も復原することを厭がる過去の部分の筈である。

　もうひとつは先程、教会の前庭を占めていた、あの永遠の雰囲気であり、そのなかに包まれていれば、私はいつでも白日の下で、自由に過去へ入って行けるような気持になっていた。そして、現に何か重大な記憶が、今にも立ち現われそうな気配が、私に肉体的な圧迫を与えようとしたではないか。しかしまた、この永遠の雰囲気のなかでは、常に過去に入りながら、それが時間ではなく永遠であるが故に、私は同時に常に現在にも踏みとどまっていることになる。丁度、私自身、先程、あの前庭のなかで若者の心を取り戻しながら、何の違和感もなしで、リュクサックを背負った現代の若者たちを眺めていることができたように。しかし私が今、最も切実に求めているのは、そのような永遠のなかでの、容易に立ち戻って行くことのできる過去ではなく、全く思いがけない、そして現在とは完全に断絶した——だから、死滅したと、現在、私の感じてさえいる——過去であり、その過去が桜色のもやのなかに、蜃気楼のように立ち現われるのを、私は胸を躍らせながら、今、期待しているのである。

そうして、そのような記憶の現像液の充満している筈の、私たちの夏休みの山小屋へ、今、私はKに連れられて踏みこもうとしている。そこから全く新しい過去が一時に私に戻ってくるかも知れない。

梢の向うから、Kの上ずった声が降って来た。

「おい、あったぞ。やっぱりこの道は正しかった」

私は顔を上げた。そして梢の差し交した間から、微かに赤みがかった小さな三角の屋根が覗いているのを見た。

私の胸の動悸は、いよいよ昂まった。——

小道の右側が傾斜地になっていて、その斜面に、私の予想よりは遙かに大きな木造二階建ての洋館が建っている。そしてその裏手の台所に近いところに、雑草に埋もれた石ころ道が、私が今、辿って来た小道へまで降りてきている。毎日、御用聞きや郵便配達夫が自転車で昇り降りした筈の道が、このように雑草と石ころとで覆われているというのは、この建物がもう数年は開けられたことがないことを示しているのだろうか。

私は石ころのうえを渡るようにして、足で草を掻き分けながら、その通路を昇りはじめた。それにしても、道はあまりに急勾配で、自転車を押して昇ることさえ困難に見える。

「ぼくたちはこの道を自転車で行き来したのかい？」

と、私は道の下から声を掛けた。

建物の正面のヴェランダに腰を下したKは、私を見下しながら、

「どうもその道とは別に、ここから真直ぐな、もっと広い通路があったような気がする。君の立っているところより下の方へ出る道だ。その道の入口にわが家の表札が立っていたわけだが、……」

と教えた。

私は彼の指示に従って、小道を戻りはじめた。

「ここに、戦後にわれわれの家に住んだらしい人の表札が落ちている」

と、私は道端の叢《くさむら》をのぞきこみながら叫んだ。叫ぶと同時に、戦前の「われわれの家」というのは、誰が所有者であったのかという疑問が、ふっと頭をかすめた。しかしその疑問は、Kの声によって、直ぐ注意を外らされてしまった。

「それじゃあ、そこのところへ、このヴェランダの前から道が通じていたんだ」

という彼の答えが、直ぐ返ってきたからである。

私はその昔の道のあとから昇ってみようとした。そして直ぐ靴が有刺鉄線に引っかかった。

「針金が張ってあるぜ」

と、私はまた叫んだ。

「台所口の方にも、草のなかに張ってあって、さっきぼくも引っかかったよ」

私は胸突きになっている斜面を、木の枝などを摑みながら、無理をして昇って行った。

「まるで道なんかありやしない」

と、私はまた叫んだ。

それに答えて、またKの声が返って来た。

「そうだ、判ったよ。以前は斜面全体が芝生になっていて、どこからでも道へ降りられたんだろう。それが雑草が芝を駆逐して生い茂ってしまったんだ」

私はようやくヴェランダの足もとまで辿りついた。――

Kはヴェランダへ上って行って、ガラス戸を引いてみていた。

「やっぱり中から鍵がかかっているな」

とKは呟いた。

「カーテンで中が見えない。中が見えないと、我々の目的は達せられないからな」

それからKはヴェランダを降り、台所口の方へ草を掻き分けて進んで行った。

私はそのあいだ、ヴェランダの端に腰を降して、息をいれていた。

それからゆっくりと立ち上って、ヴェランダに上りこんだ。何故か自分の過去に、注意を惹かれることなく静かに忍びこんで行きたいという気持に、自分がなっているのを私は感じていた。私は自分の記憶を、この建物から盗み取ろうとしているのだった。盗みとるという形式でなくて過去と納得ずくで了解して回復する記憶というものには、生まの鮮かさが失われているだろうという本能的な危惧の念が、私の心の底に動いているらしかった。

ヴェランダの奥には、異様に大きな木の椅子が置き放しにしてあった。その椅子は居住者が家を閉める時に、室内に入れ忘れたのだろうか。それとも季節のあいだ、いつもここに据えられてあって、そのようなものをこの山のなかから盗んで行く者もないし、またあまりにも頑丈な作りのために、到底、ひとりでは持ち運びできないだろうからというので、ここに置いたままにしてあるのかも知れない、と私は思った。

それから、私は歩みよって、厚い一枚板の腰板の埃を払い、落葉をつまんで捨て、そうしてやはり厚い無装飾の平らな板の腕木に両腕を掛けると、ゆっくり腰を落した。私は自分が木の箱のなかへ仕舞いこまれたような気がした。私はやはり固い一枚板の直立した背凭れに背を寄せかけた。すると腕木のうえに載せた腕が、おのずとゆっくり先へ伸びることになり、両の掌が腕木の先端の四角い板の部分に掛った。——その瞬間、私は突然に、自分が他人のなかに入ったという異常な感覚を味わった。それは今朝の、ホテルのヴェランダのうえでの経験の繰返しだった。この頑丈な厚板を組み合せた大きな椅子のなかに身体を埋めているのは、今は二十歳代の初めの青年で、それを架空の私がそのまえに立って眺めている。そういう幻覚が不意に私を捉えたのである。

その青年を見詰める架空の私の視線は、次第に椅子のうえの若者に釘付けになって凝固し、それに従って、青年の顔は具体的な面影を現わしてくる。面長な顔は蒼白く、頰は水蜜桃《すいみつとう》のように赤らんで生毛が目立ち、豊かな漆黒の髪をいただいた広い額には、足許の煖炉の火の反映が戯れている。これは私の記憶のなかの情景であるが、場所はこのヴェランダではない、と私はその幻影に注意を集中しながら、心の片隅で考えていた。そうして突然に、私は視野の端に、私の傍らの、ヴェランダと室内とを隔てている、今はカーテンのかかったガラス戸を透視して、室内の壁に大きく刳られた煖炉を見た。そうだ、我々がひと夏を過した、この家のヴェランダを上った直ぐのところは、広い茶の間であった。そして季節のはじめは雨が多く、夕方からは冷えこむので、その煖炉に薪を積み上げて火を点けたのだった。そうして、その前の年のこの家の住人だったアメリカ人の宣教師が、国際情勢の変化で本国に引き揚げるに際して、邪魔になるので置いて行ったらしい本のひと山が、裏の崖ぞいの湿けた女中部屋の押入れのなかに積んであるのを見つけた私たちは、それらの本が主に通俗宗教書であるために別に自分たちには興味がないし、それに水気を含んで異様に膨らんでいて、頁を繰るのも汚い気がされたので、その煖炉に端から抛《ほう》りこんで焼いたものだった。私の記憶を覆っている厚い層が、突然に破れて、次つぎと濃厚な情景が展開しはじめた。そうだ、煖炉のわきに積みあげた、その表紙の膨れ上って斑点だらけになっている山のなかから、一冊だけ比較的原型を保存している本を、救いあげたのはKだったような気がする。その本は英国の女流作家ブロンテ姉妹の伝記だった。そうしたものなら私も読んでもいいなと思っていると、たしか、Kはこう云ったのだ。「この間、お嬢さんが遊びに来て、ぼくたちが本を焼いているのを見たんだよ。それで帰ってその話をしたら秋野さんが、焚書《ふんしょ》をするとは野蕃《やばん》な所業だと怒ったと、お嬢さんが教えてくれた。そこで今日、残った本をお嬢さんと調べて、この本を見付けだした。これなら秋野さんも興味を持つだろうというので、持って行ってあげることにしたんだが、お嬢さんは表紙が指先にべとつくのを閉口して、ひと晩、煖炉のうえで乾かしたあとで、明日、持って来てほしいと、そう云っていた……」

そうだ、Kはその本を指先でつまんで、炉辺の飾り板に載せながらこんなことも云っていた。

「お嬢さんは、表紙にこけの生えた本なんて御免だ、と文句を云っていたが、それはかびの間違いだよ。あのお嬢さんの日本語は、時々、変だね……」

そうしたことをKは、人が聞きもしないのにひとりで嬉しそうに昂奮して喋っていた。それを傍らから見て、Kの奴、この本を口実に、明日、お嬢さんを訪問できるので御機嫌なんだな、と思っていた青年が、つまり当時の私だったのだろう。そうして、そんな小さな喜劇には全く注意をはらわずに、あの青年はこの木の椅子に身体を沈めて、黙って蒼白な顔で、煖炉の火を見詰めていた。彼は煖炉の炎の作りだす模様のなかに、何事かを占おうとしているように見えた。彼自身の不安な将来についてか、あるいは私たち仲間全員のうえにのしかかって来つつある共通の壊滅的な運命についてか。そうした青年の凝固した表情は、今までKの軽率さを笑って見ていた、傍らの青年——当時の私自身——の心を、一瞬、凍らすかと思われたものだった。

そうして彼は——昔の私は——そうした息詰まる思いから自分を解放するために、視線を次第に青年の身体から下へ這わせて行き、彼の上履きに目が行って、やっと気楽さを取り戻した。

今、峻厳《しゅんげん》な顔で、一心に焰を見詰めているこの青年は、はじめてこの革の上履きをはいて、二階から降りて来た時、これが汽船の甲板で用いる上履きであって、ギリシャ人の使ったサンダルに近く、足の裏に密着してよくしなうので、快適でもあり美的でもあると、子供らしく自慢してみせたのである。その子供らしさの一面を思いだした彼（その時の私）は、ようやくこの沈黙のなかに閉じこもっている青年の心も、自分と同じような構造を持っているのだ、と安心したのだった。

その安心が今、幻影のなかで椅子のうえの青年を見詰めていた彼の心のなかにも、同時に発生した。そして、緊張の解けると同時に、椅子のうえの肉体には現在の私自身の意識が戻って来た。

今の幻影のなかにありありと出てきた青年は、一体、誰なのだろう、と私は心のなかで云った。それからそれは先程Kが話してくれた、外交官の息子で少年時代をヨーロッパで過したという、カトリック教徒のTに該当するに相違ない、と思った。しかしそれは類推によってその人物に該当するというのであって、記憶のなかにその青年がTという名前で甦って来たわけではなかった。私は今後この青年が何度も過去のなかから復活して来る間に、自然にそれがTという名と結びつくのを待とうと思った。それは未知の人物に紹介された時、何度も会っているうちに、次第にその名前から自然にその人物が思い出されてくるようになる過程に似ているだろう。

そう云えばあの白皙《はくせき》で面長な貴族的な風貌は、たしかに最近、新聞で見たT大使の顔と似ていた。現在の彼は、幻影のなかの青年よりは幾分顔にも肉がつき、そして鬢《びん》に白いものが目立っては来ているだろうが。

しかし、と私は思った。Tと私とはたしかに一夏をこの小屋で共同生活を送った。私たちはその夏のあいだ極めて親しかった筈なのである。特にそれは最も感受性の鋭い青年時代初期の経験なのである。その彼が、私の現在の心のなかからは完全に脱落していて、そして今、記憶のなかから、彼との生活の一断面がふと浮き出て来たのにかかわらず、その青年と私との心の交流の記憶がひとつの気分となって甦ってこないので、その青年の面影は一枚の肖像画のようにしか、今の私には感じられないのだ。

それにしても、あの憂い顔の青年は、その幻影の去った今、もう一度、想像のなかで描き直してみると、この世のものとは思われない、神話のなかのエンディミヨンのような美青年に見えてくる。あの頃、毎日顔を見合せていた私は、彼を美貌であるとは認めたとしても、それを「この世のもの」ではない、というふうには感じることがなかっただろう。ひとりの現実の人間がこの世の外の世界の住人だと感じられるためには、その人物像が現実から想像力のなかへ転化することが必要なのだろう。更にそのように大きな転化を想像力が行うためには、歳月の力というものが必要なのであろう。三十年の時間が、こうしてひとりの青年を、私のなかで神話中の人物に化してしまったのである。そしてそれは一方で、現実のなかで私が三十年を生き続け、三十の齢《よわい》を自分のなかで積み重ねた、ということも意味しているのである。「つまり、それだけおれは年をとったということなのさ」と、私は半ば冗談の口調で、神話のなかの美青年の面影を追っている私自身を揶揄《やゆ》してやった。

それからやはり、私はKが先程の教会のまえでTの思い出を語りながら、Tは夏の生活の終ったあとで、学校へ戻ると間もなく肺結核で療養所に入ったと話していたことを思いだした。私は彼の悲痛な話し方のために、漠然とTがあの夏に続く恐るべき時期の最悪の療養条件――薬、医者、食糧などの極端な欠乏――によって、死んで行ったのだという印象を持ったことを思いだした。一体、KはTが死んだと、実際に私に話したのだろうか。そうして現に、彼は死んだものと思いこんでいるのだろうか。それとも私がKの話から、勝手にTが若くして死んだものと推測していたものだったろうか。もし私が誰かに、先程のKの話を取次いだとしたら、私は必ずや、Tが療養所で世界の平和を念じながら死んで行ったそうだ、ということで話を締めくくったに相違ない。記憶というものはいつのまにか、――しかも、その話を聞いて、一時間もたっていないのに――そのような形でも変貌をとげるものなのである。私はKにもう一度問いただし、もしTが死んだものと信じているならば、最近、Tは某国の大使になった筈だと知らせて、驚かせてやろうと思った。

それから、今の煖炉の幻想のなかで、副人物としてKが登場したことに思いが及んだ。この

Kの方は具体的な容貌は浮んではこなかったが、丁度、よく知っている人物が傍らにいると、その人物を改めて見て認識する、ということをしなくても、気配でそれが何某であるということが自然に判っているのと同じように、私にはそれがKであることが判っていた。そうして、私は三十年前の記憶のなかで、はじめてKが熟知の人間として私の意識に現われ出たことを面白く思った。はじめて私は、三十年前の彼自身と出会ったのである。彼はその雰囲気や、当時の私との心の通い合いの感触を含めて、私のなかに甦り、それが直ぐに私に、Kであると認識されたのである。それはあれほど精密に細部まで容貌が再現されながら、遂にTという人物として私のなかに甦ってはこなかったエンディミヨンの甦り方とは、いわば正反対であった。Kは私たちのひと夏を過したことのあるこの屋根の下で、ようやく古い友情の気分を私のなかに呼び覚したわけであった。

私はそのことを告げようとして、Kに声を掛けた。答えは建物の裏手から返って来た。

「おい、うまい入り口が見つかったぞ」

私はそんな盗人の真似をして、他人の家へ忍びこんで大丈夫かと思った。しかし、まだ季節の初めには間があるし、もし持主がこの夏に開けるとしたら、管理人が掃除をしているだろうに、その気配もない。それにこの庭の荒れ具合からみて、もうこの数年は、居住者がいないらしいので、廃屋かと思って入ったと弁解すれば、見つかっても構わないだろう、と私は思い直した。何、適当な別荘を買おうと歩き廻っているのだ、と云えば、それでも済んでしまうだろう……

そこでまたあの夏に、一体、誰がこの建物を入手していたのか、あるいは期限を切って借りたのか、という先程の疑問が、もう一度、脳裡を横切った。そして直ぐにそれをKに訊いてみようとして、私は草を掻き分けながら建物の裏へ廻って行った。

そうして、歩きなやみながら、その時、私の脳裡に、もうひとつの別の疑問が、不意に彗星のように横切った。

それは先程の幻影のなかで、私がその姿を見たわけではないが、傍らにたしかにいたKが、軽率に上機嫌で喋り散らしていた話のなかに、正に「お嬢さん」が登場したという事実だった。お嬢さんはその幻影のなかにはやはり姿は現わさなかった。しかし、彼がたしかこの間お嬢さんがここへ来て、私たちと煖炉のまえで語り合い、それから今日も来て、自分と一緒に湿けた本の山を掻きまわしたのだと彼の喋っている時、その幻影のなかの若い私自身は、そのこの間と今日との現場に立ち合ったかどうかは、まだ記憶が復活していないけれども、そのお嬢さんの二回に亘る訪問を、少しも突飛なことと感じなかったし、またお嬢さんの存在を異質的な疎遠なものとも感じなかった。ということは、当時の私はたしかにその「秋野さんのお嬢さん」の存在に慣れていたのだ。私自身もたしかにそのお嬢さんと親しかったのだ。現在のKが繰り返し語っている、当時の私たちの仲間とお嬢さんとの交遊というのは、事実だった。そういう点では、秋野さんのお嬢さんの存在は、かなりKと近いような形で、私の意識の表面へ戻って来かけているわけである。ただ、その気配は、あの美青年のようなありありとした視覚的な姿を、まだ私に示そうとせず、ただ、存在していた、という漠然とした甦り方に過ぎないのだった。そうして、それは先程、私が聖水盤を覗いていた時、背後を通りすぎて行く気配を感じたひとりの少女の幻影とは、まだ私のなかでひとつのものに溶け合おうとはしていなかった。聖水盤の少女には名前がなく、炉辺の少女には顔がないのだったから。

建物の裏側に廻って行くと、何ダースものビールや醤油やの空びんが、埃をかぶり泥にまみれて林立しているそばに、Kが昂奮した顔で立っていた。

「おい、ここに来ておれの尻を押し上げてくれ」

と、Kは繰り返した。

窓枠から半分外れかけて、破れたガラスが危うくはまっている小さな二枚の窓を指さして、Kはそれが便所だと云うのだが、やはり私には全く記憶がなかった。しかし、彼はその窓を強引に外してしまうと、その細長い狭い隙間から、とうとうKは侵入に成功した。彼が凱歌をあげながら、便所の扉をあけて室内に歩み入って行くのが、床を踏み鳴らす足音で判った。その間に、私は便所に隣接した台所を外から覗いてみた。入口には錆びた南京錠が下りていて、扉には二三枚、板が打ちつけてある。汚れたガラス窓は戸棚の裏側になっていて、鍋やフライパンが押しこんであるが、それも使われていないままに古くなって廃物化して行くのを、露《あら》わに見せつけているのだった。私はちびた箒《ほうき》を足で踏みつけた。箒の柄は、驚くほどもろくつぶれた。無人の家の荒廃は、私の胸に吐気を催させるほどの不快感を突き上らせた。一瞬、私はあのアパートの閉めきりの部屋の幻影を甦らせた。人が住んでいたこの家は桜色のもやに満ちていたのが、無人の家となった今は、あの暗黒な混沌に支配されているのだ、と私は思った。それは荒野に横たわって腐れはてている死骸を連想させる光景だった。空想の死臭が私の鼻先をよぎった。思わず私は台所の外の木の柱に片手をかけて、身体を支えた。

その時、表の方からKの声が聞えた。

「何をしているんだ。ヴェランダの戸が開いたから、こっちへ廻って入ってこいよ」

私は暗い気分を振り捨てるようにして、もう一度、背の高い雑草を掻き分けながら、ヴェランダの前庭に出た。ヴェランダの戸は大きく開けられ、カーテンも引かれて、日の光りが広い茶の間を明るく照し出している。茶の間の中央には、大きな細長い木の卓が据えられてある。

「このテーブルでは、十人以上の人間が、一緒に食事が出来たよ。そうだ、一度なんて、一時に客が立てこんで、それを調子のいいSの奴が皆、夕食に引きとめてしまったんで、おれがオムレツ作りをやったんだが、材料の計算を間違えて、後に行くほど段々オムレツが小さくなってしまってね。しまいにはひと口オムレツになってしまった」

Kはそう快活に喋りながら、その頑丈な木の卓の表面を敲いた。埃が舞い立って、思わずKは口を掌で圧えた。しかし、そうしながらも、Kは喋りつづけた。

「そうだった。あの時はじめて、お嬢さんはここでおれたちと食事をしたんだ。あの人は大きな木のボールに盛りあげた生野菜を、うまそうに食べていた。あの人がここで食事をしたのは、あの時、一度きりだったろうな」

Kの声は夢見るような調子となり、それから彼は夢見る人にふさわしい足取りで、その茶の間の奥の階段を昇りはじめた。私も黙って彼のあとについて行った。階段の手すりも厚い木製だった。

椅子にせよ、卓にせよ、煖炉にせよ、階段にせよ、日本風の西洋館というものに比べて、比較にならないほど堅牢に作られていることに、私は気がついていた。

「これは西洋人が作った家なんだな」

と、私はKの背後から呼びかけた。

私たちは二階の廊下に出た。思いがけなくもその廊下に面して、幾つも扉が並んでいる。それはアパートを思わせる作りだった。

「随分、部屋数があるな。君が山小屋だなんていうんで、もっと小さい家を想像していた」

と、私は云った。

「想像ったって、君も百日近くこの家で暮したんだぜ。まるっきり忘れてしまっているのかい。君は頭のいい男だと思っていたんだがな。知能の点ではTと匹敵するのは当時、君だけだった。そうしてTの知性は冷たかったが、君の知性は暖かかった……」

「しかし、知能と記憶とは正比例しないよ」

と、私はうつつに答えながら、廊下に立って見渡していた。ひとつの部屋の扉が半分開いていて、壁際に裸の木のベッドが置いてあった。

「いちばん盛況だった頃、泊り客だけで十人を越した時があった。そういう時は、各部屋ひとりの原則が守れなくて、ベッドの下の床にマットを並べて、その上で寝た奴もいた。無暗と裸のマットが物置きに積み上げてあったんだ。おれたちの前住者のアメリカの宣教師も、きっと仲間と合宿をやっていたんだよ。皿でもナイフでも皆、十人前以上たっぷりあったからね」

Kは廊下に立って、身体をひとまわりさせながら、そう説明した。

「一体ここは誰の所有だったんだ。ぼくたちが共同で借りていたわけかい」

と、私はようやく、先程から何度も頭に浮んで来た疑問を、口にすることができた。しかしKはそれには答えず、いきなり廊下の突きあたりの部屋の扉を開けて入って行った。

彼は正面の窓に近寄ると、その重い窓をこじ開けはじめた。

「おい、見ろよ。ここがおれの部屋でね。この窓から見ていると、下の道を上ってくる人間がすっかり判るんだ。この家はあの道にそった建物では、いちばん上に位置しているから、あの道を上ってくる人間は、道を迷った奴でない限りは、まずこの家へやってくる人間に間違いない。たまにはただ散歩で山の上まで行こうとして通りかかる連中もいたが、もうこの先は道らしいものはないので、大概の奴はこの家のまえあたりから諦めて帰って行った。何しろ、この窓際におれは机を据えておいたから、いちいち外の人影が気になってね、さっぱり勉強に身が入らなかった。客の姿を見れば、最初におれが気がついて階段を駆け下りることになる。集金人の姿を見れば、財布を持って下りて行く。経理はおれの仕事だったから……」

Kは窓から身を乗りだすようにして、説明を続けた。私も傍らに立って、目の下に拡がっている傾斜地の林を眺めまわした。

「あれから三十年以上だ。森の木も随分成長したんだよ。だから以前はもっと見晴しがよくって、人の昇って来るのもよく見えた。何しろどこの家でもシーズンの始めには庭師や植木屋を入れて、庭の樹は枝を刈っていたからね。その枝を乾かして庭で薪に割って、それを縄でたばねた奴を、ヴェランダの向うの軒下に積み上げておくんだ。しかし、毎晩、煖炉を焚くから、薪の消費量は大変なものでね。毎日、薪割りが仕事だった。そうだ、薪割りだけは、奇妙に君は精を出してやっていたね……それほど大量の枝を落して、日が建物によく入るようにしたもんだよ。この窓の前にも、大きな樹がふさいでいたんだが、それは植木屋と相談して、根もとから切り倒してしまった。その樹一本で、二階の日当りがひどく悪くなっていたんだから、仕方なかったんだ。それをTは残念がって、『打ち倒されたる楡《にれ》の木に捧げるエピターフ』とかいう変な詩を作って、その晩、煖炉のまえでおれたちに読んで聞かせた。なあに、あの楡の木だって、早晩、この煖炉で燃しちまうんだと、おれは思っていた。ところがあの木のたたりかね。見晴しはよくなった代りに、午後は部屋の奥まで日が入って来て、この高原では滅多に味わえない、夏の暑さというものに閉口させられることになった。何しろ、毛布のうえに何時間も日が当りつづけていて、昼寝なんぞできやしない。そうだ、昼寝というのが、この家の住人の規則だったんだよ。昼飯のあと二時間ほどは、お互いの部屋へ行ったり、茶の間で雑談したりはしないという取り決めになっていたのさ」

昼寝？――シエスタという外国語が不意打ちのようにして私の脳裡に浮んできた。それは不意打ちではあったが、いわば条件反射のように、昼寝という言葉から自然に、心理的に慣れきったものとして、浮び出て来たのだった。つまり私たちは過去の一時期に、習慣的な昼寝をシエスタと南欧風に呼んでいて、それが今、Kの言葉と、恐らくこの場所との出会いから、私のなかにその言葉の連結が突然に復活したに違いない。それは長い間詰まったままにしてあった水道管に、突然に水が通じた時に似た爽快感をさえ伴った復活だった。

「ぼくたちは、あの頃、昼寝をシエスタと呼んでいたんじゃないかい？」

と、私は訊いた。今は、裸のベッドのうえに腰を落していたKは、急に顔を輝かした。

「よく覚えていたなあ。Tがヨーロッパではそう呼ぶって云ったので、ぼくたちも得意になってその言葉を使ったわけだ。Tの説明では、ローマなどでは昼飯のあと、どこの窓もカーテンを引いてあるので昼寝だと判るし、その間は店屋も会社や官庁も三時間くらいは昼休みになるということだった。今ではそんなことは、日本でも常識として知られているけれども。――何しろ、近頃はおおぜい日本人が向うへ出掛けて、そうした昼休みに買物ができなくて閉口した経験を持って帰って来ているからね。――しかし、そんなシエスタひとつにせよ、ぼくたちには西洋というものが生まなましく感覚的に判る材料で、それは西洋の本を読んで知るのとは、格段の違いだったからね。あの夏、ぼくたちはTの指導で、西洋の勉強をここでやっていたみたいなものだったな。ぼくらの世代は近代日本の西洋に対する憧れを保存した、多分、最後の世代なんだ。フランスへ行きたしと思えども、フランスはあまりに遠しさ。それが長い暗鬱な時期によって西洋への窓口が閉されたので、なおさら精神の内部でその憧れが燃えたっていたってわけだ。昼寝をシエスタと呼んだのだって、田舎の百姓婆さんが鶏の番をしながら日向で居眠りをしているのとは、自分たちの昼寝は違うんだくらいの気持だったんだろう。今から思えば、それは地上のどこにも実在しない西洋に対する馬鹿馬鹿しい幻想の現われだったかも知れないが、しかし、そうしたひたむきな幻想が当時のぼくたちの青春に輝かしい燃え上りを与えてくれていたのだし、そこから何物かが実際に生れて、そうして現在のぼくらが現にここへこうして戻って来ているというわけだろう。いつの時代の青春も、そのなかの青年たちは、現実に対して性急な幻滅を抱いたりするものだけれども、その幻滅そのものだって、時が去って振りかえってみれば、それは奇妙な幻想的な明るい美しさに満ちているように見えるものさ」

Kは、尻でそのベッドのスプリングの具合を験《ため》すようにして、何度も弾みをつけては腰を落したり上げたりしながら、哲学的な意見を述べていた。彼は青年時代に、もしあの暗い時期がなければなっていたかも知れない「哲学者」の彼を、今、この三十年前に、毎日、昼寝に使っていたベッドのうえで、実現させているのかも知れないと私は思った。

「思いだしてみると、この建物のなかで毎日寝起きしていたぼくたちは、決して明るい未来に包まれていたわけではなかった。寧ろ目を外に転ずれば、そこに取り巻いているものは、絶望ばかりだったろう。いずれ近い将来に、ぼくらの大部分は死神の手に引き渡されることに決っていた。それが運よく、何かの奇蹟で中止になって、ぼくたち全体に長い将来が与えられるというような望みは、当時は全然なかったから。しかしそうしたなかでも、ぼくらは決して青い顔をして溜息ばかりついていたわけじゃなかった。寧ろ、ぼくらの人生のなかでの、最も生き生きとした明るい時期だったと、今にして、生き残ったぼくらは感じているんじゃないのか……」
そうだ、当時の私たちの悲痛な絶望の日々のうえには、あの桜色のもやがいつも暖かくたなびいていて、そうして、私たちのシエスタの夢のなかにも、その明るいもやは侵入して来ていたことだろう。そのもやは、あの夏の終りと共に忽ち吹きはらわれて、より苛烈な運命のなかに私たちはばらばらに転落して行った、ということになるのだろう。その転落から夢中で這い上った私は、その衝撃の大きさと長さとのせいで、それ以前の青春初期の記憶を完全に喪失してしまっているわけだった。あの悪夢のような時期が終ったあとで、世界中に、記憶喪失者を主人公とした小説や戯曲が氾濫したことがあったが、今にして思えば、それはそうした私のものに似た精神状態の反映だったわけである。

そして、私たちの世代が今、奇妙な感覚を経験しながら、人生の第三の時期に入って行くために必要なのは、悪夢以後の第二期の経験だけで生きて来た私たちに、もう一度悪夢以前の第一期の記憶を回復させ、この両方の時期の経験を統一することであるに相違ない。私たちが自分の人生に決着をつけるためには、全ての生きた経験をひとつに綜合することが必要なのだろうから。そうしてKもまた停年というものを機会に、そうした綜合への無意識的な衝動に駆られて、この旅に出掛けて来たことになるのである。

それはKにとっては、このベッドのうえの彼のシエスタの夢のなかへ、もう一度入りこむ仕事になるだろう……

そこまで私の想念が進んで行った時、突然にまたもや全くありありと、過去の一情景が復活した。それはまぎれもない、今のこの部屋を背景とした、真正な記憶なのである。

――その時、私はシエスタ中の禁を犯すことに多少のやましさを感じながら、しかし早急の必要に迫られて、Kの眠りを妨げないためにノックもしないで、そっとこの部屋の扉を開いた。多分、私はこの部屋にある本とか辞書とかの必要に迫られたものに違いない。そして私は、この壁際のベッドのうえに、平和なKの寝顔を発見する代りに、恐ろしいものに出会ってしまった。枕のうえのKの顔は大きく両眼を見開いて、扉から首を出した私を、まるで幽霊をでも見詰めるようにして、凝視しているのだった。

それは、それまで私が一度も経験したことのない人間の顔であった。見開かれた眼は何かを映しだすカメラではなく、底知れない空洞であり、その空洞のなかに立ちこめているのは、正しく冷えきった絶望であった。その目は一直線に私の顔に向けられているのだが、目というものが日頃持っている、他者との感情的交流の機能を、それは完全に喪失していた。それは死者のもつ無感動となった表情ともまた異っていた。ひとつの純一な冷たい思念によって凍りついた瞳であり、その瞳を通して、その持主の心の奥の、他者との交流を全く拒否している、絶対に孤独な領域が今、日の光りのなかに露呈されている、という恐ろしさであった。

それは毎日、私と調子のいい冗談を投げ交しながら、身軽にこの家の階段を駆けあがったり駆け下りたりしている、あの軽率で気さくな都会人のKとは、全く別の存在だった。Kのなかには、そのように私の全く予知していなかった別の未知の彼が、誰の目にも触れずに生きていたのだった。私は今、シエスタ中の禁を犯すことによって、見るべからざるものを見てしまったのだ。

その情景の復活は、瞬間にして私を激しい心の混沌のなかへ突き落した。窓の外の目の直ぐ下に拡がっている、この建物の色の褪せた赤い屋根が急に反り返って来て、私の立っている部屋を、紙細工か何かのように平らに畳んで、その空間を喪失させてしまうのではないかという、愚かな錯覚に私は捉えられた。

あの恐ろしい垣間見の瞬間を、私は全く忘れ果てていた。その瞬間に、私があの未知のKの表情からどのような感想を引き出したのかについても、全然、その痕跡さえも失ってしまっている。しかし、今、突然に復活して来たこのKの異常な表情は、同時に先程私の復活させた、あの自然な日常的なKの面影、私の傍らにいつも親密な友情を感じさせていたKの存在の感覚とは、全く非連続なものとして、私の前にある。そうして、そのような二つの関係のない部分、ひとつは他人と容易に心を通わせることのできる日常的な部分——そこにその人間の性格とか気質とかいうものがあるわけだが——もうひとつは、他人の立ち入ることを厳然と拒否している、絶対に孤独な部分。その二つは、当時の私たちすべての内部に存在していた筈である。Kが教会で見た孤独な祈りのなかのTの後姿に畏怖《いふ》を感じたというのも、Tのこの第二の部分を目にしたところから起ったことに相違ないし、私があの夏の終りの、閉めきってあった荒涼たる部屋の姿に吐気を催したというのも、あるいは私自身にも匿されていた私の秘密の第二の部分の存在を、その情景から不意に意識させられたからかも知れないのである。

私たちはあのひと夏、恐らく私たちの人生のなかでも滅多に恵まれない、愉しい毎日をこの屋根の下で過したのだったろう。そして、その愉しさは青年独特の、無条件で心を通わせ合えるという、ほとんどひとつの心を共同で生きる貴重な経験から来ているわけである。そうした心の共通の経験、極めて自然な共同社会のなかでは、人は最も魂の平安を味わえるし、いわば私たちの魂の故郷に戻っているという感触を味わいながら生きることができるからである。しかし、そうした心の融合の時間の裏に、私たちはひとりひとり、お互いに全く交流を拒否する孤独な部分を匿し持っており、しかもその部分は、本人たち自身さえもなるべく目を外らしたがっていた部分、あるいは滅多に当人も気がつかないでいた部分なのである。もし、その匿された部分に直面すれば、私たちは直ちにトランクに荷物をつめて、この小さな共同社会から出て行かなければならなかったろうから。

「いつかシエスタの最中に、ぼくがこの部屋に入って来たのを、君、覚えているかい?」

と、私はＫに訊いた。

彼は今は、裸のベッドのうえに横になっていたが、驚いて上半身を起した。

「何だい、人の寝顔を見に来たのかい。悪趣味の奴だな。第一、眠っている男が覚えている筈はないよ」

と、彼は笑った。

「いや、君は眠っていなかった、、、。両眼を大きく見開いて、ぼくを見返していた」

Ｋの顔に困惑の色が走った。それから遠くの物音に耳を澄ませる時のような表情を作ると、

「そうか、あの夏は、ぼくはひどい不眠症に悩まされていたんだ。そうだよ」

と呟いた。

「あの不眠症なあ、あの不眠症……」

と、彼は口籠った。

「若い時は、妙なことを恥かしがるものだな。ぼくはそれまで夜、眠れないなんて経験は一度もなかった。ところがあの夏、この家へ来た晩から、それが始まった。夜、寝床に入って何時間たっても全然眠くならない。いや、意識は曇ってくるんだが、眠りに落ちたと思うと急に枕許の窓がすっ、、と開いたような気がして、電気をつけてみるんだ。勿論、錯覚なんだよ。そうかと思うと、天井裏で途方もない騒音がして飛び起きる。翌日、朝食の時に、君たちに昨夜のあ

の音を聞かなかったかと訊いても、誰も知らないんだな。君はたしか、それは栗鼠《りす》が天井裏に入ったんだろうなんて詩的な空想をして、自分が眠りこけていて聞かなかったのは残念だった、なんて呑気なことを云っていたぜ。毎晩、毎晩、碌に眠れない。窓の外の森のなかのどんな微かな音も、真夜中には大きく響くものらしい。これは東京の下町に子供の時から暮していたぼくにとって、慣れていた夜中の静けさ、終電車の音とか、道路工事の音とか、酔っぱらいの足音とか、そういう物音のあいだから湧き出てくる静けさ、というものとは全く別の静けさなんだ。Tがこういう大地の底から聞えてくるような静けさを、ドイツの詩人はヴァルトシュティルレと呼ぶとか云って教えてくれたがね。何だか枯枝が身動きし、草が地面のうえで撥ね上る音まで、いちいち聞えてくる感じなんだな。それをぼくは誰かが枝や草を踏みしだきながら、この家へ忍び寄ろうとしている気配に感じてしまうんだよ。それは錯覚に決っているし、もし本当に誰かが忍びこんでも、この建物のなかには若い男が何人もいるんだから、少しも心配ないじゃないか、と自分に云いきかせても駄目なんだ。今度こそ、本当に足音が近付いてくると思い、その足音がぼく自身の心臓の音と呼応しはじめると、もうぼくは到底、寝てはいられなくなるんだ。苦しかったぜ。あんな苦しかったことは、それ以前にもそれ以後にもなかった」

彼はその想い出に圧倒されたように、大きく嘆息をつくと、両掌を組み合せてそれを枕代りにして、もう一度ベッドに仰向けになった。

「しかも妙なことには、それを絶対に仲間たちに知られたくなかったんだ。医学部のFもいたんだから、彼に相談すれば簡単に解決したかも知れない。それに森の音が気になるのなら、部屋を変えてもらうことも出来たんだ。しかし、その理由を絶対に秘密にしておきたかったので、その提案も気軽にできない。妙なものだな、どうして、ああ匿しておきたかったんだろう。その癖、腹痛の時なぞ、直ぐFに頼んで診察してもらったり、薬を頼んだりはしたんだ。……Fはあの夏のぼくら全体の主治医みたいだったからな。何しろ彼の医学という特殊技能には、我々全員、頭が上らなかったから、彼が金がなくなって帰ると云い出した時は、ぼくは彼の食費を免除する提案をしたくらいだった。何しろ、ぼくたちが自転車を列《つら》ねて遠くへピクニックに行く時なんかは、Fは荷台に大きな鞄と薬箱とを積んで行ったものだ。そこには赤チンや包帯だけじゃなく、本格的に聴診器だの注射器だのも入っていた。あいつはあの夏で、大分、ぼくたちを実験台にして実習をやったわけだ。そうだ、Tが寝冷えをしてね、高熱を発した時、Fは処方を間違えて無暗と大量のアスピリンを飲ませたために、Tはひと晩じゅう心臓が苦しくて眠れないでね。Fはつききりで胸を冷したりして徹夜になった。あとで本を調べたら、やっぱり量が違っていたと云っていた。ありゃあ、馬の風邪を直す分量だったそうだ、とSか誰かが云い触らしていた。……だが、あの不眠症の辛さを、ぼくはあの時期以来すっかり忘れていた。不思議だな。今から十年前くらいに、会社のなかの紛争で、やはり軽い不眠症にかかった時は、社の嘱託医に訊かれて、不眠症にかかるのははじめてだ、なんてぼくは答えたんだからな。いや、全く今まで一度も思いだしたことはなかったんだ。……そうだよ、それで何とか眠りを補おうとして、午食後は安静時間を持とうじゃないかとぼくが提案したんだ。それがTの発言でシエスタというものに発展したんだろう。あの夏、Hのやつはぼくを東京人の軽薄さだと云って何度も軽蔑したんだが、実はぼくはその不眠症の苦しさを仲間に知られたくなくて、故意に軽薄に振まっていたところがあるんだ。そうだ、君だけはぼくのその軽薄さの相手になってくれて、地口の応酬なんかやってくれたんで感謝していたものさ」

「ぼくが地口をねえ――」

と、私は意外な自分の姿を彼から知らされたものの、一向に実感がなかった。地口なら、寧ろSなんかの方が得意だったのではないのか。

「それよりも……」

と、私は先程からの想念に彼の告白を結びつけようとした。

「君がそんなに自分の不眠症を匿しておきたかったというのはね、当時の君にとって、不眠症というものが腹痛や何かとは異って、普通の医学的な病気じゃあなかったからなんじゃないのかい。つまり君にとっては不眠症は形而上《けいじ》学的意味を持っていた。催眠薬を投与すれば癒《なお》ると、そんなに単純明快には行かないものだったのじゃないのかね」

Kはちょっと天井を見上げたまま、真面目な顔で黙っていたが、やがて顔を私の方に向けると、不審そうな声で訊いた。

「あの夏、ぼくは君に何か告白したのかい?」

「いやいや、そうじゃない。そうじゃないが……」

そこで私は、先程、私が当所《あてど》もなく徨っていた想念の説明に取りかかった。Kは自分の心の底から、それまで存在するとは思ってもいなかった、執拗な不眠症が現われ出て、それを彼自身の意志の力で克服できないことに恐怖を感じたのに相違ない。不眠の夜は、更に彼の心の底から次から次へと、当人にも思いがけない様々な情念が病的に拡大されて現われて来て、それがやはり病的に鋭くなっている彼の神経を脅かしたのだ。それは彼がそれまでこれが自分だと是認していた自分の姿を、無残に破壊しつづけた。彼は毎晩、自分の人格の崩壊に立ち会いつづけた。しかも、不眠症という思いがけないものの登場は彼に、これからどういう別の思いがけないものが自分の内部から飛び出すかも知れないという、不吉な予感を与えることになったのではないか。それまで自然に生きていた彼の生き方、そしてそうした自分にとって好ましくないものは意志の力によって排除できると信じていた、そうした生き方が、あるいは顚覆《てんぷく》してしまうのではないかという、底知れない不安と恐怖。それがまた彼の不眠症を昂じさせることになって行ったのではないか……

「あの時ぼくが出会った、君のベッドのうえの顔は、正にそうした不安と恐怖との凍りついたような表情だった。君はあの時、そうした君を裏切るものが君の内部に潜んでいるという、最初の発見に打ちのめされていたんだよ。それは君が教会の仄暗いなかで見掛けたTの後姿とも、どこかで通じていたんだと、ぼくは今にして思うね」

「そうか、そうか……」

と、Kは納得したようにうなずき、それから床のうえに立ち上った。

「その後は、家庭でも会社でも、そうした自分の人格を揺るがすような不安に出会ったことは一度もなかったからな。だからあの苦しかった不眠症も忘れていたんだね。十年前の不眠症は、あれははっきりと原因の判っていた、ただの病気だったので、それであの昔の不眠症のことは思い出さなかったんだ。最近の奇妙な感覚の方が、もしかするとあの不眠症の経験に近いのかも知れない。だから今、この部屋で急にあの経験を生まなましく思いだすことになったんだな。あの奇妙な感覚を通して、ぼくは今、どんな経験だろうと、この家の屋根の下で起ったこと、感じたことは、すべて思い出してやろうと決心しているんだ。だから、どんな恐ろしい記憶だって、たじろぎはしないよ」

と、彼は両脚を踏んばるようにして、若者のように云った。

「それにしても若さというものは大したものだね。あんなに毎日、辛い不眠症に悩まされていたのに、結構、毎日が愉しくて仕方なかったんだ。だから、今からあの夏を振り返ってみると、ひとつの長く続いた祭りのような雰囲気だけが残っているんだな」

Kは勢いのいい足取りで私の先に立って、もう一度、木の階段を降りながら、そう云った。階段を降りきったところで、私は足を停めた。ヴェランダに向って開け放たれた茶の間の床には、昼間の日の光りが、先程の私たちの靴の跡を、はっきりと浮き上らせている。私はこの家のなかではどこへ行っても、木の床をじかに踏んでいたのを、その靴跡から不意に、足の裏の感触として思い出した。この家を借りた青年たちには、木の床に絨毯を敷くような才覚も、そのために態々《わざわざ》敷物を買うような財力もなく、従って前住者が覆いを剝いで行った裸のままで、部屋や廊下を使っていたのだった。

私が靴跡を見詰めているのに気付いたKは云った。

「あの夏、ぼくたちはこの家のなかで、靴を穿いたまま暮していたんだぜ。西洋人の建てた家なんで、そんなふうに出来ていたんだ。一日中、靴を穿いたまま暮すというのは、ぼくらには実に新鮮だった。何だか西洋で暮しているみたいでね。これもたしかTの示唆で、西洋では靴を穿いたままベッド・カバーのうえに横になって憩《やす》むんだと聞いて、早速、ぼくはやって見た。それからあのお洒落なSは、何かの映画で観たと云って、朝、起きるとまず靴を穿いてね、それからズボンに足を通すんだ。皆、そういう従来の習慣にはなかったことを、この畳の一枚もない家のなかで次つぎと試みることに、青年らしい喜びを感じていたんだな。ぼくは東京へ帰ってから家の風呂に入ったら、足の裏がばかに熱く感じられるのに驚いた記憶がある。西洋人が日本に来て風呂に入ると、足の裏が熱くて困ると、何かの本に書いてあったのを、成程このことかと思い当ったんだな。夏中、靴を穿きづめだったので、足の裏の感覚が鋭敏になってしまっていたんだね。そう云えば毎日風呂に入る習慣のあったぼくも、あの夏はシャワーを浴びるだけで満足していたのが不思議だ。この家にはシャワーしか備えつけてなかったんだよ。また、夕食前にシャワーを浴びるというのも、何となく洒落ているような気がして、もの珍らしかったんだろうな……」

そこでKはまた何か思い出したらしく笑いだした。

「東京の下町の狭い日本式の家に住んでいたぼくは、はじめてこの西洋式の広い家で、各室に厚いドアがあって鍵のかかる生活というのが、もの珍らしくて仕方なかった。ぼくの想像のなかでは、この家は西洋の大邸宅のように思われていたんだね。それがあのお嬢さんがはじめてこの家へ来て、帰ってから秋野さんに話したら、秋野さんは、ああ、あのバラックは以前に環境がいいので自分も買おうかと思って行って見たのだったが、いくら別荘暮しだと云っても、あんな床のギシギシする、西部劇のセットのような粗末な家には住めないからやめたよ、と云ったと、お嬢さんが教えてくれた。それですっかり落胆してしまったのを覚えている。秋野さんはぼくなんぞと違って、代々の余裕のある生活環境のなかに育ったのだし、生活感覚というか趣味というか、そうしたものがぼくなどとは格段に優れていたからね。だから、この家もあの人にとっては粗末なバラックに過ぎなかったかも知れないが、ぼくはその後も、遂に、こんな大邸宅には一度も住んだことがないんだよ。それに東京の下町の人間は、妙に西洋風の生活に対して好奇心とコンプレックスとを持っていたからね。母なんか、帰って話したら、学生の分際で西洋館でひと夏暮したなんて大変な贅沢をしたものだとあきれていたよ」

Kは茶の間に隣接する大きな木の引き戸を押し開けた。

「ここが君の部屋さ。一階に住んでいたのは君だけだった。小説家は観察するのが仕事だとか君は云って、この家に出入りする連中を近くから眺めることのできるこの部屋を選んだんだよ。正面の窓からは傾斜地を昇ってくる訪問客がよく見えるし、横の窓からは裏の台所口へ来る御用聞きなども見られるしね。その癖、自分の仕事は観察にあって行動にはないなどと、都合のいい理屈を云い立てて、郵便配達が来ても、滅多に立って部屋から出てこようとしないんだからずるいよ。尤《もっと》も、そういう君を誰も非難しなかったところから思うに、君にはそれが似つかわしいと、当時、全員が認めていた。また認めさせるような、妙に超然とした態度が君にあったのさ」

Kは部屋に歩み入ると、二つの壁面の古びたしみだらけのカーテンを、大きく開いた。日の光りが私たちの足許まで、身を躍らせて入って来た。

「超然とした、ね……」

と、私はあの夏、同居者たちの目に映じた私の姿を、目の前に再現しようとしてみた。軽率で地口がうまくて、そして同時に超然としている、小説家気取りの青年、というのは、仲々ひとつの映像に統一されるのは困難だった。これはその骨組に生気を与える内部の記憶、当時の心の状態が、何かの拍子に復活してくるまで待たなければ仕方あるまい、と私は思った。

私は調度が取り払われているために、徒《いたず》らに真四角な箱のような印象を与える、この部屋のなかを見廻してみた。ここには裸のベッドさえ据えられていない。

「ベッドはあったんだろう」

と、私はKの顔を見た。

「そうだな、台所を望むそっちの窓際に、——そうだ、この部屋だけは妙なことに幅の広いダブル・ベッドが置かれてあった。恐ろしく頑丈な、仲々優秀なベッドだった。きっとあの後でこの家を借りた人間が、あのベッドを気に入って、自分の家へ運んで行ったのかも知れないな。それとも物資の欠乏していた時代に、食糧と交換したのかも知れない。とにかくいいベッドだったぞ。それを君が悠々とひとり占めして寝ているのは、大いに皆を羨ましがらせたものだよ。尤もねえ、あの年頃の男は、皆、妙に孤独好きなところがあるから、いわば往来に面しているこの部屋、通りがかりの人間が、外に立ったままで窓から声をかけることのできるこの部屋はみんな敬遠して、小説家に任せるよなんて云って、それぞれ二階の部屋を取ったんだがね。そう云えば、この部屋だけ他の部屋に比べると大きくてゆったりしているだろう。だから、ぼくは前住者がここを夫婦の寝室にしていて、そして、この部屋の丁度上になる、物見のような窓のあるぼくの部屋を、書斎にしていたんだろうと想像していた。そして二階の廊下の両側の部屋は、客を泊めるための部屋だったんじゃないかな。それにこの部屋だけは二階の部屋と異って、扉じゃなくて引戸だろう。だから、この戸を外すと茶の間とひとつになるんだよ。少し大がかりのパーティーをやる時は、この引戸は明け放しのままにしておいて、そのダブル・ベッドが客の荷物やレイン・コートなぞの置き台代りになったんだな。そういう時は、君は部屋無しになってしまうわけだ。しかし、そうした時こそ、君の観察のかき入れ時だから我慢しろ、というのが、この家のマネイジャーだったぼくの意見だったがね。そうだ、それにこの部屋は他の部屋より広いだけじゃなく、床を見てごらんよ。他の部屋みたいに板をただ並べて張りっ放しにしたというのとは、この床の木はちょっと違っているだろう」

なるほどこの床は、小さな真四角な木を木目に従って、格子縞のように縦横縦横とひとつずつ並べて嵌《は》めこんである。

「な、だから、この床は雑巾掛けをすると奇麗になって、そのままじかに布団も敷けたんだ。

覚えているかい、あの……」

私の脳裡から奇妙な言葉が、不意に飛び出した。

「イッチとニッチ！」

「そうだよ。あの妙な双生児が、Hの中学の同級生だとかいうんで、いきなり乗りこんで来て、一週間くらいこの君の部屋で暮して、それから或る朝起きたら、もう二人とも姿を消していた。食費も半分、不払いでな。あとで騙《だま》されたと云って、Hが口惜しがったことといったら」

イッチとニッチ――その本名は知らないけれども、またその名の由来も忘れているけれども、恐らく当時、誰かの読んでいた小説中の双生児の名前か何かをとって私たちが名付けたろう、その口調のいい奇妙な渾名。それは私の脳裡から飛び出してくると同時に、まるでびっくり箱の蓋が開いたようにして、二つの見分けのつかない、子供のような顔が、後を追って私の記憶のなかから首をもたげた。

「あれはおかしな双生児だったな。尤もぼくは双生児というものと一緒に暮したのは、あの時が始めてだったからかも知れないが、とうとうあの二人が消えるまで、一度も、二人を区別して認識できたことがなかった。ぼくらも最初は、二人を分けて扱おうとしたんだが、それは中学以来のつき合いのH以外の連中には手に負えないことが判って、ぼくらはいつも呼ぶのに、まとめてイッチとニッチって怒鳴ったものさ」

そこでまたKは陽気な思い出し笑いをした。

「あの二人が妙なアクセントの、判りにくい田舎の言葉で、早口に喋り合っているのを見ていると、何だかひとりで自問自答しているように見えてね。喋り合うと云っても、片っ方が半分云うと、後半分を相手が云い足すんで、あれは二人が話し合うというのとは別のことなんだな。ぼくらが話しかけても、二人同時に同じ返事をしたり、やっぱり半分ずつ、歌舞伎の台詞《せりふ》のつらねのように、ひとつの返事を半分ずつ千切って答えるんだ。あの片っ方がトイレから出るのと入れ違いにぼくが入るだろう。そうしてぼくが出ようと思うと、同じ顔の男がまた入ってくるんだ。それで二人が次々に来たのだと思うと、そうでなくて、それが同じ方が忘れ物をして引っ返して来たんだったりしてね。片っ方が何か借りにきて、直ぐそれを返しに来ても、それは借りて行った方か、別の方が代りに返しに来たのか判らない。だから、こっちは適当に誤魔化した受け答えをするんだが、そうしたことが重なると、こっちが気が変になってくるんだ。Hの奴に認別法を教えてくれって頼んでも、それはニュアンスの違いで判断するより仕方ないんで、長年の経験で自然に判ってくる、などと云うんだからお手上げだった。だからぼくらは二人をひとまとめにして、どっちがニッチ、どっちがイッチというのでなく、ひと組でイッチとニッチということにして扱ったんだ。始めからどっちがイッチだ、どっちがニッチだって判って渾名をつけたわけじゃないんだしね」

Kは部屋のなかを、行ったり来たりしながら話し続けた。

「そうなんだ。あの二人を引きとったのも君なんだ。Hのところは二人分の余分な空間がないと云うしね。それでこの部屋のダブル・ベッドをあの二人が占領して、君はこの床にじかに寝ることになった。よく君は草臥《くたび》れなかったものだね。ぼくはあの二人とものの十分もつき合っていると、頭が変になって来たものだったよ——」

カーテンの隙間から忍び入ってくる暁方の光りのなかに浮き上っている、全く同じの二つの顔。頭髪を兵隊のように丸坊主に刈った頭が二つ、同じ鋳型から今、押しだしたばかりのように、同じ額の同じ横皺のうえに、同じように汗をかいて、ひとつの毛布から覗いている。その二つの同じ口からは、今にも同じ寝言が聞えて来そうな気がする。私はいつも枕許においてあるノートを開いて、この不可思議としか云えない、「自然の繰り返しの現象」についての感想を、腹這いになって走り書きしている。それにしても彼等のあの疳高《かんだか》い声も、調子の外れた陽気な笑いも、それから彼等のいつもふざけて小犬のようにヴェランダの前の庭を駆けまわっている、あの絶えず内部から突きあげてくる何かに押されて動きまわらずにはいられないようなな身のこなしも、それからふと静かになったので気が付くと、庭先の大きな樹の下のベンチに二人で顔を寄せ合って、淋しそうに坐っている、あの頼りなげな様子も。それらはいずれも、彼等がまだ全く子供のままでいる証拠のように私には思われた。当時の私たちは、いずれも自分のなかの少年が脱落して行って、大人の世界へ踏み入ろうとしているのを感じていた。そうして一日も早く一人前の成年の世界へ首を出そうと背伸び競争のようなことをしていたのだ。ところがあの二人は、その競争から遙か後方に取り残されて、永遠に「幼年の緑の天国」のなかの住人のままでいるように見えた。それは二十歳を越したばかりの私を、妙に物悲しい感動に誘うものだった。

そうだ、二人は学校を了《お》えたら、どこかの離れ島の灯台に一緒に就職したいと、寝物語りにこもごも私に語って聞かせた。二人の眼はその話をしながら、熱心な子供のように輝いていた。二人は丁度、晴雨計の人形のように、同じ制服を着て交代で見張り台に立つのだ、と云っていた。あの二人は孤独のなかでさえ、二人一緒だった。私たちはひとりずつ、他人との交流の絶対に不可能な部分を、心の底に匿していたのだが、あの二人に限っては、その秘かな部分もまた共有であった。だから、彼等にはあの心の秘密の領域というものは存在しなかったということになる。そこから、あの奇妙な子供らしさも来ていた、ということなのだろうと、五十歳の私は、昔の私の部屋の中央に立って思った。そうだ、子供から大人になるというのは、あの孤独な部分が心の底に生れるということなのだろう。そうして、未だその部分が心の底に目を醒ましていないことこそが、子供が純潔さの印象を与える理由なのだろう。あのいつも澄明な四つの瞳の奥に、私がいつも深い悲しみを読みとっていたのも、それは私の中のあの部分の存在のなせるわざだったのだろう。

しかし、イッチとニッチよ、君たちは一体、そんな子供らしさのままで、この現実の世の中に耐えて、その後も生き続けて行けたのだったろうか。私たちが生きて行くためには、あの秘かな部分がいつも背後から、崩おれそうになる自分をじっと支えていてくれることが必要な筈なんだから。人間は社会的動物であると云われ、そして現に社会のなかに適応して生きている。しかし、背後にあの秘かな部分が——それがいかに荒涼たる世界であろうとも——いつも眼を覚まして否と云いつづけていなければ、人は皆、社会のなかに呑みこまれ、自己というものが溶けて消えて行くことになるのではなかろうか。そうして、君たちの夢想していたような「離れ島」なんてものは、この世のどこにも存在してはいないのだ。

「あの二人は、一体、どうなったのだろう」

と、私はひとりごとを云ったらしかった。傍らから直ぐKの怒ったような言葉が返って来たのだから。

「二人は別々に引っぱって行かれて、ひとりは北満で、もうひとりは南方の海で死んだそうだよ。Hがいつかそう云っていた。あの二人が別々にされて、生きて行けるわけがないって……」

Kと私とは茶の間に引き返し、半分焼けたままの焚木の転っている煖炉のまえの、小さな木の椅子にそれぞれ掛けた。それは小学校の教室の椅子のように背が低くて、坐ると自然に上体が前かがみになるようにできていた。

「なる程、火にあたるのに便利なように、この椅子は作られているんだな」

と、私は火の気のない煖炉に向って、両掌をかざしながら云った。

「この椅子がまた、女中部屋に沢山積み上げられてあってね。前住者の宣教師は、この家で説教会のようなこともしたんだろうと思われた。この部屋に、二十近くもこの椅子が並んだことがあった……」

それからKは不意に、投げだすような口調で云い足した。

「帰ってこなかったのは、イッチとニッチだけじゃない。あの夏、この家で暮したのは、季節の終りにぼくが帳面を整理したとき数えてみたんだが、延べで二十人以上いたんだぜ。そのうち、半分も生きて帰って来た奴はいないんだ」

「二十人も?……」

と、私も呟いた。

「しかし、ほとんど全部、忘れてしまっている――」

一体、時間とは何なのか、と私は改めて思った。あの夏、この広い細長い木の卓のまわりで、一緒に食事をした若者たちのほとんどが、私の記憶のなかでは消されてしまっている。その消された理由は、あの恐ろしい時期を通過したからであるわけだが、その恐ろしい時期が終った時、その半分は、現実にこの世から姿を没していたというのだ。ひと夏のうち、少くとも数日は、同じ屋根の下で暮した人間は、私にとって友人であったと云っていいだろう。その友人が私の知らないうちに、この世からいなくなっていると、今、教えられて、その友人に向って追悼の言葉を投げようとしても、私はその誰ひとりの面影も思い浮べることはできないし、名前すら記憶にない。そしてそうした人達があの夏には現にここにいたと告げられても、その生きていたという感じすら、私には甦って来てくれないというのは……

人は時には、古い友人に会って、咄嗟に名前を思い出さないことはある。また相手から声をかけられても、その面影を忘れていて、誰だか判らないということもある。しかし、名前を告げられ、昔の交友の様子を説明されれば、その人物はそこに再現させられることになる。彼は私の過去の時間のなかから甦って出てくることによって、少くともある時間のあいだは存在していたという感じを、確実なものとして私に味わわせてくれる。しかし、あの恐ろしい時期のなかで生命を失ってしまった何人かの者たちは、その生きた痕跡さえも消して立ち去って行き、かつてこの大きな卓のまわりに坐っていたという感じをさえ、私から奪ってしまっているのである。時間というものは継続だと云われている。そして、死は時間の喪失だとも云われている。しかし、現に生きている筈の私のなかで、あの夏の記憶が、ほとんど切り落されているということは、その時間が継続から切り外されているということになる。つまり、あの夏の私は、時間の喪失によって死んだということになる。同一人でありながら、あの若者は死に、そして、その若者の後身である五十歳の私が、同じ建物のなかでこうして生きている。それは何とも名状しがたい混乱のなかに、私を落ちこませた。

「君、たぼの奴を覚えているかい」

と、傍らからKが訊いた。彼の声は今、陰気なしめりを帯びはじめている。それは必ずしも私の返事を期待はしていないようだった。だから私は黙ったまま彼の話の進行をうながした。

「あいつが、ぼくらの仲間のなかでは、最初に消えて行ったのだ。しかもまだ夏の終らないうちに……」

その本名は忘れられてしまった、たぼという渾名の男は、誰の紹介でだったかも、今になってみると思いだせないが、この家を開く最初からやって来ていたような気がする、とKは語りはじめた。しかしそのたぼははじめから妙に仲間に溶け合わないようなところがあって、Kが命じたことは何でもやるけれども、散歩に誘っても仲々ついて来ないし、そうかと思うと、ひとりで飄然《ひょうぜん》と姿をくらます。夕食後なども、まるで急ぎの用事でもあるように、直ぐ部屋に引きこんでしまう。

「何しろぼくらは、いつまでもこの部屋で喋りまくっていたからな。皿小鉢を当番が台所へ運んでしまうと、大きな土瓶に一杯、茶を入れたのを、テーブルの真中に置いて、その茶を飲みながら、きりなく議論を続けたものだ。それで一週間もしないうちに、Hの奴が、茶の間の消燈時間を決めようと提案したくらいだった。何、Hが一番のお喋りだったんだよ。外が明るくなりはじめて、皆慌てて部屋に引っこむという騒ぎだったからな。ある晩、やはり夕食が終ると直ぐ立とうとしたたぼに、少し喋って行けよ、とHが声をかけたことがある。ところがたぼは、いや、ぼくは運命の審判を間近に控えているので、とても呑気に君たちにつき合ってられないんだ、と不愛想に断ると、そのまま階段を駆け上ってしまった。運命の審判というのは、例の検査のことさ。彼は何でも途中で学校を変えたりして、延期願いに手違いがあったらしいんだ」

しかし、ある晩、たぼは席を立たなかった。それは医学部のFが、どうすれば一時的に肉体が病気のような様相を呈することになるか、食後にゆっくりと説明してやろうと云ったからだった。Fは、幾つかの手段を教えてくれた。検査前の半年ほどうどんだけを食べよとか、あるいは寒天を使えとか、又、醬油を大量に飲んで駆足をしろとか、下剤を定期的に用いよとか。「そのFの壮絶というか、不気味というか、とにかく医学的であるようで、また伝説的でもあるような長話が終ると、たぼは、ぼくのような奴の急場の間にあう方法はないようだな、と云って席を立った。皆、その瞬間、しゅんとなってしまってね。黙って彼の後姿を見送ったものだよ……」

そのKの話の途中で、私のまえにはひとつの情景が浮び出て来た。それは林のなかの細いかなり急な坂道を、二人の青年が急ぎ足で降りながら話し合っている光景だった。

青年の一方は相手に――それは当時の私だったのだろうが――彼自身の境遇を打ち明けていた。彼の両親は離婚したので、母ひとり子ひとりで今日まで来た。何でも、途中で志望を変えて大学へ入り直したのも、経済的事情があったらしい。精《くわ》しい話を聞いたに違いないが、それは今、私の記憶から甦ってはこなかった。ただ、彼の話が急に哲学的になって、殺人の否定という問題を彼が口にしたのを覚えている。そして、その否定の根拠としては、凡《あら》ゆる哲学や道徳は役に立たないと力説したあとで、「しかし、ぼくは母を悲しませないために、殺人を否定するんだ」と、きっぱりした口調で云ったその青年の言葉が、今、ありありと耳もとへ立ち帰って来た。「母は、人を殺すくらいなら、人に殺されよ、とぼくに云ったのだ」

その時、私は――というより、幻影のなかでこの青年に寄り添うようにして歩いている、もうひとりの若者は――ただ凝然として、この男の横顔を覗きこむようにしていた。その青年の目には、黙ってしまった相手のきびしい横顔のなかで、異様に大きな耳ばかりが、何か別の生き物のように不気味に見えていた。

「たぼというのは、耳がばかに大きい男だったんじゃないのか」

と、私は云った。

「耳たぼが大きいから、たぼか」

と、Kは考えこむようにして答えた。

「それでたぼの検査はどうなったんだ」

と、私は訊いた。

するとKの声は、ほとんど恐れているように低くなった。

「たぼは検査の前の日に、ここを出て行った。その時、検査の結果は電報で知らせるからと、ぼくらに云い置いていったんだ。だから、ぼくらも彼の検査を他人事とは思えないで、強い同情と関心とを抱いて注目していたんだな。そうして、検査が終ったら、成るべく早くここへ引き返してきて、皆に、その模様を話して聞かせることになっていたんだ。ところが、検査の翌日になって、待ちかねていたぼくらのところへ、電報は来たことは来たんだが……」

そこでKは顔をあげて、ぼくの顔を見た。

「それはたぼの急死の知らせだった」

「自殺か」

と、私は訊いた。

「そういうことらしい。検査の結果だけでなく、検査場の空気そのものが、彼を死に追いこんでしまったらしい。しかし勿論、当時のことで、彼の母親は医者に泣きついて、自殺ということは伏せてしまったんだ。判れば母親が引っぱられたかも知れないからな……」

私たちの間に、また沈黙が落ちた。

「またひとつ、厭なことを思いだした。それは国士という渾名の男のことだ。あいつも誰のつてで、おれたちのところへ来たか覚えていないが、着物に袴をつけてやって来たんだ。そんな妙な服装が、皆を刺戟したんだが、それでもひと晩だけ、臨時に泊めてやることにした。ところが夕食のあとで、そいつが国際情勢について得意に喋りはじめ、それをTが軽薄な分析だと批判したことから激論となり、遂にそいつがTを非国民だと罵ったんだ。そうだ、すると君が立ち上って、Tが非国民なら、ぼくも非国民で結構だ、と怒鳴ったぜ。気の早いHは、煖炉の火掻《ひか》き棒をもう片手に取りあげていた。そうすると、形勢が悪いと見てとったか、その男は予定を変更して荷物をまとめると、夜のなかへ出て行ってしまった。誰も懐中電燈を貸してやろうとも云わなかった。奴が出て行ったあとで、Sが、あの国士め、と云い、それから暫く、あいつの噂が出るたびに、国士、と呼んだものさ。あの頃は、あんな奴が学生のなかに急に増えはじめていたんだな。幸いに、この家にやってくる連中のなかには、他にはひとりもいなかったが――」

そこでまた、私は先程から頭の隅に、何度も浮んでは消えた質問が現われ出るのを意識した。

「一体、この小屋は誰の所有で、そうしてどういう関係の連中が集ってくることになったんだい。どうして、そんな今の国士なんて厭な男まで入りこんで来たのかね？――」

「いや、それが実に妙な具合なんでね……それが妙な具合だというのが、またいかにもあの夏のこの小屋の雰囲気を象徴していると思うのだが」

と、Kは笑った。

「つまり、こういうことなんだよ。あの夏の初めに、それも例の帰ってこなかった男のひとりなんだが、急にこの別荘地にひとつ小屋を自由に使っていいことになったから、一緒に暮さないかと、ぼくに教室で提案して来た。それでその男とぼくは季節のごく初めにここへやって来た。ところが思いがけないこの大きさだろう。それで二人だけでは勿体ないし、だいいち淋しいじゃないか、ということになって、お互いの友達を集めて、一種の下宿屋のようなものをやろうかと云い合っているところへ、急に家から電報が来て、その男は帰って行った。母親が病気で倒れたのだった。そしてその男はとうとう夏中、こっちへ戻ってこれなかった。そこでぼくはHや君やに手紙を出し、そうして父親の任地へ行く筈だったのに、国際情勢の変化で海外渡航ができなくなったTも、その話を聞いて、ここへ来ることになった。そうして、皆、勝手に自分の友達に、この自由な小屋の情況を手紙で知らせたものだから、次つぎとひまな奴が現われては泊って行くという結果になって行き、しかもそうして泊った奴が、また別の友達に話して、遂には滞在者の誰もが知らない奴まで、やってくるということになってしまったのだ。HとTとだって、ここで始めて知り合って仲良くなったくらいだよ。Sだってぼくはあの夏まではつき合いがなかったのだ」

「それじゃあ、その初めに田舎へ帰った男というのは、ぼくの知らない男だったのかね」

と、私は自分が一夏も、未知の男の家で暮したという途方もない結果に、あきれ返って訊いてみた。

「その男はぼくだけの知り合いだったから、あの夏の全員が、彼とはつき合いはなかった」

「ということは全員が知らない男の家に、無許可で百日近くも泊りこんでいた、ということかい?」

そこでまた、Kは奇妙にてれたような笑い方をした。

「そこが妙な具合だというんだ。この家の本当の所有者は、ぼくも知らないんだ」

「その田舎に帰った男の持ち家じゃなかったのかい」

と、私はいよいよ真相が途方もない方向に転じて行くことに、茫然となってしまった。

「つまりだな、その男の始めの話では、何でも彼の中学時代の親友が、その夏のまえに、急に鉄道事故で死んだというんだ。その死んだ男は運が悪くて大学へ入れないので、何年も浪人をしていたそうなんだが、父親がその男を溺愛していて、大学受験勉強を暑いさかりの京都でするのは可哀そうだというので、この別荘を買ってくれたらしいのだ。ところがその矢先に事故で死んでしまった……」

Kはそこで立ち上ると、煖炉のなかに立てかけてある鉄の火掻き棒を手にとった。

「実際、あの頃は、おれたちの年代の連中は、もう引っぱり出される前から、続々と死んで行くという感じだったな。結核で死ぬ奴、自殺する奴、事故に遭う奴、それはあの大量虐殺の時期の前触れのようだった。君もぼくもHも生き伸びたというのは、奇蹟としか云いようもないのかも知れない。そうして、あれ以後、ぼくたちは生き延びたといっても、本当に生きたのかどうか甚《はなは》だ怪しいのだな。そこのところが果してどうだったのかも知りたくて、ぼくはこの旅へ君を誘ったわけだが――」

それからまた彼は私の方へ顔をあげた。

「それでぼくをはじめに誘った男がね、その中学時代の親友で鉄道事故に遭った男の葬式に京都へ戻ったんだが、父親は傷心のあまり、彼を摑えて放さなかったらしい。そして、この夏は息子のために、わざわざ避暑地に家を一軒買ったのに、肝腎の息子がこうなってみると、自分たちはその家は到底、使う気にならない。その家で暮したら、朝晩、息子のことばかり思い出されて、つらくて耐えられない、と云ったらしい。といってすぐその家を手放すとか何とかいう事務に掛り合うさえ、息子の思い出に繋がるから厭だ、と云うのだな。そうした愚痴をその男に話しているうちに、急にその父親はその夏、この家を彼に使ってもらいたいということを思い付いたらしいのだ。お友だちでも連れて行って、ひと夏、愉しくお暮し下さい。そうすれば、あの家でまだ息子が生きていて、あなた方と一緒に暮しているように空想もできて、心が慰められるから……そんなふうに父親は云いだしたというのだ。それでその男はぼくを誘い、それからその男の方は、結局、母親の病気で脱けて、全く縁もゆかりもないぼくがこの家を管理して、もっと縁もゆかりもない君たちが、我が物顔でこの家で暮したということなのだ……」

「そういう事情は、当時のぼくらは知っていたのかい？」

と、私は訊いた。

「はじめに、一応、ぼくは話したと思う。しかし、ほとんど誰も全然、気に掛けなかったようだな。現にぼくにしたところで、時々、その田舎へ帰った男に近況報告の手紙を書いたが、本当の持主に対する挨拶は一行も書き添えた覚えがない。そうだ、その癖、何かこの別荘の維持に必要な金、たとえば植木屋を入れたとか、樋《とい》を直したとか、その他にも何だか、色いろな請求書が舞いこんで来たが、それらはすべてその男に送りつけてやった。その男が持主の方へ出掛けて行って、適当に処理したらしいよ。たしか、その父親が、皆さんによろしくと云っているという伝言を、その男が書いてきたことがあったから……」

私は茫然とした精神状態から、更に進んで何か暗黒な世界が、その事情の奥に開けはじめるのを意識していた。全員がそんなに無頓着に、知らない人間の家に泊りこんで平然としていたということは、今日の私たちの生活感覚では、想像もつかないことで、それは単に、青年は無邪気だからというような神話で説明できることではないだろう。何か、そのような事態を惹き起し得る、異常な状況が当時の私たちの精神を支配していたのだ。

――その異常な状況とは何だったのだろう。

私はヴェランダへ歩み出ながら、そう考えた。

まず私たちの目の前には、あの恐るべき時期の波頭が、足もとを洗いはじめていた。それはいつの時代の青年も出会う一般的状況というものではない。私たちはいずれ近い将来に、自分の立っている地面そのものが大きく揺らぎ、私たちはそれぞれ仲間の者を見失って、どこかへ転落して行くと予感していたのに違いない。そうして、その予感していることの実現を避ける手段がなく、また予感そのものを心から消し去ることもできなかったために、その予感は実現するまでは単なる予感にとどまっているのだと思いきめることにしたのだろう。そうして、その残された時間を、毎日、祝祭たらしめようとした。いつの世代の青年たちも、その青春の日々を祝祭たらしめようという、本能的な精力の過剰があるとしても、私たちの世代にはその欲求が異常に昂まったのであり、そしてやがて予感通りの事態が発生し、それが終熄《しゅうそく》して、そのなかから仲間の何人かが生き残った時、皆は全くそのかつての祝祭とは無縁の生活をはじめることになった。そして三十年後の今日、公団理事のHは、相変らずかつての祝祭の記憶については、何の興味も示していないし、私は振り返ってみても、何の記憶も残っていないことに愕然とし、Kは一心にその祝祭の日々のなかへ戻ろうともがいているのである……

そうした予感と、それから残された毎日を祝祭へ変貌させようという決意とは、私たちのなかに常識的な因習的な諸々の観念への軽視、乃至は無視を生んだのは当然である。私たちには多分、正常な所有権の観念が失われていたのだ。正常な生命の観念が失われている時、所有とは一体、何なのだ。いつの時代でも、青年にとっては未来の時間は無限にある。青年たちはあたかも自分が永遠に死なないかのような態度で、未来の計画を樹てる。そして、それらの計画は現実には何十年の生命しか与えられていないので、大抵、人生の途中で大幅に縮小されることになるが、当初においては、青年は幾つもの世代をかけて辛うじて実現し得るほどの量の計画を、自分一代のために夢想するのである。現に私自身もまだ忌わしい予感があまり身近なものになっていなかった十代の終り頃には、同時に、マラルメの全詩業とバルザックの『人間喜劇』全体とサント・ブーヴの『月曜談叢』とに匹敵する仕事を、一生の間に私ひとりで実現することを、愉しく想い描いたのだった。そして到底、ひとりの人間にそのような途方もない量の仕事が実現できる筈はないというような、人の生命の長さの感覚などは、ようやく自覚的に生きはじめた私には無縁のものだった。しかし、そうした青年独特の、外に向って無限に拡がって行こうとする夢想的な精力過剰が、ほとんど一二年のうちには突然に生命が中断されるのだという予感によって出口をふさがれた時、たとえば金銭に対する感覚も失われて、一定の金を一定期間遣って生活するというような計算は不可能になる。実際、私たちは競って浪費したものだった。だから、あの夏の完全な浪費生活を維持するために、私は貴重な蔵書の多くを平然として売り払ってしまった。自分の所有に対する無感覚は、容易に他人の所有に対する無感覚に繋って行く。私たちにとっては、そのひと夏が快適に過せるならば、その建物の所有者が誰であるかなどとは、考える必要は感じなかったのだろう。それにその建物も、やがて間近にこの世を去る運命にある私たちにとって、いわば「一夜の宿り」のごときものに過ぎなかったのである。私たちがその夏、この建物を占拠したのは、持主から私たちに不当に占有権を移転させたという感じではなく、持主も判らない野原の納屋に野宿するといったような無責任な感じに近かったのであろう――

それは生活というものとは別のものである。生活を構成する現実の要素がまるで欠けていて、夢の要素だけから構成されていた日々だったわけである。

「いや、あの夏、ぼくたちが気に掛けていなかったのは、この家の持主は誰かということだけじゃなかった。はじめに決めておいた食費なんてものも、しまいにはどうでもよくなって、この家は次第に一種の共産村の様相を呈しだしていた。いちばん気前のよかったのはSで、彼は持ち合せの金全部をぼくに渡してくれたし、Hは国もとの母親から金を取り寄せるし、そうだ、君も秋からの分の奨学資金を、半年分か一ぺんに先取りしてここの基金に繰り入れてしまった。ぼくは管理事務をしているから、労働を提供しているのだという理屈で、金はほとんど出さなかったが、Tはいちばん気の毒だった。何しろ外国為替の制限で、生活費にも困っていたんだ。ぼくらはそれが判っていたから、彼を特待生にしてやった。つまりただで滞在できる権利を認めてやった。あの気位いの高いTが、そうやってぼくらの居候になるのを喜んで受け入れてくれた時は、却って嬉しがったのはぼくらの方だった。誰ひとり、金がないという理由で、Tがこの仲間から脱落するのを見遁すつもりなんかなかったよ。初対面同様のHなんかは、もし秋になって金のために学校へ行けないようなら、自分の田舎へ連れていって、いつまでもただで食わせてやるから安心しろよ、とTを励ましていた。そのいつまでもというのが、長くて一年くらいしか続かないだろうと、ぼくらは皆覚悟していたわけだった。どうせ間もなく仲間はばらばらに暗黒のなかへ落ちて行く運命なんだから、もともと誰のものか判らない金なんてもので、その共同生活を邪魔されてたまるものか、とぼくたちは思い、秋になっても、一日のばしに食い延ばしてがんばりつづけた。丁度、庭の枯木を集められるだけ集めて煖炉に抛りこむようにして、皆は集められるだけの金を無理して集めて、ぼくの掌に押しこんでくれたものさ……」

Kは相変らず火の気のない煖炉のまえに立ったまま、ヴェランダから雑木の傾斜地を見下している私の背に向って、そう語りかけていた。

確実に一歩ずつ近付いてくる死の足音に耳を傾けながら、夢のなかに涵って暮していた青年たち。——そうした三十年前の青年たちの精神状態を、私は目のまえに拡がっている緑の木々のあいだから、何とかして私の内部に甦らすことができないだろうか、と思っていた。先ほど、この家の持主についてのKの説明は、私のなかに、全く思いがけなくも当時の私たちの精神状態を支える条件のようなものを想像させることになった。その条件だけから判断すれば、私たちの当時の日々は暗黒のひと色のなかに沈んでしまう筈である。しかし、私の心のなかに、時々、ちらっと姿を見せるあの頃の情景の断片には、名状しがたい匂わしい明るさが漂っている。あの桜色のもやがそれらの断片からは、常に立ち昇ってくるのである。暗く冷えた洞穴の奥に開けた明るく暖かい部屋、それがあの夏の私たちの日々であったろう。

「よくあんな時に、ぼくたちはそんなに呑気に生きていたものだな」

と、私は昼の光りを浴びて輝いている梢を見渡しながら、溜息をついた。

「呑気というより、夢中だったんじゃないか。お互いにそれぞれの情熱にとり憑かれて、死に物狂いになっていたのだよ。Tは聖トマスの『神学大全』というラテン語の本を壁際に並べて、毎日、毎日、黙々と読みつづけていたし、君も何だか、沢山、ノートを製造していた。それは将来、書かるべき大河小説のメモだと君は威張っていたが、その小説は絶対に書かれないだろうということも、君は知っていたのだからね。しかし、誰ひとり悲観したり、へこたれたりしている奴はいなかった。あのお嬢さんに凝ったのだって、そういえば絶対に捉えることのできない夢を夢と承知で追いかけていたということになるのだろう。だからといって夢の女が、その後のどんな現実の女よりも、稀薄だという証拠なんてありはしないよ」

Kの声はいつのまにか若者のような透明な調子を取り戻していた。その声は三十年前の夢の明るい光りのなかからの甦りだと私は感じ、しかも、その若い声の調子は、私には懐かしく耳慣れたものに思われた。それは私自身の気分が、三十年前に確実に復帰している証拠ではないのか。

私の心の奥では、突然に長い暗黒のヴェイルが引き上げられて、あの夏の心の状態が鮮明に立ち現われて来るのが判った。それは闇のなかに立っている時、思いがけない方角から不意に光りを投ぜられて、身のまわりに様々の物が浮び出てくる時の感じに似ていた。

私は急に振りかえって、室内を見た。明るい外気に慣れた目は、室内を仄暗く感じさせ、そして、煖炉の枠に肱《ひじ》を乗せて立っているKの姿は、影絵のように見えた。その瞬間、私は先程まで私の掛けていた木の椅子の上に、両肱を寄せて掌を組み合せ、床に両膝を立てたまま祈っている、ひとりの若者の後姿を幻影として見た。その若者は私だった。

第六章　午後の徜徉《しょうよう》

「おい、腹がへった。昼飯を食おうや」

と、Kはヴェランダの前の庭へ降りて、上衣の塵を両手ではたいた。そのKの無造作な誘いを、私は学生風だと感じて面白かった。今、Kはごく自然にあの夏の気分に戻っているのである。

「どこか知ってるところへ行くのか」

と私は答えたが、Kは必ずやこの過去への探索のスケデュールのなかに、昼飯の場所も含ませているであろうことは、疑いようもなかったからである。

Kと私とは手早く小屋のカーテンや窓やを閉めて廻った。そうしてヴェランダへ出るガラス戸の一個所は鍵をかけないままで、そこから外へ出た。私は庭から建物を見上げながら、もういちど私たちはあの夏の記憶を、この中へ封じこめたのだと思った。しかし、今は目を閉じれば、必要な場所やその雰囲気が、いつでも心のなかへ甦ってくると信じることができた。私の心のなかには、今やこの小屋の様々の場所が、スライド板のようにして、重ねて貯蔵されたのだった。私はそれを深夜のひとりの部屋で、心の壁に拡大して映写しながら、その場所の映像から無限の記憶を回復することができるだろう。そういう記憶の出現の予感に今、私の心はときめいていた。

それから私たちは坂道を降りて、別荘村の中心地へ戻った。Kはその本通りの坂を足早に昇りかけたが、忽ち左側の古ぼけた中華料理店のガラス戸を開けた。早朝の散歩のあいだに見当をつけておいたのだな、と私は感じた。

Kは往来に面した席の、塗りのはげた木の椅子を荒々しく引きながら云った。

「どうだい、覚えているかい」

私は陰鬱な壁に張ってある料理の品目を記した、薄よごれた短冊のような紅色の紙の列を眺めながら、これはどこの田舎町にもあるありふれた料理店の風情であって、年々華美になり若やいだ様を見せてきているというこの通りにはふさわしくないし、時代おくれでもあるなとしか感じなかった。この小さな料理店を他の土地の平凡な同種類の店から区別させる何の特徴も発見できないのだから、私が「覚えて」いる筈もなかったのである。Kはその私の気配を敏感に察したらしい。

「やっぱり全然、記憶にないか。これでも当時は、この通りでいちばんいい店のひとつだった。日曜の昼飯は大概ここで食べるのが、おれたちの贅沢だったんだよ。一皿に盛り合せのランチだったがね」

そこへやはりよごれたエプロンをかけた、田舎じみた脚の太い小女が、店の奥から現われて、不愛想に傍らに立った。Kは壁のうえのメニューを見廻して、忽ち往年のその「一皿盛り合せランチ」を発見した。

「よし、それで行こう――」

と、彼は云った。女給仕が消えると、私は彼女の置いて行ったコップを口へ持って行った。珍らしく日に当りながら運動をしたあとであって、喉が乾いていたけれども、その水は生ぬるくて快くなかった。その水の生ぬるさにも、この店の活気のなさ、あるいは主人のなげやりな不熱心さが感じられた。五つ六つ、土間に並べられている卓には、いずれもしみだらけの白い卓布が掛けられていたが、そのどれもが空席だった。

しかし、Kは卓から身を乗り出すようにして云った。

「ここをおれたちが選ぶことを提案したのは、実は医学部のFだった。あいつの付いていた教授が半ば趣味的に漢方の研究をやっていて、中国や日本の古い文献を集める手伝いを、彼にやらせていたわけだ。そこでFも自然と漢文になじんで行ったのだが、同級生の中国の留学生に色々教わっているうちに、凝り屋のFはとうとう現代の中国語まで、その留学生から習いはじめることになった。どうせ学校を出れば向うへ連れて行かれる。そうすれば現地の民間人の治療ということにもなるだろう。そうした時、患者の訴えを通訳なしで聴けるようにしようというのが、彼の感心な動機だったんだが、Fは本場の人間から教わったという御自慢の中国語を、その夏ぼくたちに使ってみせたくて仕方なかったんだ。それでこの店の主人が中国人であることを嗅ぎつけてきたFは、Sがここの裏の路地にあるギリシャ料理店にしようと云うのを、無理にここへぼくたちを引っぱって来たんだ。ぼくたちはFを先頭にして意気ごんでこの店へなだれこんだ。その元気のいい若者たちの闖入を見て、主人が歓迎に出て来た。Fは早速、奇妙な手つきや身振りで頭から出るような声を張りあげて喋りはじめた。ぼくらは床に立って、Fと主人との顔を交互に眺めていた……」

そこでKは煙草に火をつけて、ひと息吸ったと思うとむせて了った。

「通じなかったのかい？」

と、私も吊りこまれて訊いた。

「全然――」

と、Kは笑った。

「無理もなかったんだ。段々、判ったんだが、店の主人は福建か広東かの出身でね。Fのは北京官話だったんだな。そういうことが判って、Fも面目を取り戻したんだが、何、主人は関西なまりの日本語がぺらぺらだったんだよ。あの主人はまだいるのかな」

Kは店の奥の調理場に通ずる、大きな刳《く》り抜き窓の方へ振り返った。

その時、ひとりの肩の曲った異様に顔の大きい西洋人が、汚れた暖簾《のれん》を片手で排しながら、ゆっくりと店へ入って来た。それは不気味な老人だった。だらしなく伸びてしまった毛糸の黒いジャケットを纏《まと》い、手には太い自然木のステッキを突き、そして背には不恰好な大きなリュクサックを背負っている。

老人は物憂さそうに、そのリュクサックを肩から外すと、壁際に置いた。それから席に着きながら、長い眉毛の下の大きな灰色の瞳で、私の顔を凝視した。私はその瞳のなかへ心が吸いとられるような不安を感じて、血が冷える思いだった。老人はしかし直ぐ女給仕に向って黙って壁のうえの短冊のひとつを指差すと、私たちに無関心になって、ジャケットの脇に垂れている大きなポケットから、小さな本を引っぱりだした。そしてその本の背を割箸入れに立てかけると、チューイン・ガムでも嚙むように、厚い唇を慌ただしく動かしながら、その本の頁に意識を集中しはじめた。

「あれは確か、ストリンドベルクとかシェーンボルクとかいう名の、スエーデン人の学者だぜ。しかし、よく生きていたもんだ。あの夏にもう大変な爺さんだったからな」

私は不意にひとりの蓬髪《ほうはつ》の、そしてギリシャ劇の仮面のような大きな顔の老人が、太い杖で犬を追い散らかしながら、軍人のような大股で通りを下って行く光景を目の前に甦らせた。そうだ、あの時もこの老人は——多分、同一人物であるに違いないが——背中に大きなリュクサックを背負っていて、肩を曲げて歩いていたので、傴僂《せむし》のように見えて、それがその異様な姿を、愈々不気味なものにしていたのだった。何でも彼は外国語の教師として日本へ呼ばれて来たのだったが、やがて古代仏教に興味を抱くようになると、この高原の奥の別荘に引き籠って誰とも交際をしない、完全な孤独生活に入ってしまった、という噂だった。そうして、村の子供たちも、遠くから彼の姿を見掛けると、道の端へ身を寄せるようにして、彼の視線を避けるのが見られた。そうだ、散歩の途中で、私は何度もこの老人に出会ったものだった。そうして一体、彼はどのような手段で生活費をかせいでいるのか、という疑問がいつも心の奥に浮んだものだった。それに寒さの厳しいこの土地で、しかも夏を過すために建てられた開放的な別荘のなかで、どうやって冬越しをするのだろう、とも当時の私は疑った。それらはひとつの神秘であった。そして今、私の記憶のなかから、その老人の生活のミステリーが、どこかの森の奥の枯れた草の拡がっている空き地に、外壁を薪で覆われた粗末な小屋の屋根から、一条の煙の立ち昇っている、異様に静かな想像上の景色となって、心に甦ってくるのを感じた。その私が現実に見たのではない冬景色の想像図は、あの夏に、私がこの老人とすれ違う度ごとに、心の底から蜃気楼のように立ち昇って来たものに相違なかった。

もし本当に、今、呪文をとなえるようにして唇を動かしながら、表紙の革のはげた古い本に読み耽《ふけ》っている老人が、あの三十年前の老人の成れの果てであるとしたら、それは何という奇蹟であろう、と私は思った。そうして息を詰めながら、目の端でこの巨大で醜怪な肉の塊りを観察した。あの肉の塊りの奥には、あるいは奇怪なほどの厖大な知識の堆積や、それから柔らかい傷つき易い心や、更には遠い過去に振り捨てて来た、故郷の北の国の港町の記憶などが潜んでいるのかも知れない。しかし、彼はそうした人間的なものはすべて、犀《さい》か何かのように、厚くて固い皮で覆いかくしてしまっている、という感じなのだった。そうして長い孤独のなかで、その皮の表面はひび割れ、こけが生え、いつかは大きな亀裂を生じると、その割れ目から内部の古い腐った肉が、溶けて流れ出ることになるだろう。そうしてその溶け出た肉の液のうえに、数本の髪の毛と、それから大きく見開いたままの灰色の瞳が浮んでいる。私は視界の端のその肉塊が、今にも本当にそうした溶解現象を始めるのではないかという、いわれのない恐怖感に捉えられて、運ばれて来た皿のうえの料理に箸をつけるのもそぞろだった。そうだ、私は今、徐々に思い出して来ているが、彼は元来は博言学者、西洋古典学の学者で、日本の大学ではその本職を講義していた。それが次第に日本の古代仏教に惹かれて行くにつれ、サンスクリット語とか、パーリ語とかいう領域でも、専門的な知識を集積するに至っていたということだった。当時の私たちの仲間のなかでは、彼の噂をする時は、いつも畏怖に似た敬意をこめて語られた。しかし一方、その態度と風采との発する魔法使いのような雰囲気には、一様に嫌悪感、いやな匂いに対して鼻をつまみたくなるような感じ、を抱いていたのだった。そのような徹底的な隠退生活には、ただ勉強の時間が欲しいというだけでなく、何か心の底に決定的な打撃を受けた感情的な経験が潜んでいるに違いない。そして、あの異様な風貌は彼の心の奥に塗りこめてしまった秘密の経験の恐ろしさを暗示しているように、若い私は想像したものだった。そうして今、私の予想している溶解作用が始まれば、彼の頭脳のなかのラテン語や古代インド語や、平安密教やの知識も、その恐ろしい経験の記憶と混りあって、どろどろとした血の流れに捲きこまれ、べとつきぬらついて、異臭を発しながら消えて行くのだ。

老いというものは際限のないものだ、と私は思った。——私は忽ち、数日前のあの深夜の寝室のなかでの、孤独な心の彷徨の足どりのなかへ、自分が戻っているのを感じた。それは周囲の明るさのなかで、自分の視界だけが暗くなる、あの立ちくらみの感覚に似ていた。——この老人はあの夏にもう充分に老いの果てに行きついている姿で、悪夢のように私たちの目のまえを横切って行った筈だったのに、あれから三十年も、更に徐々にその老いの先を追い求めて生き続けて来たのだ。そうしてあの、私たち仲間にとっては決定的だったカタストロフィーの時期さえ、この老人の厚くて固い扉のような皮から奥へは、全然、侵入することができなかったように見える。

だから、私たちは今、あの大きな断層を飛び越して、もう一度、忘れてしまった生の地点へ引き返そうとして努力しているのに、この老人——もし諧謔《かいぎやく》好きの当時のSだったら、「もと老人」とか、「老人崩れ」とか、「以前は老人だった男」とか、妙な表現を発明するだろうような、途方もなく生き延びてしまったこの肉塊――は、その表面の皮に、連続した歳月の跡を、何の断絶もなしに刻みつづけて来たのに相違ない。

いや、あの厚くて固い犀の皮は、そもそも時間というものを拒否しているのだ。あの皮の奥にある心と身体とは無時間のなかに閉じこもっている。だから、時間の進行による老いというものも、彼にあっては存在しないのだ。丁度、町並みや家具が古びても、それは老いとは呼ばれないように。そこに存在しているのは、ただ生命のない崩壊現象だけなのである。

老人は料理が来ても、皿を手にしたままで読書を続けていた。そして、不意に箸を空になった皿のうえに抛り出し、やはりあの黒ジャケットの脇腹のところにある、新聞などの押しこまれた大きな、形の崩れたポケットのなかから、何枚かの硬貨を探り出すと、卓のうえに置いて立ち上った。それからやはり黙々と唇を動かしながら、壁際のリュクサックを曲った肩に担い、そして太い自然木のステッキを手にすると、三十年前とはそれだけは異る、すり足のようなたどたどしい歩き方で、ゆっくりと暖簾の向うへ消えて行った。

私たちはようやく魔法から解放されたような、ほっとした気分に戻った。Kは胸のポケットから葉巻を出して、端を食いきった。

「大変な爺さんだな」

と、Kは私に云った。その声には、恐ろしいものを見おえた直後の、恐怖の残りと安堵との入りまじった調子が明らかだった。その恐れの奥には、私たちの三十年間の時の流れの裏側に、目に触れるのを私たちが惧《おそ》れている匿れた面を見せつけられたという、不気味なおびえが潜んでいるのだ、と私は感じ、黙ってうなずくより仕方なかった。そうして、あの数日前の深夜の思いは、そのような裏側への恐れが、いつか将来そのまま、表側へ押し上ってくるであろうという予感から発したのだと、ようやく私は思い当った。今のあの途方もない老人は、あの深夜の私の思いを、一身に体現しているわけだった……

Kは食卓から立ち上ると、気を取り直したように大声で提案した。

「さあ、これからマダム・ヴォルテールに会いに行こう。彼女も大変な婆さんになっているかも知れないからな」

そのKの故意の快活さが、私を精神的立ちくらみから引き離した。私はもう一度、周囲の明るさのなかへ戻った。Kは通りを歩きながら、その女性の身体的特徴などを精しく説明しはじめた。当時、年の頃は「三十代から五十歳くらいまでの間」――この説明にはK自身が笑いだした。

「だって、あの年頃のおれたちには、女の年なんて見分けられやしなかったものな」

それに、彼女は私たちの美的好奇心、あるいは性的好奇心の対象として、特に注目をあびたのではなく、「失礼ながら単なる道具、まあ極めて親密感のある道具」に過ぎなかったのだから。

「尤も、その道具に時々、ぼくらは叱りつけられたがね――」

更に彼女は私たち学生とは全く異る環境のなかで成人しているので、彼女の身振りにせよ表情にせよ、それが何歳くらいの女性のものであるかを見抜くのには、私たちの従来、見慣れている女性たちから来る経験は役に立たなかった。耳慣れない方言に至っては、彼女の感情を、その言葉遣いから聞き分けるのを、更に困難にしていた。

「いや、こちらの冗談も時々、通じなくてね。にやにや笑っているものだから、いい気になっておれたちがからかい続けていると、急に怒り出すんだから、びっくりしたよ」

それに、その畠《はたけ》仕事の結果らしい渋皮色の肌。また、この地方の寒い山国の特徴である、肉をそぎ取って、直接、骨に皮をはりつけたような痩せた顔。そうしたものも、彼女の年齢をいよいよ推定しがたいものにしていたらしい。

「たしか彼女の御亭主は国鉄に勤めていて、その頃はここから大分遠い駅の勤務に変っていたんで、週末にしか帰って来ない。それで彼女は、その御亭主の留守を利用して、夏の間は別荘へ通いの女中として働いていたんだ。仲々の働き者で、勤めの間も暇を見付けては自分の畠へ行って手入れをしたりしているようだった。その畠でとれた新鮮な野菜が、おれたちの食卓にいつものぼったものさ。あの夏の想い出のなかには、あの野菜のうまさが大きな部分を占めていて、従って、その提供者であるヴォルテール夫人への懐かしさも、従ってそこから出てくる、ということになる。特におれはあの小屋の管理者として、彼女に接する機会がいちばん多かったから……」

Kは、「どうだ、思い出したかい」と、私にせきつくように云った。しかし、彼の説明はあまりにも漠然としていて、私の記憶の奥を刺戟するに至らなかった。

「君の話は、聞いていて、聞いているうちに段々焦点がぼけて行って、遂にはその面影が雲散霧消してしまう。聞けば聞くほど記憶が薄れてしまうような話だ」

と、私は笑った。

「だいいち、三十代から五十歳くらいまでの年齢の女性を想像せよ、なんていうのは無茶だよ」

Kも笑って云い返した。

「小説家みたいにはいかないさ――」

私たちは本通りの裏を走っている曲りくねった路地を辿っていた。その間に、私は時々、心の片隅に頭を擡げようとする、あの深夜の想いを感じると、慌ててそれを心の奥へ押し込もうとしながら、足早なKのあとを追っていた。Kは今朝、近所の八百屋から教わったところによれば、この辺に違いないのだがと云って、一軒ずつ表札を見て行く。そうして遂に「ここだ――」と、自信ありげに叫んだ。それは別荘地によくある、細ごまとした細工物などを引き受ける一種の便利屋とでもいう種類の仕事をしている家らしく、ガラス戸のなかの土間には、伸ばしたトタン板が拡げられ、そのうえには木の槌《つち》が置かれてあって、また片隅には小さな木の卓が作りかけのまま、大工道具と一緒に抛ってあったりした。そうした、つい今しがたまでそこで人が働いていて、そして不意に姿を消したという情景が、私にまた微かな動揺を与えそうになった。それはあの深夜の寝室にも、また私の留守にしていた学生時代のアパートの部屋にも、連想を惹き起しかねないのだったから。

「彼女の御亭主は鉄道を退職したあとで、こんな商売をはじめたのかな。それとも息子がやっているのかな」

Kはそうした私の動揺には気付かずに、自分だけの思いを追いながら、そんなひとりごとを云うと、その家の横手から雑草を踏みつけて裏へ廻って行った。

「彼女はびっくりするだろうな。何しろ、あの時の世話ばかり焼かせていた若者が、こんなに分別くさい年頃になって、二人もそろって顔を出すわけだから」

と、Kは嬉しそうに、後をついて行く私に呼びかけた。

裏手には小さな庭があり、日だまりに鶏が遊んでいた。そして私たちの足音に驚いて、そのなかの一羽が、慌てて水の乾《ひ》た小さなセメントの池のなかへ、脚を滑らせた。

「ああ、あの鶏、彼女そっくりな歩き方をしている」

と、Kは歓声をあげた。

開け放った縁側に、赤い頬をした女の子がひとり腰をかけて、入って行った私たちを眺めていた。

「お婆ちゃんいるかい？　あそこの八百屋さんで訊いてきたんだ」

と、Kはかがみこむようにして、その女の子に話しかけた。

「お婆ちゃんはいないわ」

と、女の子は顔をあげて答えた。

「どこかへ出掛けているの？」

と、Kは更に問いつめた。

「もとからいないのよ。私の生れるまえに死んだんだって……」

と、女の子は巧妙な返答をしたという得意げな表情を作ると、小さな身体を揺すって笑いだした。

「変だな、あの八百屋は近頃でも時々姿を見かけるって云ってたんだぞ」

と、Kは急に自信のない顔付きになった。

「たしかに表札は間違ってないんだが……」

そこへ、両手を前垂れで拭きながら、ひとりの渋紙色の顔の中年の女性が現われた。なるほどこれでは「三十代から五十歳くらい」というより仕方ないな。往年の彼女も、今、目の前に現われたこのおかみさんのようだったんだろう、と私は合点がいった。そうして、おかみさんとKとのやりとりを眺めはじめた。

話は大分行き違った挙句、判ったことは、この一家は、あの夏の頃には、まだこの村に住みついてはいなかった、ということだけであった。Kは次第に閉口しきった顔になって行った。しかし最後になって、そのおかみさんは急に思い付いたように、二三軒先にも同じ姓の家があって、時々間違えられると云った。

「それに、たしかに元気なお婆さんがいるですよ」

私たちは裏庭伝いに、その教えられた家へ向った。

「鶏に騙されたな。だが、どの家の鶏だって、同じ歩き方をするんだぜ」

と、私は気のせくように大股に進んで行くKの背後からからかった。

今度は運よく、ひとりの老婆が庭先に立って、私たちの方を見ていた。今のおかみさんと同じように、やはり肉をそいだような顔で、そしてやはりこの地方の老人独特の一種の無愛想な表情だった。

Kは暫く黙ってこの老婆の顔を凝視していた。そして、「たしかに彼女の面影がある」と呟くと、彼女の姓を呼びかけた。

私たちに無関心のまま背を向けようとした老婆は振り返り、Kと彼女とのあいだで、またもや食い合わない対話が始まった。

彼女はこの村に生れた時から住んでいるが、若い頃、別荘へ働きに出たことはない、と言葉少く答えた。「しかし、八百屋が……」とKが取りすがるように云うと、彼女はその八百屋は「いい加減なことばかり、調子よく云う男だ」という意味を、「中くらいな奴だ」とこの地方の方言で述べ、それから、Kのとまどった表情をみつめていたあとで、それはあるいは自分のいとこと間違ったのかも知れない、と答えた。去年の冬、自分が長患いをした時、そのいとこが泊りこみで看病に来てくれていて、その時、買物などにもしょっ中出歩いていたから、と云うのだった。

Kは、そのいとこの住所を訊いた。すると村のうえの森の奥の水源地のそばだと教えてくれた。

Kは意地になって、水源地まで行こうと云いだした。あそこには、あの夏、皆で——勿論、お嬢さんも一緒に——自転車で遊びに行ったこともあり、「記憶の宝庫」だ、と彼は云った。

彼は急ぎ足で、かなり急な坂道を登りはじめた。その狭い道は、絶えず流れる雨水にそがれて中央がくぼんでいるので、両端の生垣添いの高い土に交互に足を置かねばならず、私は忽ち息がきれて来た。しかしKは相変らず熱心に喋りつづけた。

「変だなあ、確かにあの婆さんだと思ったんだが。あの声にも聞き覚えがある……でもい、い、だから似ているというのかな」

Kは先程、あの婆さんの前に立って、胸いっぱいに溢れだした懐かしさが、急に人違いだということになって、流露する対象を失ったために、やむを得ずその懐かしさを道みち振り撒いて進んでいるという感じだった。

「おれたちが入って行っても、用事もきかずに背を向けようとしたところなんて、彼女そっくりだったんだが。あの夏、彼女があんまり無愛想なんで、Sは彼女を耳が遠いに違いないと云ってね。それで近寄って行って悪口を云ったら、忽ち怒鳴られた」

私たちは、道端の低い石垣に背を凭せかけて小憩することにした。

「つまり当時の彼女は、今の婆さんを三十歳くらい若くしたものだ、と思えばいい。どうだ大分、思い出してこないか」

と、Kは云った。

「模型を見たんだから、今度は具体的に判ったろう。要するに、ざっとあの通りなんだ」

と、Kは今の老婆によって、いよいよ記憶を確認したと云わんばかりに、私にそう説明した。

「彼女はあの夏のおれたちの生活のなかに完全に溶け合っていたんだ。だから、どの思い出の断片のなかにも、彼女の姿は登場する筈だよ。君の記憶のなかから、彼女の姿が全然、掻き消されているとしたら、それは不思議だな。中には彼女をつかまえて、身の上相談をする奴まで、いたんだぜ」

そう云いながら、Kはまた立ち上って、ズボンの泥をはたいた。

水源地というのは、昔、この別荘地がアメリカの宣教師たちによって開かれた頃、水の不便なこの火山灰地に建てられた家々に、水道を供給するために作られた人工池で、その湧き水を大きな鉄の函《はこ》に貯める仕掛けになっていた。私たちがその縁に歩みよった仕切りのなかの水は乾いて、ごみのたまった底が露出していた。Kは器用な足どりで、細くて赤錆びたその仕切りのうえを渡って、向う側へ進んで行った。

「こっちの方は幾らか水が未だ湧いているらしいが、ひどい苔が覆っている。水門は錆びついて、長い間、作動してないな。あの夏、おれたちは時々、散歩の途中で自転車をここまで引き上げたものだった。そうだよ、この水門を開けるんだといって、皆で、交替で力くらべをしたことがある。結局、びくともしなかったがね」

と、Kは渡り終えると、向う岸からそう説明した。

向う側には、岸にやはり半壊になったバラックが建っており、以前はそのなかで、このプールの水門を操作していたものに相違なかった。

「そうだよ、さっき話したたぼの奴が、このバラックへいつのまにか入りこんでしまって、何しろあいつは滅多に共同行動をしないのに、おれが無理に連れて来たものだから、急にあいつがいなくなったので、皆、プールのなかに落ちてしまったかと思って、大騒ぎした。そうしたら、ここからひどく陰惨な顔をして、ふらりとまた現われた。自殺することを考えていたんだな、とおれはあの時、ふと思った……」

先程の模型の老婆が教えてくれた家らしい藁葺きの屋根が、向う岸に並んだ樹木の列のあいだから目に入った。

私が用心をしながら、当時の若者たちの幽霊のあいだをすり抜ける思いで、プールの縁をゆっくりと迂回して近付いて行くと、もうKは、今、その藁屋から出て来たジャンパー姿の白髪の男に話しかけていた。その老人は手にバケツを提げていた。

「うちの婆さんだって?」

と、老人は白く濁った目をあげて、しかし長い間堅実に生きて来た人間独特の快活さで答えた。

「婆さんは今、九州の方へ孫の顔を見に行っているが。さあな、うちの婆さんは別荘へ手伝いに行っていたことなどないよ。世帯を持ってからいつもおれと一緒に畠仕事に精出していたから、そんな余裕はなかった」

それから、自分もかつて鉄道に出ていたことはないと、彼は説明してくれた。

「鉄道に出ていて、おかみさんが別荘へ手伝いに行っていた家というと、そうだ……」

老人は、やはり遠い親戚の者で、だから同姓のわけだが、その家がこちらの探している条件に合致している、と述べた。しかしその女房は「渋皮のむけた鄙《ひな》には稀《まれ》なちょっとした美人」だったのが、別荘の主人の目にとまり、いたずらされたという評判が立ってとうとう夫婦別れした。そして、女はこの村にもいられずに姿を消したと云う。

「あんた方は、その別荘の主人の知り合いだかね」

と、老人はひとしきり説明が済むと反問した。

「その女は村を出て行った時、幾つくらいだったのでしょうな」

と、Kも問い返した。

「いやあ、まだ二十歳になったばかりで、仲々グラマーでね」

と、老人は笑いながら、風体に似合わない単語を使ってみせた。

「それならば別人だな」

と、Kはうなずいた。

「だいいち、あの夏、ぼくらの仲間で、彼女にそんな関心を抱いた人間なんて、いやしない」

その鉄道員だった男は、いまは後妻にも死なれてひとりで昔ながらの線路わきの家に暮して

いるので、更に探究を続けたいなら、そこへ訪ねて行ったらどうか、と老人は云った。それから眉を顰《しか》めて、

「だが、前の女房のことは話したがらないから、どうだろうかな……」

と付け加えた。

「いや、どうもその人は違うようだな」

と、Kは繰り返した。

「しかしあの村の婆さんは、たしかにあんたのおかみさんが、別荘へ働きに行っていたと教えてくれたんだがね」

と、Kはまだ気にかかるらしく、改めて話題をそこに戻した。

「そうだ、あんた方、あの婆さんの方が、本当に別荘へ働きに行っていたんだよ。あの婆さん、別荘から色んなものをくすねて来てね、ばかにならない実入《みい》りになるからって、うちの女房にも、いい口を世話するなどと、あの頃、執こく誘いに来たもんだ。それでおれは、親戚のおかみさんのように主人に手をつけられるのは御免だと断ってやったことがある。何、うちの奴に手をつけるような物好きは、別荘人種のなかにもいないことは判っていたがね」

そこで老人は笑いだして、バケツを持ち直した。

「あの婆さん、耄碌《もうろく》しているんだよ、お客さん。うちの奴が看病に行っていたんだって、去年

じゃない。もうかれこれ五六年前だ。そうだよ、若い頃、別荘へ働きに行っていたというなら、あの婆さんだ。自分のことまですっかり忘れてしまっているのさ」

Kと私とはその老人に別れを告げて、もとの水源地の池のほとりへ戻った。そうして岸辺のコンクリートの縁に腰を下して、タバコに火をつけた。Kは黙って、水の涸れた仕切りの底を眺めていた。私はこうして奇妙にもどこかへ消滅してしまったヴォルテール夫人のうえに思いを馳《は》せた。一体、あの鶏に似た老婆か、今の老人のおかみさんか、また先程のそのいとこの耄碌婆さんか、それとも別荘の主人に手をつけられたという女か、そのどれかが私たちのヴォルテール夫人に該当するのか。それとも当人はまだ全く私たちの探索の網のそとで、この村のどこかに悠々と昼寝でもしているのだろうか。しかし私には、次第に彼女はこれらの既知未知の女性たちの複合から成り立っているような感じがして来た。そのようにして私のなかに出来上った小柄なマダム・ヴォルテールが買物籠を提げて、前かがみになりながら鶏のような急ぎ足で、今、本通りの坂道を昇って行く。そうして、太いステッキを振りまわしながら、蓬髪を大きな赤ら顔のまえに揺すっては、リュクサックを背中に背負って坂を下って来る、あの何とかボルクとかいう、死の化身のような西洋人にぶつかりそうになって、危うく体を交す有様が、ありありと目の下の仕切りのなかの水たまりの底から浮き出てくるのを見た。そして、その幻影が、若者たちの明るい笑い声に取り囲まれるのを、ありありと感じた。

相変らず茫然として雲のなかに消えたマダム・ヴォルテールの面影を追っているKをうながすと、私たちはまた林のあいだの狭い道を本通りの方へ戻って来た。しかし、今日の散歩の案内者はKであり、彼は昨夜眠るまえに、この別荘村の昔の地図を研究して、頭のなかにその道の全貌が描きだされている筈であった。彼はその古い地図を妹が持っていたのを見付けだしたのだと云っていた。そして「あの夏に、我々の小屋へ泊りに来た唯一の女性はおれの妹だった」と今朝の散歩の途中で、ぽつりと洩らしたのだった。

例によって私がその女性を全く記憶していないと答えた時、彼は「妹はそういう女なんだよ。目立たなくて倹ましくて、東京の下町の小市民の娘らしい女だった。勿論、美人じゃない。あの夏の仲間も誰ひとり妹に関心を持ったものはいなかったし、二晩か三晩泊って帰って行った時、誰も妹がいなくなるのを残念がる者はいなかった。妹はぼくのあの物見のような部屋の隅に、組立ベッドを置いて、そのうえで文庫本を読んだり、おとなしく台所でマダム・ヴォルテールの手伝いをしたりして、ぼくともほとんど口をきかなかった。散歩も食糧の買出しをかねてしかしなかったようだし、自分の兄の仲間と自分とは別世界の住人だというような態度を取っていた。妹は子供のころからぼくを尊敬していてね。いずれぼくが大学を出たら、生れた狭い路地の環境から脱けだして、より広いより高い世界へ羽ばたいて行くものと信じていたのさ。

自分や両親を捨ててね。だから君たちのことも、自分とは違う偉い人だと思っていたのだ。それは今から思えば、全く愚かな錯覚なんだが、ぼくの両親にしても、そのようにしてぼくを我が家の選手だと意気込んでいたのだろうし、妹もその家庭の雰囲気に感化されていたのさ。ぼくはその妹の気持を低級なスノビズムだとして一蹴する気は全くない。……それで自分の兄を含めて君たちと、二三日でも一緒の屋根の下に暮したということを、貴重な想い出にしていてね。この間、妹を訪ねてあの夏の話が出ると、この別荘地の昔の地図を大事に蔵《しま》ってあったと云って出してみせたんだよ。例の英語の地名の入った外国人用の地図だ。それをぼくは借りて持って来ている。今夜、君にも見せてやろう」

Kはそれから、その妹がその秋にはもう嫁に行き、そしてあの恐ろしい時期のあいだに多くの同世代の若妻同様に未亡人になって、その後は独身を通しながら、母校の女学校の事務員のようなことをしていたが、その女学校に短大ができた時に、寄宿舎の寮母になって、相変らず倹ましく生きている、というような手短かな説明を補足すると、その妹の話は切り上げてしまった。彼にとっての「あの夏」のなかでは、妹は何の役割も演じていないのだ、と云いたがっているように見えた。

そのようにして、偶然に彼の手に入れた昔の英語の地図が、Kを今、案内者に仕立てあげていたし、一方の私の方は、幾つか回復した記憶の情景が、まだどの断片も現実のこの土地の地理上の一点を占めてくれていないために、彼に代って先に立って歩く自信はなかったのである。

しかし、マダム・ヴォルテールの消失はKから案内者としての意欲を奪っていたために、いつのまにか私たちは道を取り違えたらしかった。私たちは突然に深い谷を見降す崖のうえに出てしまった。谷の両側の斜面は細い白樺の木の群が、身をよじらせるようにして、下の渓谷の方に向って梢を差し出していた。そうしてその梢のあいだから、細い水の流れが白く光って見えていた。数十米《メートル》の上流には一本の真直ぐな吊橋が架っていた。

「そうだ、あの吊橋を渡って行くと、本通りの裏手へ出る近道があるんだ」

と、ようやくKは現実へ戻ったような声を出した。

私たちはその吊橋の方へ、渓流のうえの堤を辿って行った。私はその狭い道を注意して進むことに意識を集中していた。

すると突然、私の頭の隅に「ニジンスキー」という人名が浮び上って来た。ニジンスキー、ロシア人のバレーの踊り手。第一次大戦後、西欧で名声を博し、ロシア・バレーを大流行させた人物。後、発狂し精神病院に監禁される。その人物の名前がどうして、今、私のなかに出現して来たのか。従来一度も私の過去のなかで、彼に対して私が特別に関心を抱いたこともないし、現に遅く生れた私は一度も彼の舞台を観る機会も持たなかったのに……

「おい、今、君は何て云った？」

と、Kが私の顔をのぞきこむようにして訊いた。

「何も云わなかったが」

そうか、私はニジンスキーという人名を思わず声に出して云っていたのかも知れない、と思った。

するとKは、思いがけなくも立ち停ると、ちょっと飛び上るような恰好をしてみせ、そして早口に云った。

「よく覚えているなあ。君は肝腎なことは何ひとつ覚えていないのに、妙なことばかり思いだす」

Kの記憶によると、ニジンスキーというのは、あのお洒落なSの渾名だった。彼は私たちの小屋の前庭でよくとんぼ返りなどをして私たちを驚かせた。そうして実際に、このロシア・バレーの大家の伝記の本を持って来ていて、世の中が落ち着いたら、自分もバレーを勉強しようと思っているなどと云って私たちを煙に巻いたのだという。そのS・ニジンスキーが最も本領を発揮したのは、この長い吊橋のうえだった。今、不意に私の脳裡には、大型の写真集が頁を開いた。そこには、身体の線を強調したタイツを着て、仮面のような化粧をした男性が、様々なポーズを取っていた。その頁を次つぎと飜していると、私のなかにもある肉体のリズミカルな運動が甦って来て、そして一種の陶酔に誘われるのだった。そして、その頁を私のために開いてくれている細く骨ばった指は、Sのものだったのだろう……

「Sはとんぼ返りを繰り返しながら、この吊橋を向うへ渡り切った。また逆立ちをしたままで渡ったこともある。それから目を閉じて両腕を平行に伸ばして渡ったこともある。とにかくSは色々な軽業的な渡り方をしてみせたが、その間に、あの吊橋は全然揺れることがなかったよ。大体、あの吊橋は二三人で渡って行くと、歩調のリズムに従って揺れ出して、気味のいいものじゃなかった。それをあの男は……実際、世の中があんなにならなければ、案外、本当にSはバレーの踊り手になっていたかも知れないな。あの独特な足さばきは、今でも目に見えるような気がする」

私の内部に今度は身体全体の不気味に横揺れする感覚が生れて来た。長い間忘れていたが、吊橋というものについて、私は本能的な恐怖感があるのだった。その横揺れは、一回ごとに幅を増し、急いで渡り切ってしまわないと、目の下の谷に、自分の身体が転落してしまうに違いないのだ。しかも今、目のまえにある吊橋は、私の知っているうちで最も長いものだった。

「ぼくはあれを渡ったことがあったのかね」

と、私は惧るおそるKに訊いた。

「ぼくたちは皆、平気で自転車で走り抜けたものさ。横に並べてある木の板が、うるさいくらいカタカタと鳴って、それが奇妙な快活な感じを与えたものだよ。ぼくは自転車であれを渡り切るたびに、何か一種の性欲のような衝動が腰を突き上げてくるのを感じたものだ。そういう感覚もすっかり忘れていた……」

Kは先に立って吊橋を渡りはじめた。彼の足のしたで、橋板がやはり快活な音を立てた。

「おい何をしているんだい。気味が悪いのかい」

と、Kは私をうながした。

その時、私は頭上の雲の通過によって、一瞬、日の光りのさえぎられた橋のうえを、一群の自転車に乗った若者たちが走り過ぎて行くのを幻影に見た。そのなかには私自身もいる筈だった。そして、その自転車の群の去って行ったあとを、今度はひとりの黒いズボンと白いシャツの青年が、軽妙にとんぼ返りを続けながら通り過ぎて行く。

今、Kは橋を吊っている太い鉄線が斜めに降りて来て、向う岸からやはり斜めに降りて来た別の鉄線と交叉《こうさ》する、丁度、橋の中央に差しかかって、細い鉄の手すりに手を掛けていた。そうして、胴体を後ろに引くようにして目の下の渓流を覗きこんだと思うと、片手でその流れを指差した。

「思いだしたぞ。君はもし自分の今書いているものが没収される気配になったら、ここからひとまとめにして、流れに投げこんでしまう、とあの夏、ぼくらに云ったものだよ。何でもTが、いかにも外交官の息子らしいセンスで、こうした時代ではたとえ活字にするつもりのない個人の日記のようなもの、覚え書きのようなものでも、当局の目に触れれば累が本人に及ぶものだ、というようなことを散歩の途中で云いだしたんだ。だからTは自分の思想は全て紙に書き記す代りに、ここへ蔵ってあると云ってね」

Kは指で自分の頭をさしてみせた。

「そうすると君は、急に激情的になって、いや、ぼくは書きたいものは実際に書く、と反駁したんだよ。医学部のFが、それにしても君は年中よく書いているな、この谷川へあれを捨てるとなれば、リヤカーに積んで持って来なくちゃならないぞ、とからかっていたよ」

頭上の雲は更に厚くなったらしく、橋のてすりの鉄が、冷たい黒さを増して静まり返ってみえた。それは橋が喪章をつけているように見えた。永久に過ぎて行ってしまった私たちの若い日を葬う喪章なのだ。そうして、あの陽気な日々は、私たちがここを立ち去って間もなくこの手すりから撒くようにして下の谷川に転落して行ったのだ。今、ひと気のないこの山間に、黙って渓流のうえに宙吊りになっているこの橋は、三十年後に同じ場所に戻って来た私たちを、果して覚えているのだろうか。私にはこの吊橋が現在の私たちの足もとから、どこかの虚無の空間へ向って身を差し伸ばしているもののように見えて来た。そうして今、向う岸へ渡り切って、こちらを見ているKが、その非現実の虚無の空間のなかに立っているように感じられた。それはニジンスキーがその天才によって観客の前に現出させた、狂気の舞台的空間であるかも知れない、と私は空想した。

しかし、今から三十年前の私は、平然とこの橋のうえを自転車を走らせたと云う。そうして昂奮して自分の書いたものをそっくり谷川に抛りこんでもいいから、今、書きたいことは書くと宣言したと云う。その若くて激情的な青年は、今、この吊橋の橋板に足を掛けることを未だためらっている現在の私を、恐らく嘲弄《ちょうろう》してやまないだろう、と私は感じた。そうして、そのような思いを振り捨てるようにして、向う岸の土の道のうえに視線を集中しながら、一気に競歩のような足取りで、私はKの待っているところまで進んで行った。

Kはそうした私に手を差し伸ばして、危うく私の掌を摑んだ。

「正直のところ、ぼくもこわかったんだ。あの頃は本当に平気だったんだな。信じられないくらいだよ」

と、Kは嘆声を発した。

本通りへ出ると、私たちはゆっくりと坂道を降りていった。

Kはこの午後は、お嬢さんと仲間とで何回も試みたピクニックの場所を、これから車を雇って廻ることにすると私に云った。

本通りを下り切ると広場があり、その広場に面して一軒のタクシー屋が、洋品店と菓子屋とに挟まれて見付かった。その広場は全く見知らぬ場所だという印象を私に与えた。今まで下って来た本通りの両側の家並みは、あるいは何かの調子でそこから記憶が湧き出してくるかも知れないという可能性を秘めているような、いわば微笑をこらえている子供のような表情を見せて、故意に冷淡な振りをして正面を向いているという感じを与えていたのだが、この広場のたたずまいには、そうした気配は全くなかった。それが私に異様な感覚となった。私は夢のなかから急に引きずりだされて、白けた日常生活のなかへ、無理に引き戻されたような気持になった。その広場は私に向って、あの夏に戻ることなど愚かしい所業だ、現実というものは、今、この時間だけだ、と呼びかけているように思われたのである。そうした私の気持を見抜いたかのように、傍らのKが云った。

「あの頃はこんな広場はなかったんだ。ここは国鉄の駅から小さなおもちゃのような軽便鉄道が走っていてね。丁度、その踏切りになっていたんだ」

私の目のまえには、一本の幻想の、黄色と黒とに塗り分けた踏切棒が降りて来た。そして奇妙なことには、その棒はイギリスの田舎で見たことがあるように、人の歩く道でなく、電車の走る線路を遮るように下りて来たのである。そのように棒に遮られた踏切を渡って、今、ひとりの和服姿の中年の男が向うへ向って歩いて行く。それは秋野さんか近江先生かに違いない。その幻影の与える独特の懐かしさが、現実に私がたしかにあの頃に見掛けたものだったのだ、という確信を起させた。その後姿をこのあたりで見たのは、事実だと思ってさしつかえはない。しかし、踏切棒はまさか鉄路をふさぐように降りて来た筈はないが、と私は思い返した。だから、今、私が微かな幻影として見ている中年男の後姿は記憶であり、その記憶の背景の場面は、仮にイギリスの田舎で見られた光景が採用されている。私にはこの記憶と想像との複合の理由に、直ちに思い至った。あの日本のどこにでもある踏切の光景は、先夜のKの告白以来、「停年」という観念と私のなかで緊密に結びついている。だから、それはあの頃の大人たちには適《ふさ》わしくない。そうして、あの頃の秋野さんは、あの時代の一般風潮を故意に無視して、青年時代の英国留学以来のアングロマニアぶりを発揮していたのだから、そのイギリスの踏切りの映像が彼の後姿に適わしいものとして、私のなかで連想が働いたのに相違ない。そうして、今朝から私は何度もこのような記憶と空想とのモンタージュに出会い、その映像の連絡の隙間に、常にある意味を発見していたのである。そして、その意味の発見は、更にその奥にある、より深い秘密へ私を導こうとするのである。——

その間にKは車を雇い、私を手招きしていた。

私たちは狭い後部座席に可能なかぎり長々と脚を伸ばし、それぞれの側に展開する道端の景色を眺めながら、勝手な想念に耽ることにした。自動車の速度は、私たちの記憶の回復の速度を上廻るものであることに、直ぐ私は気付いていた。沿道の小学校の校庭に、空高く身をよじているプラタナスの梢は、私のなかにある遠い時間への郷愁のようなものをそそり立てるのだが、その気分がひとつの情景を作り出す前に、私の目は今度は別の建物の屋上のブリキの看板を捉える。プラタナスの梢のひき起した気分のなかに、それは全く別の不安の気分を注入させる。しかし、その不安の性質について私が推理を進めようとして、改めてその看板に目をやろうとすると、私の前にあるのは、広い土産物店の土間であり、そのけばけばしい土間は、先程の本通りの端の広場同様、私の記憶への衝動を、一気につめたく冷やそうとするのだった。

やがて車は屋並みを離れて、山地に昇りはじめた。Kの側の窓の外に展開するのは、樹木に覆われた広い谷間であり、私の側では切り裂かれて赤土を露出している山肌が、たえず鼻先に迫って来た。車は大きなカーブを描いて幾曲りの坂を昇って行く。そのたびに私たちの身体は一方に傾いて衝突する。

そうやってKの身体と私の身体とが何回も繰り返して脇腹をぶつけ合っている間に、不意に私は闇のなかを満員のバスに揺られて山道を昇って行く光景を思いだした。バスの前方にヘッド・ライトによって照し出された狭い空間には、たえず身体を乗りだしている梢がぶつかり、その梢の間に無数の螢《ほたる》が舞い乱れていた。その螢はそれまでどこで見たのよりも深い闇のなかで、一度も見たことのない大きな光りを運びながら、戯れ合っていたのである。その時、私の左手に大きなトタン屋根の体育館のような建物が見えて来た。とすれば、あの夜のバスはやはりこの今、私がタクシーで走っているのと同じ道を辿っていたのだ。

「あの建物で夜、映画会をやったのを観に来たのを覚えているかい？」

と、私は弾んだ声でKに訊いた。Kは頸をこちらに廻し、

「いや――」

と答えた。

「そうだ、ぼくたちは街のどこかの店に貼りだされてあった、手書きのポスターで知って、わざわざここまで映画を観に来たんだよ。何でもひどく古い無声映画だった。フランスの前衛映画だったかも知れない。そうした映画の観賞会が毎週土曜日かに、たしかあの建物で催されたんだよ。君は来なかったかい？」

と、私は背後に遠ざかって行くその建物を振り返りながら叫んだ。

「そう云えば、毎週、Sが出掛けたような気がする。Hが彼の外出の動機を疑って、云い争いのようなことになったのを微かに覚えているよ。何でもSは無暗と高級な芸術論を展開し、そうしてHは極めて下品な推測でSをやっつけた。つまりSが性的不満から映画館の暗闇で女たちの肌に触れるために出掛けて行くんだろうと、Hはからかったんだよ」

このKの言葉が、その映画会の暗闇のなかで傍らにひとりの娘の肉体を意識していた、その瞬間の感覚を、私のなかに不意に甦らせた。何でもひどく蒸す晩で、満員の場内は異臭が鼻を

衝くらいだった。私は隣りの娘の身体が人に押されて脇腹に接近してくるのを感じていた。そして、先程、会場の外の庭でぱらついていた雨に濡れて、その匂いの強まっている娘の髪が、突然に鋭く意識されて、私は息苦しくなって来たのだ。しかし、その瞬間、高い天井が轟音《ごうおん》に包まれ、場内は一瞬、真昼のように明るくなって、次の瞬間に暗黒に変った。映画の画面も闇のなかへ吸いこまれて消えてしまった。人々は立ち上り、「雷だ、雷が屋根に落ちたんだ」と叫んでいた。隣席の娘は私の肩に手を掛けて、その手に力を入れ、私の身体とのあいだに隙間を作ろうと努力していた。

「あの娘は誰だったんだろう」

と、私は呟いた。

「娘？　映画を観に来た時に誰か一緒だったとすれば、それは秋野さんのお嬢さんかも知れないぞ。今、思い出したが、一度、秋野家の連中がその映画に行ったたと話していて、ぼくがそれをあらかじめ知らなかったので行かないで損をしたと、口惜しがったことがあった。そのぼくの行かなかった晩に君は行って、お嬢さんと行き会ったのかも知れない……」

しかし私は、その回想場面の娘が、秋野さんのお嬢さんではないと信じた。あの雨滴のために髪を悩ましく匂わせた娘は何よりもまず「女の肉」であって、そしてそのお、嬢、さ、んの持っている妖精めいた超越的な要素は全くなかったのだから。その肉は、端的に私の欲情を挑発したのだったから。としたらあるいは先程Kが話していた彼の妹だったのだろうか。日常的な世界にひっそりと生きていたというその妹。彼女については、私はその存在すら思い出すに至っていないが、しかしあの夏の終ったあとで、彼女はごく平凡な結婚をしたという。としたら、彼女は健康な肉体の所有者であったのだろうし、それが映画会の暗闇のなかで、髪の匂いを漂わせたとしたら、多分、慢性的な性的不満に悩まされていたに違いない青年の欲情を刺戟したとしても、それはごくあたりまえのことだったのではなかろうか。そうしてたえず潜在的な欲望の抑圧を受けている青年にあっては、欲望は容易に相手の人格とは関係なしに挑発させられるものである。そうしてそのような瞬間の去ったあとでは、その欲望の対象をまた容易に忘れてしまうのである。だから私が、あの瞬間に髪を雨気で匂わせていた女について、何の記憶をも保存していないとしても、それは異常なことではないのである。いわんや、現実の性的交渉の経験のまだない青年にとって、その欲情の一瞬に脳裡に描き出された幻影は、その女性の肉体についての具体的な映像、乳房や下腹のその女性独特の形状というようなものを喚起するべくもなく、となればいよいよ、その女性は記憶のなかに定着される筈もなかった。

その時、車は緑に塗った木造の建物の車寄せに滑りこんだ。それは私にも何度も見覚えのある感じのホテルだった。つまりその正面には、無数の記憶の前味が漂っていたのである。

「そうだ、このホテルは窓から屋上へ抜け出せるんだったね。ぼくは一度、屋根を伝って下の谷間を見下したことがあった」

と、私は車を降りながら云った。屋根は長くゆるやかな傾斜をもって、私たちの頭上を斜めに覆っていた。

「そうだよ、ここでもSは目の下の谷間に向って逆立ちをしてみせた。誰か同行の女性が悲鳴をあげたっけな」

「それがお嬢さんかい？」

と、私は自分の記憶を呼び戻そうとして訊いた。

「いや、多分、リュシエンヌだ。そうだ、彼女はフランス語で叫んだんだよ。気を付けて、って。そのフランス語のお蔭で、危険な情景がひどく物語めいた雰囲気になったのを覚えている」

と、Kは答えた。それから、私たちは玄関脇の食堂に歩み入った。

Kは突当りの火山岩の壁に大きく刳りこまれた煖炉を指さした。

「あの前で、ぼくたちはお茶を飲んだんだよ。一行は男女とりまぜて十人ほどだった。お嬢さんとリュシエンヌがひどくはしゃいで、にぎやかに喋っていた。それが日頃、若い娘たちに慣れていないぼくには、夢見心地になるほどの快感だった。そうして、そんな胸を揺すられるような快感はその後、一度も経験したことはない。それはたしかに官能的な感覚なんだが、それでいて子供のように無垢な感覚なんだ。それはその後で大人になってから、新しい女を抱くことになる度に感じるあの欲望的快感を、ひそかに恥じいらせるようなものだった」

それからKはぼくの視線から顔を外らせて話しつづけた。

「そうだ、実際にぼくは今の妻をはじめて抱いた時に、妙な心理的な違和感、つまり本来の自分がする筈のないことをしているという厭な感じが、すっと頭のなかを通り抜けて行くのを感じたものだった。しかし、ぼくは突き上げてくる欲情によって、その違和感を押しつぶしてしまった。それを単に新しい目慣れない女の肉に対するとまどいとして、あるいはただの慌ただしい見合いの結果として自分のものになったとはいえ、まだ心の愛情がそれに伴っていない、その分だけ未知であるその肉体に対する違和感であるとしてだな。……本来、性的交渉というものは、お互いの愛情、あるいは親密さが頂点に達した時に、自然に起るというのが、理想的なものなんだね。女房との場合は、その自然の手続きが省かれていた。そうして、あのピクニックの日の夜にでも、昼間、この煖炉の傍らで談笑していた娘たちのひとりを、もしぼくが抱くことになったとしても、ぼくはごく心理的に自然に、何の瀆聖感《とくせいかん》もなしにそうできたと思う。つまり、あの炉辺の団欒は、そうした親密さ、心の自由な交流の頂点に達していたんだよ……」

その時、私は不意に食堂の片隅に、だからあの煖炉からは遠い孤立した卓のまえに、二人の若い女が坐っていた気配を思い起した。そして私がその団欒の雰囲気から立って抜け出し、その二人の女の方へ歩み寄ったという記憶が、ぼんやりと甦って来た。それはあまりに漠然とした記憶であって、情景を結ぶことはできなかったが、私たちの一行のなかで、二人の女だけが仲間外れになっているのを、何とか仲裁しようとして私が心遣いしていたという、その心理的な動きだけが、その時の秘かな移動の肉体的感覚を伴って、今、急にKの回想に触発されて、心の奥に目覚めて来たのだった。

そうだ、私はその離れた卓に歩み寄り、ふたりの女の両方に、煖炉のまえにいる知り合いの方へ行けとすすめ、二人が腰をあげないでいるので、私はそのままそこに坐りこんでしまったのだ。二人はそれぞれ個人的な知り合いを通して、このピクニックに参加していたわけだったから。そうして、私は手前の娘に向っては、「お兄さん」の話をしかけた。お兄さんということになれば、それは煖炉の前の娘たちに向って冗談を云って笑わせているKだった筈だ。だからその娘は、Kの妹だったということになる。「目立たなく、倹ましい」娘だと先程、Kが述べた娘、そうして、私が先程、映画会の闇のなかで欲望を感じた同じ相手であるに相違ない娘が、それでは一行に加わっていたのだ。

そうしてもう一方も、同年配の女性だった筈だ。その女性はKの妹よりももっと一行の雰囲気におびえていた。特に、「初めて口をきいた西洋人の女の人」に、すっかり緊張して、身体を小さくしていたのだ。そのために、背をこごめるようにして上目づかいで、煖炉の前の群のなかの唯一人の頼りになる男性である夫の方を、心細げに見詰めていたのだ。夫の方と、今、私は回想のなかから飛び出した言葉を、慌てて捉えた。夫と云えば、それは何とHの新妻だったことになる……

「あのピクニックには、Hの細君も参加していたんだよ」と、私は思わず叫んだ。二人はその時、もう火のない煖炉のまえに席を占めて、近付いて来たボーイにジュースの注文を済ませていたが、Kは葉巻をくわえかけて、驚いたように目を上げた。

「何だって？　Hの細君？　Hはたしかに学生結婚していて、その細君はHの母親と一緒に広島の方の田舎にいたわけだが、その細君があの夏、実際に我々の小屋に現われたのかね。全く記憶にないな。あの夏はHが得意になって、我々に向って若い細君の肉体的特徴などについて、いつも喋っていたんで、我々もいつのまにか彼の細君と知り合いになっているような気がしていた、そういうことじゃないのかい？　あの夏は――いや、あの夏にかぎらず我々の学生時代は女っ気がなかったぜ。それが社会の風習だったんだからな。女子学生なんてものも存在しなかったし……」

それからKは運ばれてきたジュースをストローで掻き回しながら呟いた。

「あの仲間へ女性がひとり入って来たら、大きな波紋を作りだしたに違いないと思うよ。特に仲間のひとりと肉体的関係が明らかにある女性が乗りこんで来て、夜、あの屋根の下の一部屋で、性的行為が行われていたとなると、他の部屋の連中は寝付かれなくなったんじゃないかな。妹の場合は特別だった。あいつは可哀そうにほとんど女を感じさせない娘でね。それに極度にひかえ目だったから、何の波紋も生ぜずにすっと来て、またすっと出て行ってしまった感じだったんだが……」

私はしかし、先程の映画会の記憶のなかで、その「目だたない、控え目の」娘さえが、私に一瞬、肉欲的な衝動を惹き起したのだということを思い出していた。と同時にまたそのような衝動は落雷による騒ぎのなかに消滅してしまってからは、決して彼女の肉体に対して定着するということがなかった、という事実もあるわけだから、Hの細君があの小屋に現われて、私たちの心に幾分の波紋を投じたとしても、またいつの間にか彼女がいなくなると共に、私たちの心にも平和が戻って来たということはあり得るのだ、と思った。それにKにしろSにしろ、また当の私にしろ、たしかにこの煖炉のまえでお嬢さんとリュシエンヌを中心にして団欒していたのだから、そうしてその団欒からはKの妹なり、Hの細君なりは弾ねだされていたのだから、女性というものに対する関心の中心、あるいはあの夏の私たちの女性経験の核、というものはあの二人のフランス語を話す娘たちであって、そこで受ける感覚的陶酔があまり強烈だったので、臨時に入って来たKの妹なりHの細君なりは、殆んど私たちの感受性の方向を変える力は持っていなかった、従ってKの記憶のなかにはHの細君は痕跡を残していない、ということもあり得るのだ、と私は結論した。しかし、それにしてもどうして若い私たちが、Kの妹やHの細君に女性を感じず、あのお嬢さんやリュシエンヌに惹かれたのだろうか。それは当時の私たちにとって、女性というものが肉欲の、あるいは日常的な愛情の対象ではなく、夢の対象だったからだ、ということではないのか。それは一方では実際の肉欲の成就の経験がないために、手近の女性から欲望が触発されるということがなかったためもあり、また一方では近付くカタストロフィーの予感を消すための夢想にとっては、距離の遠い対象ほど都合がいいことを、私たちは本能的に感じとっていたのだ。夢想は距離に正比例するのだったから。それに、この推定を更に先に進めて行けば、当時の私たちはやはり本能的に、カタストロフィーに落ちて行くのには、できるだけ身軽である必要があると、誰も信じていたのだ。だから、結婚というような絆の可能性の生じやすい対象、あるいは秘かな情交というようなわずらわしい関係に陥る可能性のある対象からは、無意識的に身を飜していたのかも知れなかった。

　それから私のなかに微かに浮んで来たのは、この食堂の裏手にあった筈の便所のなかの光景だった。Hの細君は私が隅の卓で、冗談めかしてあの団欒のなかへ入るようにすすめても、仲々腰をあげようとしなかった。私はそこでHに向って合図をして、こちらの卓へ移ってくるようにうながしたのだが、Hはそれを無視して身体の向きを変え、こちらと視線が合わないようにすると、相変らず自分を仲間のなかで際立たせるような大声で、喋りつづけていた。そのHの態度を恥じるかのように、Hの細君はいよいようつむき加減になってしまう。それから、彼女は急に立ち上ると、扉を押して食堂を出て行ってしまった。私が追いかけるようにして立とうとすると、Kの妹が彼女は手洗いに行ったに過ぎないのだから心配はないと、私を引き留めたような気がする。しかしそれでもまだ不安そうにしている私を見て、彼女も立ち上ってHの細君のあとを追って行ったのだろう。そうしたKの妹の着実で浮わついたところのない心が、今、私のなかに暖かく甦って来た。どうも、彼女はこの華やかなピクニックには適わしくなく、和服の普段着を着ていたような気がする。そうして、その服装によって、私たちのあの日の一行から、自分をある程度、距離を置かせていたのだろう。或いは和服というのは、別の場面で私が見掛けた記憶の混入かも知れないが。しかし、この便所の場面を、今、私たちの目の前にある煖炉のまわりの光景から切り離して回想する時、その服装が唯一の似合わしいものとなって私に感じられるのも事実だった。私の今、浮び上って来た記憶のなかでは、婦人便所の入口の扉が開け放しになっていて、私がその扉のまえに立ち、中を覗きこんでいる。便所の洗面所はほの暗く、洗面台の白い琺瑯質《ほうろうしつ》の肌が冷たく光っていて、そして、その前の鏡は影を混ぜ合せて曇っていた。Hの細君はその白い洗面台にかがみこんで、その白い台に首を埋めるようにしていて、その背中をKの妹が撫でている。Hの細君は乗物に弱く、特にこの山道を揺れながら走るバスには、すっかり酔ってしまって、吐気がとまらないのだ、とKの妹が私に説明する。そこへたまたま食堂から出て来たHが通りかかって、いかにも不機嫌そうに細君の不体裁を叱り、ここから直ぐ小屋へひとりで戻るようにと命じ、それをKの妹が同行しようと申し出ている……

そういう情景が今、幻影として私のまえに古い映画の一場面のように、不鮮明に浮び出て来たのだが、そのじみな服装の若い娘や、田舎の女学生のような避暑地では不似合いの髪形をした小柄の女や、それを廊下から覗いている強情そうな若者の姿を、それぞれにKの妹、Hの妻、H自身、というように認めさせたのは、その情景の作りだしている人間関係に対する、現在の私の推測であって、それらの人物の面影のなかに、それぞれの人物を認めたというわけではなかった。人物たちは影のようにぼんやりとした映像を浮び出させているに過ぎず、それをいわば人の気配として、現在の私が感じているわけだった。そして、その情景全体に、それを眺めている視線と、それに心を痛めている気持とを同時に思い出したことで、私はその情景に立ちあっている私自身の存在を感じているのであった。

更に、その時、私はHの身勝手が許せないと思っていたのだった。この間、あのKのクラブで向うから快活に名前を名乗ったあの公団理事に対して、私はたしかに学生時代この男と交渉があったと漠然と感じ、その感じのなかには何らの深い心理的傷口をも見付けることはできなかったのに、実際には三十年前の私はあのピクニックの日の夜、彼を私の部屋に呼びだして、彼の細君に対する態度を非難したのだった。私はあの木のダブル・ベッドの端に腰かけ、そして浴衣姿のHは、裾から細い毛臑《けずね》を覗かせながら私のまえに仁王立ちになっていた。私はピクニックに疲れた仲間たちが、それぞれの部屋で眠りに入っている気配を感じていた。またHの部屋で私から呼び出された夫が戻ってくるのを待ちながら、多分、昼間の私の見幕によって、私とHとのあいだに何らかの心理的葛藤が起ったと推測し、その原因が自分にあるのを感じて、戻って来た夫がそのために感情を害して、二人のあいだで云い争いが起るのではないかと予感して、不安におののいている妻の気配を同時に想像しながら、私は強い口調で昼間の彼の態度を責め、涙を流しさえした。彼は黙って私の言葉に耳を傾け、そして多分その翌日に細君を母の許に帰してしまった。そうした情景が糸をたぐるようにして、今、私の記憶の奥から次つぎと出て来た。それから、翌日、細君を送ってHが出て行ったあとに、入れ違いにやって来たクリーニング屋か何かが、「今、お宅の人が、今度来た女中さんを送って行くのに会いましたが、あの人は女中さんの荷物を持ってやっていましたよ。何か今度の女中さん、不都合があったんですか」と、好奇心に満ちてからかうように告げ口した台所口の情景も。Hは自分の田舎の妻が、こうした避暑地の有閑人種のなかに立ち混ると、「女中」のように見えることを恥じていたのかも知れない。それは私が前の晩に彼を責めるのに使った「愛」とか「責任」とかいうこととは何の関係もない、習慣の相違から来る気まずさのようなものに過ぎなかったのだろう。もし彼女が彼の東京の下宿へ訪ねて来ても、彼はそのようなとまどいは感じることもなく、従ってあの便所の前でのようなきつい口調は使わなかっただろう。彼にしても私たちにしても、あの小屋で暮していたひと夏のあいだ、なにもこの別荘地に満ちていた、日本の支配階級である避暑地人種の一員であるような振りをする意識はなかったのだから。そうして私たちは単に「学生」に過ぎず、学生という身分において、社会のどの層にも自由に出入りできるものと信じていたのである。そうして、私たちの小屋が偶然に提供されたという機会を利用して、この避暑地の風俗のなかにまぎれこんで、その物珍らしさを愉しんでいたというわけだった。それにあのカタストロフィーの時期を一年たらずの未来に予感しながら、「階級」などというものが私たちにとって、どのような意味があったのだろう……

ところであの晩、私の部屋のベッドに腰を下し、Hに椅子をすすめるのさえ忘れて、私がHを非難するために用いた概念、「愛」とか「責任」とか、あるいは調子に乗って「魂の純粋さ」や「人類の連帯」や「ヒューマニズム」というような概念さえ使用したかも知れないが、そうした概念によって構成されていた私の内的世界そのものには、今にして思えば、大きな夢の暈がかぶさっていたのである。その同じ概念は、あのカタストロフィーを通過したあとでは、その夢の暈が恐るべき業火によって燃え落ちてしまったので、その意味をすっかり変えてしまって、それは今日では寧ろ実用的な概念となっている。しかし当時のHは自分の生れ育った田舎の環境のなかでのその夫婦生活を、私たちがあの夏にすっぽり包みこまれていた夢の暈の外のものとして理解していたのだと思う。そういう意味では、彼は二つの生活のあいだで引き裂かれていたのだろう。丁度、Kが東京の下町の両親の家での生活と、あの小屋の生活とを区別して、その小屋の屋根の下から自分の妹を精神的に追放していたのと同じように。一方、そのような二分法とは無縁のボヘミアンであった私は、だからHに向って、あの晩、あのように自信に満ちて説教をすることができたのだった。私は、Kの東京下町の生活も、Hの広島の田舎の生活も、夢の暈の下にとりこんで、すべてを桜色のもやを通して眺めていたのだった。そのもやのなかでは、すべての正義がすべての美や善と共に共存していたのである。

そのようにして私の内部には、急速に当時の「心の状態」が回復しつつあった。

それから三十分後に、私たちの乗った車は、今度は近代的な広大な駐車場に滑りこんで行った。

Kは車から降り立つと、困惑したような表情であたりを見渡していた。

「こんな筈じゃなかった。あの日のピクニックでここへ来た時は、もっと荒野のなかに忘れ捨てられたようにして、この噴火の遺跡は横たわっていたのに――」

私は幾何学的な直線によって構成されているこの野天の駐車場に、ただ圧倒されて黙っていた。それは先程の本通りの端の広場などよりも遙かに堅固に、私の回想への道をコンクリートの壁で遮断しているのだったから。このコンクリートの固りは、私たちを断乎として過去から切り離し、現在だけの存在に人間を改変しようとしているように見えた。それは私たちに「人生観」あるいは生涯の見通しの方法の変更を強制しているように見えた。そしてそれこそ現代の生き方なのだと主張しているように見えた。

私たちはそうした強制から遁れるようにして、不定型で奇怪な、ねじり菓子のような岩の林立するなかへ昇って行った。その岩のあいだの道も、忌々しいことにはコンクリートで固められていた。しかし、そのセメントの与える違和感は、私のまわりを取り巻いた無数の不定形の岩の形の交響曲のなかに、忽ち吸いとられて消えていった。私の目はそれぞれの岩の形をひとつずつ捉えることができなくなり、視界はそれらの大きくてグロテスクな、自然の演じる遊戯の産物の重なり合いによって埋めつくされてしまった。私が足を先に進めるにつれて、喩えようもない奇怪な岩の後ろから、全く別のアイディアによって作られたかのような、また別の奇怪な形の岩が躍り出る。そうして、その後ろからまた別の、人間の想像力の限界を超した不思議な形の岩が滑り出る。しかもその岩のあいだの道は、たえず曲り、たえず高度を変えて、私の見ている前で、岩のグループが配置を変えて行く。それは岩の万華鏡だった。私の心はこの岩の演奏する奇怪な交響楽によって、忽ちあのピクニックの日のなかへ捲きこまれて行った。

私の目の遠くに突然に、朱色に塗られた堂が、岩のつい立てのあいだから屋根を覗かせて現われた。それは不意に今の瞬間に、何物かの魔法によって建てられたかのような錯覚を与えた。そして、その堂を見上げた瞬間、私は立っている岩から足を踏み滑らせて、危うくその下の岩肌に身体を凭らせた。その時、私の胸に暖かく柔らかいものが強く押しつけられる感覚が甦った。それはひとつの若い女性の肉体だった。恐らくそれは生れてはじめて私の胸が感覚した、血の通った女の肉であった。

「リュシエンヌ！」

と、私の口から小さな叫び声が洩れた。そうだ、あの日、この赤い堂を見上げた時、私は足を踏み滑らせ、そして私の傍らに立っていたあのベルギー人の娘が、咄嗟に私に向って手を差し伸ばし、二人の掌が結び合わさった瞬間、彼女の身体も自らの重みで岩肌を滑り降りて、私の胸のなかに押し入って来たのだ。私の胸は普段見ていたのでは想像もつかないほどの圧倒的に厚い背の肉を感じ、私の鼻腔は濃い異臭に満ちて来た。そのあまりに豊かな肉の感触は、「娘」の肉体というものへの私の漠然たる空想に対する、余りに露骨な現実の復讐だった。そのような肉を胸に迎え入れるということが、もし男女の交わりというものだとしたら、それは未経験な私の感覚にとっては耐えがたいほどの獣的な行為だと思われた。同時に、運動のために汗ばんでいるこの異国の娘の身体の発散している、刺すような強烈な体臭もまた、私には娘というよりも、動物の雌そのものとして迫ってくるものと思われた。私は目を閉じて、この強烈な雌の肉の圧力から気持を反らそうとし、それからその瞬間が少し長すぎて、故意に私がこの情況を利用して肉の感触を愉しんでいるのだと相手に誤解されるのではないかと気付いて目を開いた時、私の額から口にかけてを、その金髪の森で覆っていた彼女の頭も、私の胸から離れて私の顔を凝視した。その目は熱くうるみ、頬は紅潮していた。私は発作的に彼女の肉体を突き離すようにし、彼女は上の岩に飛び移ると、髪を片手で撫でつけながら、先に進んでいるお嬢さんに呼び掛けた。その声は普段と異って、強い日のなかで情欲に濡れて魚の肌のように光っていると私には感じられた。私はこの娘の裸身をその声に感じて、愈々激しい不快感を味わった。

――しかし、あのような強烈で露骨な肉の感覚は、あの時、たしかに私には不快感として意識されたのだったが、それは未成熟の感覚が強すぎる刺戟に対して起す反応に過ぎず、もしあの背中の肉がもっと薄く、体臭も野の花のように可憐なものであったら、私はそこに強烈な快感を意識したであろうことは間違いない。だから、その快感と不快感とは正反対のものではなく、単なる度合いの差に過ぎないのであった。

私は今、両脚を拡げて岩のうえに立ち、その朱色の堂を見上げているKに、近付いて行った。Kは私を振り返ると不意に云った。それは私が味わっている感覚と全く異種の感覚のなかに、彼が涸っていることを私に教えた。

「あの時ぼくはここに立って、実に妙なことを考えていた。そうして、その考えをまわりの連中に話したんだ。それは自分たちが今、踏んでいるこの岩山のしたには、かつての噴火での死者が数千人も眠っている、という感慨なのだった。そうしてそのような不幸な死者のうえで、今、青春の生きる喜びに耽っている自分たちは、罪を犯していることにはならないだろうか、という疑問だった。どうしてそんなことをぼくが考えたかというとね。ぼくの生れ育った家は東京の下町にあり、例の関東大震災の罹災者たちの慰霊塔を、ぼくは毎日、見て暮していたのだ。その慰霊塔のイメージとこの堂のそれとが、あの時、不意にぼくの心のなかで重なったんだよ。ぼくはその話をしながら、ふと正面からぼくの表情をうかがっているお嬢さんの目付きに気付いた。それはぼくの気持を全然理解せず、ぼくを単なる感傷主義者と軽蔑している目付きだった。ぼくはショックを受けて、その話を途中で打ち切ってしまった。どういうつもりか、Sはアーメンとか何とか、ぼくを冷やかすような声をかけて、いきなり岩のうえで例の逆立ちをやってみせた。皆の注意もそのSの冒険の方に気を取られて、ぼくから離れてしまった。ぼくはそこらの岩に腰を下し、所詮、お嬢さんとぼくとの世界は別のものだと考えて、気が沈んでしまった。若い娘がそのような不運な死者の思い出に対して、何の心の動揺をも示さないということは、ぼくの想像を絶していたのだ。しかもそれらの噴火や地震の死者に対して注がれる彼女の冷淡な眼ざしは、当然ぼくらの近い将来の運命に対しても注がれるわけだからね。だからぼくは、ぼくとお嬢さんとの気持がかけ離れているのを知らされたことがつらい、ということではなく、そうした不感性の心があのような魅力のある肉体に宿っているという不条理そのものが、ぼくには耐えられないくらいの厭な気持となって襲って来たんだ。それは失恋とか何とかいうものとは、全く別の次元の恐怖だった。そうだ、ぼくはその岩のうえで、その恐怖が直ちに毎晩、ぼくを悩ませている深夜の不眠の時間の心の状態に溶けこんで行くのを感じ、絶望的になってしまったんだ……」

「それで、君の気持はお嬢さんから離れることになったのか?」

と、私は訊きかえした。

「いや、その後もぼくは彼女の魅力に惹かれることは変らなかった。いや、彼女の心に対する反撥が強まれば強まるほど、ぼくの彼女の魅力に牽引される力はやはり強まって行ったようだ。ぼくはここで見たあの彼女の冷淡な目付きを、ぼくの錯覚だとして否定しようとしたし、又、皆の愉しいピクニックの最中に、そんな場所柄をわきまえない話を持ち出したぼくの非常識の方が寧ろ責められるべきだ、と自分を説得したりしたものだ。あの時のぼくのそうした精神的動揺を考えると、実に可哀そうになるな。ぼくの両親は貧しくてつましい暮しに慣れていて、ぼくも子供の頃から周囲に遠慮ばかりしていた。そうして気持のうえで他人とのあいだに行き違いが生じた場合は、いつも自分の方が譲るということが習慣となっていたんだよ。ああ、いやなことを思いだした。ぼくが東京で想像していたあの夏のこの高原での生活は、もっと華やかで明るくて、無邪気な愉しさに溢れていた筈なんで、どうしてそんな雰囲気のなかに、こんな不愉快な想いが混入して来たのか見当がつかない」

私はそうしたKの困惑を救ってやろうと決心した。

私はKをこう説得した。

あの夏の日々には、あらゆる人生の時期がそうであるように、無数の経験が絡まりあっているわけである。そして、人はその無数の経験のなかから、ただひとつの経験だけを記憶として回復させる時、それが全てであるとして、その時期全体をそのただひとつの経験の雰囲気によって覆ってしまうものだ。だから今、彼がそのピクニックの中での無数の感情の重なりあいのなかから、たまたまこの岩山の堂と震災慰霊塔との観念連合からの絶望的雰囲気だけを抜き出して、その雰囲気からお嬢さんの目付きに対する解釈も引きだしたのだろう。だから或いはあの夏には、彼は次の瞬間に、そのお嬢さんの目付きを忽ち、別の明るい雰囲気のなかで、心の奥に押しやってしまっていたのではないか。——

丁度その時、気象の変りやすいこの高原では、先程まで晴れわたっていた頭上に、小さく低い雲が幾片か現われ、それがかなり強い風によって、丁度、子供が幼稚園の運動場を走りまわるようにして、その影を岩山のうえに走らせながら移動しはじめた。

「君、思いだしたぞ」

と、私は云った。

「丁度、こうした雲の影の移動があの時もあった。そうして君はあの時、雲の影を追いかけて、岩から岩へ飛び移って、大声で笑っていたんだよ。そうして、多分それは君がお嬢さんの目付きに衝撃を受けたという瞬間から、それほど離れてはいなかった時間に違いない」

それから私は話題を転じた。

「いや、あの時のピクニックの思い出は、ぼくには全体が桜色にかすんで感じられる。そうして、生れてはじめて金髪がぼくの額の下に戯れたという記憶さえ、その桜色の雰囲気にはありありと残っているんだ」

Kは驚いて私に訊き返した。

「金髪って、リュシエンヌか？　そういえばこの岩山は、人の視界をどこでも遮られるから、君とリュシエンヌがどこかの岩のかげで、キスしたということもありうるわけだが……」

「彼女のあの厚く盛り上った胸がぼくの胸を押し、そうしてチーズだの油だのの混りあったような強烈な体臭が、ぼくの鼻先を襲って来て……」

そこで私は今度は彼女の指が人目をかすめて私の指に絡まって来た短い情景を思いだした。

それはあのピクニックからの帰りのバスのなかだったに違いない。彼女は席を占めるのにわざと私を隣席に誘い、それからその指を何気なく私の指にからめると、その厚い腿を私に押しつけて来て、その間も顔はさりげなく窓の外の夕景色の方へ振り向けたままだった。いや、それに続けて、更にどこかの暗い夜道の道端で、不意に彼女の腕が私の腕を締めつけた感覚の記憶さえも甦って来た。それはあのピクニックの前だったのか、後だったのか。またあの異国の娘は私に強い関心を抱いていたのか。しかし、そうした関心はもし当時の彼女の胸のなかで実際に燃えていたとしても、遙かな空の彼方に、今は燃えつきて消えてしまっているのだ。少くとも今、この岩山に立って回想に耽っている私の胸のなかには、奇妙ないぶかり以上の気持を引き起すことはないのだ。

Kはそうした感慨に耽っている私に向って、幾分ひやかすように云った。

「君のリュシエンヌとのキスだって、そう云えば、彼女の活発な新鮮さに目を惹かれていたという単なる記憶が、歳月の流れのなかでいつのまにか、架空のキスの感覚を喚び覚すようになってしまったのかも知れないぜ。もし君のいうように、ぼくがお嬢さんの目の色に対して絶望したというのが架空の記憶だと云うならな……」

それから暫くして、私たちはついたてのような三面の山に深く囲まれた小さな空地に立っていた。両側の山肌には斜めに幹を伸ばした木々が密生し、なかには空地に向って水平に身を這わしている樹木もあった。そうして正面の平らな崖の中腹からは、丁度白布を並べて垂らしたような、横に長い滝の流れが静かに垂直に流れ下っていて、その落下した裾は私たちの足もとで小さな池を作りだしていた。この静かで緩やかな感じの滝には、およそ瀑布という言葉からは遠い、古い可憐な日本の娘の面影を連想させるような雰囲気があった。

Kは黙ったまま、その池に面した小さな平地のうえを行ったり来たりしていた。一方、私はしゃがみこむと、水際の岩に生えている絨毯のような苔のうえに、時刻に早い夕影が忍びよるのを、じっと眺めていた。

静かに冷たい水を湛えている池の水面は、ほとんど静止しているように見え、しかし、実はその池の水は私の目の下の苔を浸みとおるように濡らした後でまた、池の一個所が新たな崖となって切れている私の背後の垂直な面のうえを、やはり細い布を並べて横に縫い合せた敷布のような白い滝となって、下流へ注いでいた。だから、先程、私たちが車を捨てて、この流れを下流から遡って来た時、最初に目に入ったのは二段の敷布のようになった滝の流れだったのである。Kは崖の中途から突然に定規で横線を引いたように、奇麗に樹木や草の生えている地面が切れて、そこから布を並べたように水が流れだしているこの奇現象を、それは火山の噴火で地層に断絶ができたからだと説明した。そして、樹木が私たちの頭上に、極端に傾斜して乗りだしているのは、その時の地滑りの結果だとも教えてくれていた。

そのKが相変らず黙ったまま、私の背後を、枯葉を踏みながら歩きまわっている気配を私は感じていた。その足音のなかに、私はKが今、ここへ仲間と自転車を列ねて遊びに来た時の回想に涵っているのを感じとることができた。彼は滝の流れのように次々と現われ出ては流れ下って行く回想のなかに押し流されて、私に向ってそれを説明することさえ忘れはてているのである。そうして私は目の下の苔を徐々に水が涵し、またその水が退いて行って苔の色がもとの鮮かさを取り戻す運動の繰り返しを眺めながら、次第に迫って来て私を溺らせようとする夕影のなかで、異様に凍りつくような孤独を意識していた。私はそのかつてのピクニックの際に、やはりこうしてこの苔をただひとりで眺めながら、談笑している仲間たちから、自分の気持が限りなく遠ざかっているのを感じていたに相違ないと思った。だから、今、私を包んでいる孤独感は、現在のものというより三十年前の心の状態の、不意の甦りに違いないと感じていた。その情景は何ひとつ意識の表面に現われ出て来ないのに、その時の気分だけが、濡れた苔のうえから私の心のなかに目覚めて来たのだろう。

私はじっと黙って、その孤独感に耐えていた。そしてその耐えている気分には、愉しい夢のように快いものがあった。その快さが夕影と今、ひとつに溶け合って、私の存在を包みこもうとしている。そして、そうした陶酔に近い気分のなかで、再び私は今日午前中に、私たちの小屋の煖炉の部屋のなかに、ヴェランダから見た幻影の復活してくるのを感じた。それは椅子に両肱を立てて祈っている私自身の後姿だった。その後姿は一体、何を祈っていたのだろうか、と私は先程の疑問をもう一度、心に甦らせた。その時、背後でKの静かな声が云った。

「さあ、今日の探索はここらで終止符を打とうや。そうして今夜、ホテルのバアで、今日のぼくの収穫をゆっくり君に聞いてもらおう。特にこの滝は、実に有益だった——」

第七章　夢の暈

「今日一日の探索は予想以上の成功だった」と、Kは夕食後にホテルのバアに席を移すと、そう切り出した。期待していた私は膝を乗り出した。

Kは例によって緩やかな時間を自分のまわりに作りだそうとする時にいつもするように、胸のポケットから取り出した葉巻に火をつけた。それから、不意に思い直したように、

「だが、まず君の収穫の方から聞こうじゃないか」

と云い直した。

私は自分の印象を語ることが、Kの告白の誘い水になれば、という思惑があったので、直ぐ喋り出した。

「ぼくは次つぎと脈絡のない思い出にぶつかったために、甚だ混乱した印象のなかにいる。それは心の奥の凍りついている部分に、無数の縦横の亀裂を入れてしまった、という感じなんだな」

たとえば、私たちの小屋のKの部屋のなかに浮び出てきた、あの昼寝の時間の彼の不眠の顔。

それは人生というものの表面を覆っている習慣とか経験とかいうものの厚い層が、突然に破れて、その奥の恐るべき暗鬱な層が露呈した、という感じだった。そして、それは三十年前に片付いてしまった経験の記憶というだけでなく、その経験の与えた不安と恐怖とが、三十年の眠りのあとで、全く風化せずに新鮮なままで、また立ち帰って来て、現在の五十歳の私のまわりに立ち籠め、そして私をその暗鬱な秘密の層の奥へ引きずりこもうとした。そうして、その恐怖と嫌悪感とは、あの小屋の裏手の釘付けになった台所を外から覗きこんだ時に、不意に私の内部へ甦って来た、東京の私のかつての四畳半の部屋の荒廃した情景と、心の底でひとつに溶け合って、あの時、私を脅かしたのである。

「しかし、半日後の今になってみると、その恐怖も嫌悪感も、やはり青春時代の感受性の復活だった、という気がして来ている。ぼくたちはあの頃、それほど鋭い、あるいは病的な感受性に悩まされていたんだ。だからこそ、逆にその感受性は、ごく些細な、ほとんど実在しない美しいもの、官能的なもの、たとえば雲の影とか、梢を通して降ってくる日の光りの戯れとか、自転車で走って行く少女の髪のなびくのとか、ふとした拍子に空気を通して頬に感じた女性の肌の暖かさとか、森のなかから断続して聞えてくる鳩の鳴声とか、野原に横になった時に鼻先に迫ってくる鋭い草の匂いとか、あるいは煖炉の上の羽目板に刻まれた幾何学模様とか、そうしたとるに足りないものから、無限の歓喜を感じることもできたのだな。だから、あの夏の夢のように幸福な雰囲気を、ぼくたちが心のなかに再現しようとすれば、その前提として、その若い頃の感受性の裏にある、暗くおののきがちのおびえとか嫌悪感とかを、自分に甦らすことが、まず必要だった、ということになる。——これはまあ、後から辿って作りだした理屈かも知れないが……」

「そうか、あの火山岩のうえでぼくが想い出した、震災記念塔の印象なんていうのも、その類いかも知れないな」

と、Kは呟いた。それから直ぐこう話した。

「そうして、あの溶岩の下に眠っている数千人の死者の霊に対する感想も。……しかしぼくにはそういう暗い死の想念はむしろあの夏の毎日の時間があまり愉しすぎるので、その幸福が逃げて行くのが恐ろしくて、自分でわざと暗い情景を想い出すことで、その幸福の逃げ道をふさごうという、そうした本能的な防禦《ぼうぎょ》作用だったような気がしているがね。ぼくらはちっとも見掛けほど幸福なんじゃないんですよ、と運命の神にあらかじめ反証を差し出してやろうという無意識の衝動だった、と云ってもいいし、もっと単純に、毎日が愉しすぎるのがこわかったのだ、と云ってもいいが」

Kはそこで嬉しそうに笑いだした。

「それから、あのイッチとニッチだ」

と、私はKの話を遮った。

「あの二人が通り過ぎて行くと、空気がそこだけ何か飴色《あめいろ》の透明な色に染まるような気がして、ぼくらは心が何か物悲しい抒情的な幸福感に揺られるようになったものだが、あれもぼくらがそこからもう脱け出していて、二度と戻れない幼児期に対する郷愁だったのだろう。そうして、そのように心が深く揺さぶられたというのも、当時のぼくらの感受性の鋭さの証拠だったんじゃないのかな」

「そうか、そういえばぼくなぞ今は子供の無邪気ないたずらを見ても、うるさくわずらわしくしか感じないようになっているからな」

と、Kも上機嫌に上半身を揺するようにしながら、相槌を打った。私は更に続けた。

「それから、あのS・ニジンスキーのあの素人バレーだって、あれもあるいは彼のなかにあった幼児期の感覚に、一定のリズムを与えて外部に表現しようとしていたのかも知れない。あいつは早くから女性の肉体を知ったために、却ってそうした幼児期の無垢の感覚に郷愁を感じる度合いが強かったんだよ。それから――」

と、私はKがまた葉巻を前に差し出して口を入れそうになるのを、慌てて押えるようにした。

「それから、あの何とかボルクだ。当時、ぼくらはあの爺さんとすれ違うたびに、何とも云えない薄気味悪さを感じたが、それも今日、あの中華料理屋でぼくたちが感じた程度のものじゃなく、本当に顔をそむけ、彼の吐く息を吸わないように息をとめて、ぼくらは逃げたものだぜ。あれはたしかに感受性の異常に鋭敏な反応だった」

「いや、そういえばぼくらが今日、顔を見た途端にぞっとしたのは、あの時、小屋から降りて来たばかりで、その君のいう青年時代の感受性をぼくらのなかに甦らせていたからだろうな。今、東京の街中であの爺さんにすれ違っても、ぼくらは別に何とも感じないだろうから。だから、あの時ぼくらの感じたあの恐怖と嫌悪感は大部分、その昔の気分の回想だったということになるわけだ。たとえば——」

私はまたもや急いで、Kの言葉を手で制した。

「いや、それからあのたぼの自殺だ。ぼくは彼の死ぬ前に彼から自殺の決意の告白を受けたんだよ。そうしてぼくは多分、彼の決意に賛成したらしい。しかし、そうした精神的自殺幇助《ほうじょ》なんてものも、現在の健康な感受性では考えられないものな。そうした告白をいきなり他人にして、引き停められないだろうと考えるのも異常なら、勿論、その告白に圧倒されて停めるのを忘れるというのも異常なことだよ」

私は酒のグラスを変えさせると、また話し続けた。

「それから、そもそも、あの持主不明の小屋に、三月も平然と居坐ったというのだって、これは大した異常神経だということになるよ」

「そうだな。ぼくらの当時の感受性は、生理的な若さと、迫り来るカタストロフィーの予感との両方で、完全に異常な状態になっていたんだ」

とKがようやく私の言葉の隙を縫って、云い足した。それから、彼は重要な言葉を口にした。

「そうして、そのような異常な感受性を、この年になって心のなかへ甦らすことが出来たというのは、最近ぼくらの通過しようとしている奇妙な感覚のお蔭だと、今、急にぼくは気が付いたんだよ」

そこでKはまた先程からの上機嫌の続きで、言葉の終りを口のなかに吸い戻すようにしながら、笑いの中に上半身を任せた。

そうした上機嫌なKを眺めながら、私はこう考えていた。

——カタストロフィーへの予感というのは、自分が見聞きし触れている全てのものが近いうちに突然に存在しなくなるだろうという感覚である。そして、それは同時に、それらの存在を感覚している当の存在、つまり自分自身の存在の喪失をも伴っているのである。そうした喪失の予感に、当時の私たちは慣れていたので、だから、今、想いだす当時の情景は、どれもこれも奇妙な喪失の影を帯びているのかも知れない。それらの情景は、切れたフィルムの断片のように、唐突に想起され、そしてまた何の必然性もなしに中断してしまう……

「ぼくはさっき本通りの広場で、君が以前ここは踏切だ、と教えてくれた瞬間に、急にその踏切を幻影のようにして見た。しかし不思議なことに、その踏切の幻影は日本の踏切でなく、イギリスの踏切だった。そうして、それがイギリスの踏切だったものだから、その上を渡って行くのが秋野さんだった。そうして、更に不思議なのは、それは秋野さんであると同時に近江先生だった。二人で並んで歩いて行ったのではなく、ひとりの肉体なんだね」

Kはその私の告白を待ち兼ねたように、また派手に笑いだした。

「それはあのマダム・ヴォルテールと同じ現象だよ。彼女も今日会った何人かの婆さんのなかに出たり入ったりしながら、結局、どこかへ消えて行ってしまったじゃないか」

Kは言葉を抛りだすようにそう云い放つと、酒にむせて上半身を前に倒した。

私はまた心のなかを手探りするようにしながら、言葉を探しつづけた。

「いや、その近江先生でありながら、確かに秋野さんだった人物が、こちらに背を見せて通り過ぎて行った幻影はね、今、こうしているぼくのなかで、君が吊橋のところでぼくに話してくれた、あのぼくの原稿やノートのことと、ひとつに溶け合いはじめているんだよ。原稿やノートの中味は思い出さない。しかし、そうしたものを夢中になって書いていた時の心理状態、それは何物かを確かに作り出している、創造しているという心の昂奮だったんだよ。そうして、その昂奮状態のなかで夢見る幻影、あるいはヴィジョンと、あの近江先生プラス秋野さんの幻影とは同じ性質のものなんだ。これは説明困難なことだが。つまり、精神のなかでひとつの幻影を幾つもに変化させて行くという操作が、創作時の空想の追求と同じ快感を与えるということなんだが。だからそうした快感は、固定した記憶の情景からは出て来ない。固定した情景は、それが済んでしまったもの、完結した経験、という印象を与えるんだが、心のなかに浮び出て来てから、変化を続ける幻影というものは、現在、成長しつつある空想独特の快さと同じ感じを与えるのだ。ごく短い瞬間に、ひとつの背中のなかで、ふたりの人物が入れ変るというのは、しかも、そのどちらかを見極めようとして、注意を集中すると、その幻影はふっと掻き消えてしまうし、そこで注意を外らすと、また二人の面影が、そこに生れて来て、丁度、水面に映る影のように揺れながら、輪郭を秋野さんにしたり近江先生にしたりするんだ。そうして、その水面に映る影に似た漠然たるイメージは、そこから無限の空想が花咲いて行くような昂揚した気分に、ぼくを誘うのだ……」

そこで私は不意に話しやめた。私の心の底から突然に眩しいほど光り輝きながら、小屋のヴェランダの大きな木の椅子のうえの、あの美少年エンディミヨンの幻影が、威厳に満ちて現われ出て来たからである。そしてその幻影は、現われるに際しての快いすべり方の、心の襞《ひだ》に与える官能的な接触感にうながされて、忽ち私を、名状しがたい甘美な陶酔のなかに導いて行った。そのエンディミヨンの憂いに満ちた横顔は、私の感受性の秘やかで敏感な処女のような部分に、未知の刺戟を与えながら、私の肉体のなかへ滑りこんで来た。それは一種、超越的な快感であると同時に、性的な快感、オルガスムの到来を耐えている時の忘我の瞬間に似ていた。私はこの陶酔こそ、あの夏の経験の本質をなすものだ、と一瞬思った。それから、今のこの秘かな快感は、他人に知らせるべきものではない、それは私の羞恥感が許さないと思った。

そこで、私は大急ぎで、今、自分の感じているものの内容を、Kに向ってすり変えることにした。その陶酔のなかの秘密な超越的部分を伏せて、もっぱら性的な方の経験に連想を移動させたのである。

「さっき君に云った、金髪がぼくの顎に戯れたという記憶だがね。そこにいた可能性のある金髪女性というのは、リュシエンヌただひとりだということになると、それは、顔はまだ思い出さないが彼女なんだろう。ところでその同じ人物に、ぼくは膝に触られた記憶もあり、又、胸を合せた記憶もある。しかし、それらの記憶はたしかに性的なものであるが、本当の性的経験のなかったぼくには、それは具体的な感覚の記憶にはなっていない。その記憶は性的器官に集中しないで、いわばその情景全体に拡散しているといった感じなんだな。そうして、今になってみると、あるいはその金髪も、現実には黒い髪が日に輝いて金髪の幻想をぼくに与えたものかも知れないとも考えられる。つまり、それは金髪であって、同時に黒髪でもあるということになって、さっきの踏切の幻影に近くなってくるんだよ……」

私はそう早口に喋りながら、虚空にあのエンディミヨンの輝くばかりの金髪の幻影を描き直していた。その幻影の素材であるTは、勿論、黒髪なのに。

それから私は当然の連想として、あのトタン屋根の大きな公会堂の映画会での、Kの妹らしかった人物への不意の欲情の昂まりの感覚を想い出した。そうして、今、このようにして金髪は黒髪だったかも知れないと話している間に、あの雨滴に湿って強い匂いを放っていた髪の毛も次第にやわらかい黄金色に変貌して行った。とすれば、Kの妹もまたリュシエンヌかも知れないではないか。が、そうした漠然とした性的快感が、今、更に他の多くの情景を甦らそうとして、心の底に頭を擡げてくる気配を作り出しているのを、私は心の地平に夜明けが訪れはじめているように、静かな期待にみちて予感しはじめていた。その予感のなかには、ひとりの未知の娘の顔が浮び出て来て、そして私がそれに注意を集中しようとすると、水底へ魚影が消えるように、微笑を残したまま消えて行った。

「ローズ・マリー……」

と私は谺《こだま》のように呟いた。それから改めて私は目が覚めた人のように、Kに訊いた。

「秋野さんのお嬢さんは、ローズ・マリーと呼ばれていなかったかね。丁度、その兄がアンドレと呼ばれていたと、君がさっき云ったように」

Kも驚いたように顔を上げ、そして私を凝視した。そうしてまた笑いだした。

「そうだ。君はいいことを思い出してくれた。そうなんだ。ローズ・マリーが秋野さんのお嬢さんなんだ。ぼくは先程、あの滝の前で、そのローズ・マリーという正体不明の娘の記憶につきまとわれてしまって、それをお嬢さんから切り離すために苦心していたんだが、そうか、やっぱり同一人物か。それなら、ぼくの気持は収まる……」

そう云い終えると、彼は何か大事な遺失物が、思いがけず戻って来た時のような安堵した表情を示した。

「そうだ、ローズ・マリーがぼくの不眠症で、そうして震災記念塔だったんだ」

と、Kは判り難い表現のなかに、自分の心の納得の状態を云い現わした。

「つまりだな、ぼくはあの火山岩のうえで、震災記念塔の話をしていて、急にお嬢さんの冷淡な視線を意識すると、慌てて自分の話を打ち切ってしまったと云ったろう。ところがぼくの中には、その回想の情景で、そうしたお嬢さんの冷淡な視線と関係なく、熱い共感をもってぼくを見詰めている別の視線が後をひいて残っているのを、漠然と感じていて、それが気に掛っていたんだよ。ところが、あの後で滝の前へ行った時、ぼくはあの白く繊細な水の流れを眺めているうちに、不意に奇妙な錯覚を感じることになった。君が小屋でぼくに思い出させてくれた、あの昼寝の時のぼくの不眠の顔をね、その別の視線がじっと同じ共感をもって覗きこんでいる、という現実にはあり得ない想像が、思い出のような懐かしさの感じを伴って、突然に現われ出て来たのだ。しかもその視線の持主がそのことをぼくの耳許で囁くように告げてくれている声が、流れの音のなかから聞えてくるんだ。そうして、ぼくがあなたは誰ですかと訊き返すと、その声は遠い時間の彼方から、ありありと透きとおった声で、ローズ・マリーよ、と答えたんだよ」

そこでKはグラスの残りを一気にあおるようにすると、こう云い足した。

「いや、あの夏のぼくたちが、今、あの時のままで年をとらずに生きていて、五十歳を過ぎたぼくが、こんな途方もないロマンチックな夢を口にするのを聞いていたら、とぼけた老人がいるものだ、と吹き出すかも知れないな。そうして、いや、その笑っている君たちの仲間の一人の三十年後の姿が、この私なんだ、と答えてやったら、今度は彼等はどんなに困惑した表情を見せるだろう。それにね、あの時の連中の半分以上もが、あれから間もなく、もう年をとることのない、時間のない世界へ移って行ってしまったんだから、彼等は永遠に五十歳の男の気持を味わうことは不可能になってしまっている。そして、あの無時間の世界への大移動のなかに、当時のぼくもまぎれこんでいるのかも知れなくて、だからここにこうしている現在のぼくは、あの夏の小屋にいた青年とは全く別人かも知れない。となれば、ぼくは今、別人である青年の記憶を何とかして甦らそうと努力している、後世の伝記作者のようなものだということになる。そう云えば、ぼくはあの夏、将来、哲学者になろうと考える傍ら、実証的文献的な歴史家にもなろうかと、迷っていた。金融機関に入ろうなんて、全然、夢想もしていなかった」

そこでKはまた、愉快さに耐えきれないように、笑いのなかに溶けこんだ。

「あの夏のぼくたちの精神状態について、今、ぼくは新たに思い付いたことがあるのだがね――」

と、私はKの笑いの波を遮った。

「それはこういうことだ。ぼくはこの間の晩、君のクラブで話していて、急にある恍惚とした気分のなかに導かれた。それをぼくは、桜色のもやに包まれた気分だと、自分に形容していたのだが、それは目に触れるすべてのものから強烈な幸福感が湧き出てくる、という感じだった。あの部屋の壁の模様からも、頭上のガラスのシャンデリアからも、足許の絨毯からも、君の羽織っていた上衣のチェックの柄からも。そうして、その気分がぼくのなかに不意に生れるきっかけとなったのは、君が秋野さんのお嬢さんという言葉を発音したのを聞いた時だった」

ということは、その幸福感がたしかにあの夏と秘かな、そして密接な関係があるということになる。長い間、眠っていた――そして私にとっては完全に失われていたといってもいい――あの夏の記憶が、その長い眠りの歳月のあいだで、次第に純化されて、丁度、時をかけて酒が醸造されるように、ひとつの濃厚なエッセンスとなったのだと考える。すると、あの恍惚感のなかにある諸々の要素は、いずれもあの夏の生活の気分の濃縮されたものだということになる。

「ところであの夏の生活の気分というのは、ぼくたちの当時の日常生活の延長であったのかどうか。それがぼくには大問題だと思う。あれは単なる学生生活の延長じゃないんだよ。あの夏、あの小屋へ集って来た連中が、協力して作りあげた、ひとつの非日常的な生の雰囲気だったのだ」

何故、そのような非日常的な生の雰囲気などというものがそこに出来上ったのか。それは当時の私たちがそれを本能的に熱烈に志向していたからである。では何故そのような非日常的な生の雰囲気を志向したかと云えば、それは勿論、私たちひとりひとりが日々、迫りくる暗鬱なカタストロフィーに対して、無力であったからであり、無力な者たちはせめて滅び去る前に、焔のように燃え上る充実したひと時を持ちたかったからである。そうした無意識の欲求にうながされた連中が、たまたまあの小屋に集って来た時、その共通の欲求だけがそれぞれのなかからあの生活に提供され、そうしてひとりだけ孤立していたのでは作りだすことの不可能だった一種独特の甘美な雰囲気をそこに醸成することに成功したのである。

「そうして、その雰囲気の象徴が、君にとっての秋野さんのお嬢さんだった。それはTにとっては聖トマスの神学だったかも知れず、Sにとってはニジンスキーだったのかも知れない。しかしいずれもそれはひとつの象徴というもので、またそうである故に、愈々、それは美しかったのだろう。もし、日常生活を現実と呼ぶとすれば、それは現実離れのした美しさだったと云ってもいい。それがひとつの願望の象徴である時に、ひとりの外国名を持つ娘への憧れよりも、ロシア・バレーや中世ヨーロッパ哲学への熱中の方が高級であるというような議論は実はどうでもいいので、問題はその熱中がどれだけ深く、当時のぼくたちを夢見させたかということ、どれだけその夢の深さがカタストロフィーの予感の悲惨さから、ぼくらの生命を救っていてくれたか、ということだろうと思う」

そこで私はふいと話の調子を変えた。

「君はあの夏、Hの細君が小屋に来た記憶がない、いや、実際に来なかったのだと云ったね。それから君の妹も来たけれども、彼女はぼくたちの生活の雰囲気に溶け合わないで帰って行ったと云ったね。そうしてそう云われた時、ぼくはまだ君の妹の面影を実際に思い浮べることができずに、だから或いは彼女の出現というのは君の思い違いじゃないかとさえ思ったものだった。ところがぼくは、今日の午後、峠のホテルの食堂で、突然にHの細君と君の妹とがそこにいた情景を思いだしたのだ。そうして、その二人はぼくたちの団欒から孤立して、食堂の端の卓にいた。そこのところがぼくには重要だと思われた。Hの細君にせよ、君の妹にせよ、あれはぼくたちが急に、あの小屋の生活の維持に対して共通の情熱を持ちはじめた時、金集めの決心をし、そうしてそれぞれの家に送金を要求したのだ。ところがHの田舎の家にしろ、君の東京の家にしろ、君たちの情熱を理解できなかった。君たちが突然に今までの日常生活から浮上しはじめたことが、それぞれの家のものには判る筈がなかった。そこで両方の家から細君と妹とが、様子を見がてら金を持ってやって来たのだよ。しかしぼくたちにとって必要だったのは、彼女らの持って来た金であって、それぞれの家の日常的雰囲気をそのまま持ってやって来た彼女らではなかった。彼女らが目の前にいるのは、Hや君やにとっては夢見るための邪魔物に過ぎなかった。だから君は妹を目立たないつつましい女というふうに故意に限定して考えて、仲間に入れてやろうとしなかったし、Hもわざわざやって来た細君を邪険に扱って、追い帰してしまった。ぼくにとっては、Hの細君や君の妹やらは、ただの他人だという意味で、他の仲間と同じことだったから、あの二人の若い女性をも当然、グループのなかへ含めるべきだと思い、そうして細君に対するHの態度を、非人道的だとか何とか云って非難したらしかったがね。しかし実は、あの冷酷さが自分たちの夢を育てるために必要なエゴイズムだったのだね。そうしてあのたぼの自殺だって、そう考えれば、一旦、あの小屋の雰囲気になじんだあとで、急にあの恐ろしい現実へ引き出された時、その苦痛はいよいよ耐え難いものになったわけだ。だから彼の自殺はあの雰囲気のなかへもう一度戻りたいという絶望的な衝動の現われだったんじゃないかと思われる。たぼにとってはあのカタストロフィーの時期は最も早く到来し、しかも一方であの小屋の生活はまだ存在していたのだから、悲痛感は最も強かったのさ。ぼくらはそれぞれ、あの小屋の生活の終ったあとで、目を閉じてそのカタストロフィーのなかへ飛びこんだのだからね」

「そうか、あの夏の生活は、あったものというより、作られたものだというのかね——」

と、Kが笑いやめると、手に持ったグラスを撫でるようにしながら、考え深げにゆっくりと云った。

「そうか。ぼくらが毎日の生活を愉しくするために熱中した、その熱意が毎日、その夢を作り上げていた、というわけか。そうして、ぼくと君とが三十年の後で、その夢の断片をこうして掻き集めて、もう一度、あの夢の城を再建しようと努力しているというわけか。つまりぼくらは、この三十年のあいだあの夢の城なしの日常生活に溺れていたわけだ。それを今になってその夢の城のなかでの生活の雰囲気こそが、本当に生きるためには必要なのだ、と気付いたというわけだ。我々の人生を、現実などというものの中だけに閉じこめておくことは、本当に生きることにはならない。本当の人生の閃きは、あの短かかった夢の城の生活のなかにあった、と直感するようになった、というわけだ。全く夢の城のない生活は、ただ惰性で年をとって行くだけの生活だったと、ぼくなどはつくづく思い知ったわけだから。そうして、夢の城の方から吹いてくる甘美な風を、かすかに頬に感じながら、改めて目の前の現実なるものをみると、それはただ俗塵《ぞくじん》にまみれたもので、その中を忙しげに動いている、女房や子供や、いやぼく自身までも、急にぼくにとって疎遠なものに見えて来たわけだ。だから、ぼくは慌てて、本当のぼくを探そうと走りまわることになったわけだと、そういうことになるか……」

そこでまたKは顔を上げて、私を見た。そうしてまた笑いを含んだ声で、快活に続けた。

「そうだ、そこで君に、さっきのあの滝壺のまえでぼくの味わった錯覚について聞いてもらいたい、ということになる。ぼくの空想のなかでの不眠の顔を覗きこんでいた、暖かい、熱いといってもいい視線の持主はね、ぼくにこう訊いたのだ」

その視線の持主、空想のなかに立ち現われたローズ・マリーは、こう耳許で囁いたという。「あなたは、それほど本当にあのお嬢さんを今でも好きなのね」。その言葉はKの胸を熱い液体のようなもので濡らせた。「あなたは毎日、あの教会へ入って行って、ひと気のない薄暗い礼拝堂のなかで、あのお嬢さんのことを思っていたわね」と、ローズ・マリーは続けた。「そうして、その気持のなかに、今のあなたはまた戻って来たのね」。Kの全身は、悲しいほどの懐かしさに包まれた。すると、その声は、更に説得するように云い足した。「あのお嬢さんが、このローズ・マリーなのよ」。Kは脅かされたように周囲を見廻したが、そこに見えたのは、水の流れに向ってしゃがんでいる私の背中だけだった。Kはそれから、今の不可解な言葉、冷淡な視線のお嬢さんと、熱い視線のローズ・マリーとが同一人物であるという謎のような託宣を追って、滝壺のまえの小さな平地を、行ったり来たりしたのだと云う。彼には不意に空想のなかに現われ出た、このローズ・マリーと名乗る女は、記憶になかった。しかし彼女の声は、彼を三十年前のあの夏の気分のなかへ、一気に引きこんでくれる魔力を持っていた。その声には、他の誰の記憶が甦らせてくれる以上の、たしかにあの夏の微妙で鮮かな感触があった。彼はそこで、その謎に平凡な解決を与えるために、あの夏に自分はお嬢さんだけでなく、このローズ・マリーという記憶にない娘をも、愛していたのだろうか、と考えてみることにした。あるいは、お嬢さんが自分に冷淡な分だけ、ローズ・マリーと名乗る娘が自分に心を寄せていたということだろうか。そして、自分が今、あの夏の懐かしい気分のなかに溺りはじめている時、記憶のなかで、満たされなかったお嬢さんへの想いを埋め合せるために、もうひとりのローズ・マリーの好意の記憶を、その渇えた気持のなかへ呼び出すことで、満足させようと無意識に努めているのだろうか。そうした衝動が、今のお嬢さんとローズ・マリーとは同一人物であるという託宣となったというわけなのか。しかしそれは解き難い謎だ。一体、あの夏のどこに、そのローズ・マリーが存在したというのか。あの滝壺の奥から聞えて来た透明で神秘的な声が、仄かに、黒くて長い裾を引いて彼の方にかがみこんでいる束の間の幻影を生みだした、このローズ・マリーという娘は、何物なのか。実在した娘か、五十歳の自分の満たされない思いが生んだ幻に過ぎないのか。——彼はもう一度、滝壺のなかからローズ・マリーの声が聞えてくるのを待ちながら、急に重くなって来た足で、相変らず流れの畔《ほと》りを往復しつづけた。そして、その足の重さは、歳月の重さなのだ、と漠然と考えていた。

「と、急にぼくのまわりに、あのお嬢さん独特の高い鋭い笑い声が聞えてくるような気がした。

その笑い声に、リュシエンヌの笑い声も混っているようだった。いや、他にも何人かの娘たちの笑い声も混っているらしかった。その笑い声は、ぼくの気持などは全く無視して、ただ明るく、何の苦しみもない心の底から吹き上げて来たような、噴水の発する水音のような感じだった。そうしてぼくは、その笑い声に弾き出されるようにして、君をうながして、あの滝の前を離れたのだ。あの時またぼくは、不意にあの教会の薄闇のなかで、ひとりで思いに耽っている自分の心の状態に突き戻されたのを感じたのだ」

　そこでKは急に話の調子を落した。

「そうか、あのお嬢さんは本当にローズ・マリーと呼ばれていたんだな。だが、ぼくの想い出のあちらこちらに生まなましく生きて動いているお嬢さんと、今日、滝壺のなかから聞えて来たローズ・マリーの声とは、やはりまだぼくには同一人物だとは納得が行かない。しかし、あの夏に、お嬢さんの他に、ローズ・マリーという別の娘がいた筈はないとすると、その謎を解明するために、明日は更に、探索を続けたくなってきた。たしかにその謎のなかに、当時のぼくの本質が突きとめられそうな気がするんだから。全くあの夏のお嬢さんの記憶は、ぼくの想い出の様々の断片のなかに、ばらばらにしか存在していないんだよ。そうして、そのそれぞれの姿が、仲々ひとりの娘の形をとって繋ってくれないんだ。というか、それぞれのお嬢さんの姿のなかに、それぞれの時の別のぼくの気分が濃厚に浸透してしまっていてね。その上、今度は、ローズ・マリーだ。しかもローズ・マリーという名が、名前のないお嬢さんへのぼくの接近を助けようとしてやって来たというのだ。その名前がお嬢さんのばらばらな姿を、いつかひとつに繋いでくれようというのだろうか……」

それからまたＫは、心の底にひそむ正体不明の快活の悪魔にくすぐられたように、爆発的に哄笑《こうしょう》しはじめた。私はそこに「夢の暈」にすっぽりと包まれたＫの姿を見た。それは、現在の彼と三十年前の彼とが、それぞれにローズ・マリーという娘と、お嬢さんとの幻影を抱きながら、二重写しとなって、笑いに身を任せている姿だった。

第八章　快楽の館

翌日、Kに部屋の扉を乱打されて起こされた私は、極めて複雑に入り組んだ夢見心地のままで、食堂に連れて行かれて、ジュースやトーストやコーヒーを次つぎと口へ運ばされた。そしてその間中、自分の頭を占めている「複雑に入り組んだ夢見心地」というものの内容を、茫然とした思考力のなかで整理しようとしていた。まず昨夜おそくKと共に酒盃を傾けながら、三十年前の過去への出入り作業を進めて行った挙句に、私は酔いの深まりの底で、自分の眠っていた過去の只中に遂に自分が到達したと信じたとKに向って表明し、Kもまた、いや自分こそ今、遂にあの夏の時間のなかに生きはじめたのだ、と誇りやかに主張しはじめた。そこから、この夢見心地は始まったのだった。そうして、バアの給仕から店を閉める時間だと、再三申し出られて立ち上った二人は、あの電燈の消された深夜の長い廊下での、普段なら殆んど感じないで歩いてしまうごく微かな斜面を、まるで胸突き坂を昇るような息遣いで、突当りの昇降機に向って、肩を組み合せ、足をからませ合いながら辿ったのだったが、そのようにして、いつ終るとも知れないその暗くて長い廊下を進みながら、Kが執こく繰り返す「いい加減なことを云うな。やっぱりお嬢さんとローズ・マリーは別人だぞ」という抗議の言葉に、私はその都度、「いや、断平としてお嬢さんとローズ・マリーは同一人物だった」と説得を繰り返していたのだ。それからKを彼の部屋のなかへ押し込むと、その隣りの私の部屋へ、辛うじて私は倒れこんだ。彼は自分の部屋の扉を閉める時に、「お前は偽の記憶のなかに迷いこんでいるのだ」と叫ぶようにした。その言葉に向って、私はズボンを脱ぎながらも心のなかで、「いや、あいつの立ち戻ったあの夏の世界と、おれの立ち戻った同じ時間の世界とは、それぞれ別の世界でありながら、どちらも本物なのだ。別の世界であるが故に、彼の世界のなかでは、お嬢さんとローズ・マリーとは二人の存在として生きており、私の世界のなかではそれはひとりの女性として生きている。……」そう反撥していたのを、微かに思いだす。それからベッドのなかで夜明けまでに何度も私は深い眠りのなかから、浅い眠りの表面にまで浮上し、その途中で、自分が複雑に入り組んだ夢のなかに迷い入っているのを感じると、その夢の正体を摑もうと努力を繰り返し、しかしそうしている間は、多分、それは非常に短い覚醒への試みであって、次の瞬間にはまた忽ち、もとの深い眠りのなかに引き戻されて行き、その引き戻される途中で、私は遁れようとしているその難解な夢の絡まりのなかへ自分が引きずりこまれて行くのを微かに意識しながら、その感覚は幾つもの快楽が入り組んでいるために、それが却って苦痛なのだ、自分はその夢のもつれた糸を、一本ずつ解きほぐして、ひとつずつの夢を別々に解放すれば、そのひとつずつの夢のそれぞれには、独特の類いのない快楽が含まれているのだ、と直感的に感じとり、その解き放ち作業に自分の意識を向けようと決心したと思うと、また新しい夢の層を通過しながら、浅い眠りの世界へ不意に浮上したのを感じ、先程、夢の糸の分解に取り掛ろうと決心した直後から、自分は何と深い意識の喪失の時間のなかで失心していたのかと驚き、そこでもう一度、先程の試みに意識を向わせようと決意するのだが、もうその時には、またもや難解な夢の層を、自分が逆戻りしはじめているのを感じて、水中に引きこまれる人のような救けを求める声を、眠りの外の室内の闇に向って挙げようとし、しかしその悲鳴は喉の外に出ないために、声を形成しないのだと気付いて絶望しかけ、しかもその絶望も心のなかに定着するに先立って、深い虚無のなかへ消えて行く。そうした奇怪な眠りと目覚めとの往復の繰り返しのなかで、ようやく明方近くなって、今度は底なしの深い眠りの奥に引きこまれたままになっていた、その状態の最深部から、私は突然にKの扉への乱打によって、無理やりに一気に、日の光りのなかへ引きずり出されたというわけだった。そうして眠りから目覚めへの自然の時間的経過を無視した暴力的な移動の結果、私は食堂の窓際の、透明で眩しい日の光りのなかで、昨夜からの「複雑に入り組んだ夢」の後味が、頭のなかを占領しているのを感じながら、ジュースのストローを折ってしまったり、コーヒーのスプーンを足もとへ落したり、紙のナプキンを膝のあいだに丸めこんだりを続けていた。

そうした私を見据えながら、Kは背を木の椅子に凭らせて反りかえった。

「まだ目があいてないらしいな。君はあの頃はいちばん早起きで、明方の森を研究するんだって、ぼくらが寝ているうちにもう庭に出ていたよ。そうだ、一度、君は朝っぱらから薪を割りだして、ぼくが窓から怒鳴りつけたことがあったぜ。何しろその音が寝不足のぼくの脳天に直にぶちこまれるような気がしたからな。しかし三十年近い勤め人生活の習慣は恐ろしいもので、昨夜、あんなに遅く泥酔して寝ても、ぼくは朝七時になれば、ちゃんと起きて正気になる。しかし昨夜は君は、随分、難解なことを云いだして、ぼくの頭を混乱させたぜ。君の大演説のおかげで、悪く酔ったんじゃないかな」

私はそういう優越感に満ちたKの言葉に、相変らずの複雑に入り組んだ夢の後味のなかから反論した。

「いや、今、君の言葉で思い付いたんだが、昨夜、一晩中、ぼくは実に複雑で入り組んだ夢を見た。その正体が突然に判った。つまり君は昨夜、バアでこういうことを云った。君の思い出とぼくの思い出とが、同一の事実から出発しながら全く別のものになっているのは、ぼくが偽の記憶を引き出しているんだと。君はそう主張したんだが、それを聞いているうちに、ぼくは同一の事実から出発し、各人が各様の別の記憶を持っているのは、実は一方が真実で一方が偽だ、というふうにはいかないんじゃないか、とそう考えるようになったんだ。つまり、各人の記憶は、ひとつの情景が孤立してあるんじゃなしに、ひとつの連続した世界を作っているんだよ。だから、その君の世界のなかでは、たとえばぼくは緑色のベレーを年中かぶっているし、ローズ・マリーとお嬢さんとは別人なんだな。ぼくの記憶の世界では、それらは全部、否定されるのだ。しかし、もし、それらの記憶がぼくの抗議によって君の世界から消されるとしたら、多分、君の記憶の世界そのものが大きな穴が開けられて、崩壊してしまうだろう。同様にしてぼくの記憶の世界のなかでは、緑色のベレーをぼくは絶対にかぶることはないし、お嬢さんとローズ・マリーとはあくまで同一人物なんだよ。それを君は昨夜、ぼくの記憶の間違いだと云って否定したんだが、しかし、もしぼくの記憶の世界のなかで、ぼくが緑色のベレーをかぶったり、ローズ・マリーとお嬢さんとが二人の人物に分離したりしたら、ぼくの出来上りかけている記憶の世界は、矛盾だらけになって分解してしまい、統一的な連続的な世界は成り立たなくなってしまうんだね。そこで、各人は各人の別の記憶の世界を持っていて、その記憶の世界と現在の自分とのあいだには必然的な繋がりがある、ということになる。そして、その記憶の世界と現在とのあいだに連続を維持するためには、他人の記憶との矛盾は、矛盾として承認するより仕方ないだろう。と、そういう結論になりそうなんだ。そうして、その矛盾を解消しようとして、君とぼくとが話し合いで無理に妥協点を発見して、二人で共通の記憶の世界を作り上げてみても、その妥協的非個性的記憶の世界というものは、死んだ記憶の剝製《はくせい》にすぎないので、当人の生きた血の通ったものではない、ということになる……」

Kは機嫌よく笑いだして、口を挿《さ》しはさんだ。

「なる程、文士というものは奇抜なことを考えるものだね。そしてその奇抜な説を拝聴しているあいだに、段々それが本当らしく思えてくるところが面白い。まあ、それが本当らしく聞えてくるからこそ、君らの職業も成立するんだろうが。我々の社会では、たとえばうちの企業の連中が、それぞれ別の世界を持ち歩いたりしたら、全然、仕事にならないからな」

そこで私は早速、云い返した。

「しかし君はそうしたひとつの企業という統一的世界の像から、君を切り離すために、この旅行へ出た筈だぜ」

Kは一瞬、困惑した表情になり、それから何を思ったのか、いきなり卓上のコーン・フレークスの食べ残しの皿を、私の前に突き出した。

「見ろよ。思い出すだろう」

私は咄嗟に叫んでいた。

「そうだ。あの夏は朝はコーン・フレークスを皆、食べることに決っていた。そのために、ぼくは皆より早起きして、村へ牛乳を取りに下りて行ったんだ」

そこでKはまた誇らしい表情で云い返した。

「どうだ、この皿一枚で、君の記憶の世界とぼくの記憶の世界とは見事にひとつに繋ったじゃないか。早く目を覚して、探険に出発しよう。今日は、いよいよ記憶のなかのお嬢さんの住んでいる城、秋野さんの別荘へ行くんだよ」

私たちは有刺鉄線の張り巡らされた木の杭《くい》の並んでいる柵に沿って歩いていた。それは深い森の一部を庭に取りこんで、そうした塀で囲った別荘が住宅地のように門を列ねている地区であった。季節の前で、大概の家の二本の門柱の間には、両開きの背の低い木の扉が閉じられていたり、鉄の鎖が渡されてあった。Kはひとりで自分の観念の奥に何かを追い求めているらしく、微かな微笑をその顔の表面に幸福そうに漂わせて、黙って足を運んでいたが、急に立ち停ると、深い梢の差し交している奥の方を指差して、急に叫んだ。

「あれだ――」

その梢の奥には、大きな緑色の屋根が、その古ぼけた色のまま浮び上っていて、その屋根には、幾つかの小窓が木の鎧戸《よろいど》によってふさがれて並んでいた。

「リュシエンヌの家だな」

と、私も勢いこんで云った。この屋根の突然の出現は、私には、地理上の点の移動によって、当然に私がその前に到着したというより、Kが何かのトリックを使って、――つまり自然法則を無視して――虚無のなかから空中へ幻出させたもののように感じられた。同時に胸のなかに一度に無数の記憶が立ち現われようと、競い合っている気配が強く突き上げて来た。

二人は急に手綱を解かれた馬のように、柵に沿って足を速めた。広い門の門柱の片方には、三枚ほどの白く塗った板が掲げられ、そこに、それぞれの外国人の人名が黒く記されていた。

「この家は大きいから、今は、何家族かに分けて、住んでいるんだな」

と、Kは呟いた。

私は門をふさいでいる背の低い扉に上半身を凭せかけて、広い芝生の庭を覗きこんだ。庭には西洋風の途方もなく背の高いブランコの綱が垂れ下っており、そのそばには、金属の卓や椅子が出し放しに置かれていて、その奥には洗濯物を乾すための紐が幾本か横に渡されてあるのが見えた。建物そのものは数本の大きな樹の茂った梢の向うに正面を覗かせていた。

横に長い緑の屋根から物見のように四角に突き出た小窓が、梢に半ば覆われて私の目に入った途端、その窓の小さな木の鎧戸が突然に両開きになった。そして鮮かな日の光りのなかに、輝いた金髪の頭が覗いた。そして下の芝生に向けて、何かフランス語で叫んだ。私の視線が芝生の上に移ると、そこに白いシャツを着た長身の娘が、自転車にまたがったままラケットをかざして、屋上の金髪の娘に向けて、合図を送っている……

私の複雑に入り組んだ夢見心地のなかでは、それを三十年前の記憶とか、三十年後の幻影とか反省してみる余裕はなかった。この二人の娘を包んでいる庭の空気全体がひとつの夢となって、私の目の前に現出したのである。小窓の金髪は引っこみ、それから忽ち建物の左端のフランス扉から、飛び出して来た。金髪娘もまた手にラケットを振っていた。それから二人は自転車を並べて、私の立っている門柱の方へ走って来て、釘《くぎ》で打ちつけてある木の門扉を幽霊のように素通りし、それから私の身体の脇をすり抜けるようにして、森のなかの褐色の土の道を、テニス・コートの方へ消えて行った。

「リュシエンヌとローズ・マリーは毎日、テニスをやっていたね」

と、私は茫然とした気分のなかで呟いた。

「あの二人が——リュシエンヌとお嬢さんが——組んで、そうしてぼくらの方はTとFとが組んで、それでダブルスの試合をした。そして男性組が見事にやられてしまった」と、Kがやはり夢のなかで答えた。Kはやはりその夢のなかで、お嬢さんからローズ・マリーを細心に引き離しているようだった。それから、

「君は皆に羨まれたんだぜ。彼女たちの取った賞品の学用品を、コートでお嬢さんが直ぐ君に呉れたんだから。おれは嫉妬で気が変になりそうだった。そうだ、お嬢さんから君は、別の時にボードレールの詩集も貰ったんじゃなかったのかい？」

と付け加えた。

「覚えていないのか。それは奇麗な藤色の表紙の本だった。それを君は、ぼくらの小屋に来ていた――うん、何という名だったかな、どこかの国際文化交流の団体の嘱託になった男だよ――その男が、仏印へ行くというので、君は餞別にその本を、その男にやってしまったんだぜ。何という怪しからん男だとぼくは思った。それから二週間ほどして、その男の乗っていた船が、途中で沈没して、その男は海の底に沈んでしまった。その知らせを、あの本通りで会ってお嬢さんに知らせると、彼女は……」

そこでKは一瞬、顔の表情をゆがめた。

「あの人はともかくとして、海に沈んだボードレールの詩集は惜しかったわね、と答えたんだよ。おれは心の底まで凍りつくようなショックを受けた。その時、あのローズ・マリーが、あの人は時々、あんな気の狂ったようなことを口にするので、周りが困るのよ、でもそうした瞬間が過ぎると、あの人はひとりきりになって、あの海に沈んだ人のために涙を流すと思うのよ。だから、あの人を許してあげて、とぼくの耳許で囁いてくれた。あの年頃のぼくは、馬鹿な小娘の放言だなんて一蹴するだけの余裕のある気持には全然なれなかったからね。その一方で、ついこの間まで一緒に暮していたあの男の不幸な死を深く歎くとか、無理やりに生命を奪われた友人の運命をいきどおるとか、そのような理不尽な行為を彼に押しつけた者に対して激しい怒りを覚えるとか、そういう気持を抱いたという記憶が全くない。そうした気持になったのは、あのカタストロフィーが済んで、ぼくが生き残ってしまってからだ。あの頃は多分、自分の友人というより、自分の一団のなかのひとりが、また死のなかへ奪い去られたという、来るものがただ来た、熟した果実が枝を離れたといった感じしかなかった。ぼく自身が死んだとしても、同じ感慨しか持たなかったろう。そういう意味では、ぼくは——いや、ぼくらはもう、半分、人間じゃなくなっていたんだな。そういう非人間的な雰囲気のなかで、あのお嬢さんの冗談だか何だかの不謹慎な言葉も、飛び出して来たのかも知れないと、今は思うがね。しかし、あのお嬢さんの言葉を、海に沈んだ男の肉親が聞いたら、彼女はぶち殺されてしまったかも知れない」

そうしたKの感慨を引き取るように、私もこう付け加えた。

「結局、リュシエンヌもローズ・マリーもぶち殺されてしまったんだよ。ぼくら全部がぶち殺されてしまったようにな。ぼくや君やは、あのあとで築かれた巨大な死骸の山のなかから、記憶喪失者のようになって、這い出して来たのさ。リュシエンヌやローズ・マリーだって、今、ヨーロッパのどこかで肉体は生きて亭主や子供たちと日常生活を送っているかも知れないが、彼女らだって死んでしまったんだよ。いや、死んでしまった若い娘たちが、今、この芝生のうえで夢のなかに生きつづけて潑溂と動きまわっているんだよ——」

今、長身の姿勢のいい中年の男が、フランス扉から、大股に歩み出て来た。そして、家のなかへ向って何か大声に叫ぶと、後を追うようにして、小さな男の子と女の子とが飛び出して来た。そして、ブランコの板に乗ると二本の綱にそれぞれかじりつき、男が声を掛けながら、板に結んである綱を引いて、ブランコを漕《こ》ぎはじめる。二人の幼児は大声で、「パパ、パパ……」と叫んでいる。

「リュシエンヌには、小さい弟や妹がいたな」

と、私は目のまえの光景を眺めながら云った。

「いた、いた。女の子の方が、あのブランコから落ちて、膝から血を流したことがある」

　私の目の前で、転がり落ちた女の子に向って、ひとりの青年が駆け寄って抱き起し、そして傷口を見ると、直ぐ自転車にまたがって、子供の父親に、村の薬局へ行って薬と包帯を買ってくると叫んで、忽ち走りだした。そして私の傍らをすり抜けて、森の小路のなかへ消えて行った。

「その時、ぼくが薬局へ走ったんだ。あの子供の父親に頼まれて……」

と私は云った。

「そうじゃないよ。ぼくが小屋まで走って行って、Fをつれて戻って来て、手当てをさせたんだ。君はただうろうろして、痛いだろう、痛いだろうと、自分が痛いようなことを云っていただけだ。それにあの時は両親とも留守でね、薬箱がどこにあるのか子供たちに判らないんで、それでFを連れに行ったんだ。母親がいれば、あれは実用的な能力のあるおばさんでね、すぐ自分で子供の傷ぐらい処置したさ」

と、Kは私の幻想を断ち切るように答えた。

しかし、私の目の先ではかつての私であった青年が、幼女を芝生のうえに仰向けに寝させ、小さな脚を自分の膝のうえに引きあげて、傍らの洗面器の水でゆすいだハンケチでその小娘の膝の泥を拭いてやり、それから消毒液を真綿にひたして傷口をしめし、その上で包帯を包んだ包装紙を手早く破いて、白い布を膝に巻きはじめていた。そうして、私は突然にその幻影のなかの芝生のうえの青年の心のなかに今、門の外でその光景を眺めている自分が吸いこまれるのを感じた。

と同時に、私の瞼のうらには、鮮かな赤い花のような血が、まばゆいくらいの小さな白い膝のうえに拡がるのを見た。いや、その血の花の上方のやはり脱けるように白い内股に、急に激しい官能的衝動を与えられるのを感じたのである。

「あのリュシエンヌの小さな妹はオデットという名前だった。いつもSが遊んでやっていてね。そうだ、リュシエンヌの一家が、政府の命令で、どこか収容所のようなところへ連れて行かれる時、Sは本通りの坂道を、オデットの名を呼びつづけて追って行ったんだよ」

Kはそこで急に何かにつまずいたように、話しやめると怪訝そうに呟いた。

「まてよ。敵国人の収容所送りのあったのは、あの翌年のことだな。そうすると、おい、あのぼくたちの小屋は、ふた夏続いて開かれたということになるか。いよいよ判らなくなって来た。マダム・ヴォルテールはふた夏、続けて通って来たわけなのかな。それともやはりあれはすべてひと夏のことだったのか……」

その時、芝生のうえの青年に戻っていた私は、膝のうえに伝ってくる暖かい血の感触が、異国の幼女から一匹の毛深い大柄な犬に変っているのに気が付いた。ほとんど人間の子供ほどもあるその大きな犬は、いかにも信頼に満ちて若い彼の膝に頭を任せ、彼が撫でてやっていると、きゅうきゅうと虫のような鳴声を洩らしている。

「アルゴスだ」

と、私は囁いた。

門の外の私の肉体の傍らに立っているKは、それに続けて口をきった。その声は建物の前の青年の耳には、遠くから聞えて来た。

「アルゴスか。あれは凄い犬だった。皆で自転車を走らせて行くと、どこまでも駆けて追いかけてくる。それに首に買物籠を下げ、注文のメモと金とをその中へ入れてやると、買物にも行ったものだ。尤も一度、途中で仲間の雌犬に出会ってついて行って、その雌犬の飼主の家の台所に、肉の包みを置いて来てしまったことがあった。あいつはあとで申し訳なさそうに尻尾を垂れて、その家まで女中を案内して行ったがね」

そこでまた私の心は、門のまえの五十歳の私の肉体のなかへ戻って訊き返した。

「君、そんなにリュシエンヌの家の生活に深入りしていたのかね」

「どうもそうらしいな。ぼく自身、今、驚いていたんだが、その女中と一緒に、アルゴスを先頭に立てて、ぼくものこのこ出かけて行ったのを思い出したから。あたりは段々暗くなる。その女中は東京のリュシエンヌの家から連れて来た娘だったが、恥かしがりやの田舎娘でね、知らない家の台所で声をかけるのは恥かしいというので、ぼくが戸をあけて顔をつっこみ、怒鳴ってやったんだが、丁度、そこに、ぼくと目と鼻の先にその家の主婦が料理を作っていてね。うちの犬を誘惑するのはやめるようにお宅の犬を監視してくれ、子供ができたら弁償してもらうからと、大変な見幕だった。それをぼくのうしろで小さくなって聞いていた女中は、何しろまだ小娘だから、犬の交尾のことなど聞かされて、すっかり動転してしまってね。しかも帰り道はもう日が落ちかけて、森のなかの小路はそれでなくても足許が危いので、ぼくが手を引いてやろうとすると、今の犬の妊娠の話の影響なんだろうが、そうしたぼくの親切を性的なものに誤解して、悲鳴をあげてここまで逃げてくるという騒ぎでね、いや閉口したものだ」

私は先程の、リュシエンヌの小さな妹の内股の白さに欲情が突きあげて来た記憶を、またもや思い起した。そして、

「本当に君、その暗い道のなかで、その女中の小娘に欲望を刺戟されたわけじゃないのかい?」

と、私は咄嗟に奇抜な質問を口にしていた。

Kは不意に私の顔を凝視した。

「随分、妙なことを訊くな。そんなことはあり得ないよ」

それから、彼は自分の心のなかを覗きこむような表情になると、

「いや、それは感じたかも知れない。しかし、そうした瞬間的な欲望は、若い時は何もここでなくても東京の街中でも電車のなかでも、どこでも、いつも感じたんだろう。それが若者というものだ。だが、そうした衝動的な欲情は、その場ですぐ消えて行くもので、それはぼくのいい、お嬢さんの記憶の探究とは、何の関係もないことだ。そんなことに気をまわす君は変だぜ」

そう答えて、彼は私を引き離すように、歩みを先に進めはじめた。

リュシエンヌの家の地所を区切る有刺鉄線の柵が終るところに、ごく狭い道が仄暗い木々の奥を覗かせていて、それを境いに秋野さんの別荘の木柵が目に入って来た。私の心のなかには、突然に嵐が捲き起る時に、物音を含んだ風が迫ってくるような、一種の爽快な圧迫感を伴った懐かしさが襲って来た。それは懐かしさという遠い過去の時間への抒情的な心の揺れというより、その過去の時間そのもののなかへ私の心が風によって運ばれて行くような現象だった。それは私の予想とは全く異るもので、予想としては青年の私は、この家の前まで数回来たことが

あったろうという、だから入口を見れば自然と心のなかに一種の記憶らしい雰囲気が微かに古い旋律のように甦ってくるかもしれないという仄かな期待であったのが、忽ち私は例の濃厚な桜色のもやに包まれてしまったのだった。そしてそのもやはこれこそ本物のあの夏の時間であるという確信を感覚に対して与えるものであり、それに比べれば、あの晩のKのクラブでのもやは、この今のもやの単なる複製、模造品に過ぎない、という感じをさえ抱かせるものだった。

既に私の心は柔らかい芝生のうえに飛んでいた。リュシエンヌとアルゴスとが境いの小路を幽霊のように通り抜けて来て、私の前でふざけあっていた。そうして、あの白いシャツと黒いズボンのS・ニジンスキーが何と見事なとんぼ返りを続けながら、庭の樹のまわりを跳びはねているることか。私にはそのSの突飛で激しい動きが、この家の中にいるひとりの娘に対する彼の燃え上るような情熱の現われであることが感じられている。その情熱は仲間の私たちに対するてれくささというような感覚は全く無視した純一なもので、あまり純一であるために、その感情はお嬢さんに対する仲間の共同のひとつの憧れから飛び出してしまっているだけでなく、当のお嬢さんの頭上をも飛び越して、空想の世界へ落下しているものであった。だからKもSに対してだけは嫉妬の情も感じる余裕がなく、茫然として眺めているより仕方のない態のものであった。

実にSはそのように激しいとんぼ返りを繰り返しながら、大声で「愛している、愛している」とフランス語で叫んでいるのだった。そうしてその叫びがあまりに明らさまであるために、それは私以外の人間には、ジャン・コクトーの詩の朗読だとしか受けとめられていないのだった。そうして、その詩を詩人自身が朗読したレコードを、この別荘の主人が、いつか私たちに聴かせてくれたのであった。秋野さんはそうした作家や詩人の自作を吹きこんだレコードの珍らしい蒐集を、この別荘に持って来ていた。そのなかで特に若い私を感動させたのは、ジェイムス・ジョイスの朗読であって、それによってそれまで全くの謎であった、あのダブリン生れの国際的作家の世界が、一時に私のまえに明るく開けるのを覚えたものだった。

「これが『ユリシーズ』なんだよ。あのぎごちない、言葉自体の官能性を無視した日本訳とは、全く別のものだと判ったろう」

という、秋野さんのあの独特の柔らかく、そしてどことなく現実の物の匂いの欠けている不思議な声が、耳許に甦ってくる。それから秋野さんの例の連想の八艘飛び——と当時、確か近江先生の渾名した、激しい発想の飛びはね——から、レコードが停ったと思うと、もうチューリッヒの湖畔のホテルの深夜の市電の音の話になっている。それからパリの近代派の画家たちがスイスに来ると必ず訪れる「女王の戴冠室」とかいう豪勢な名前のレストランの料理の話に、いつのまにか変っている。それからその店の常連とある著名な画家との同性愛の話から、また一転して市の郊外の大きな墓地の眺めと、そこに作られる筈のジョイスの墓のデザインに見られる俗悪さに対する苦情、それから横滑りしてパリのモンパルナス墓地の十九世紀の文学者たちの墓の批評、それからペール・ラシェーズ墓地のオスカー・ワイルドのエジプト風の褐色の墓から、再びプルーストとジードとの同性愛観の相違についての熱心な感想……

そうだ、当時の秋野さんの話の道筋は、奇妙なところでいつも不意に同性愛という穴に落ちこんだものだ。そうして、それは男だけで合宿生活をしている私たちを急にむずがゆくさせるような気分に落ちいらせたものだった。そのむずがゆさから自分たちを引き離すために、私たち一同の気持を一層お嬢さんの方へ押しやるようにうながしたということもあるのだと、ふとした瞬間に、若い私は気付いたものだった。と同時に、私の心の奥でその推測がリュシエンヌとローズ・マリーとの同性愛という、途方もない思い付きにまで私を誘ったことがあったのだった。

それは私だけの秘密だった。しかし確かに私は暗い夜の道で二人の娘の身体が不必要なまでに絡まり合ったり、熱心に話し合っている最中に、たえずリュシエンヌの大きな掌がローズ・マリーの背中や首筋を撫でまわしたりするのに、気付いていた。そして、そうした愛撫が執こく長びくと、急にローズ・マリーが息をとめて、視野が濁ってしまったような表情になることも。「歯が痛いのですか」とKは無邪気に聴いたものだった。それからローズ・マリーの指がズボンの下ではちきれそうになっているリュシエンヌの腿のうえを虫のように這いまわると、それは一見、若い娘らしい単なる親愛の情を示す接触欲と外見上は見えるけれども、そうした時にリュシエンヌの瞼に微妙な痙攣《けいれん》の走るのをも、私は見逭さなかった。そうだ、その二人の異常な接触の匿れた意味に気付いていたのは、私だけではなかった。当時、お嬢さんに対する軽薄な熱中に参加していなかった篤信家のTは、ある時、ローズ・マリーの頰近くにリュシエンヌの唇が寄せられて、そして彼女の呼吸が微かに乱れるのを敏感に意識すると、唐突にその情景から首をねじまげて、視線を窓の外の景色に転じてしまったのだった。そのTの唐突さが逆に私に、その瞬間でのリュシエンヌの肩の肉の、大きな呼吸に伴う、普通でない上下運動に注意させることになったのだった。しかし、仲間のうちで誰が他にそうした二人の娘のあいだに流れる妖しい雰囲気に気付いたものがいただろう。当時の若者たちの感覚にとって、そうした女性の同性愛というようなものは意識の端にものぼらなかったろうから。早い結婚生活によって成人の性感覚に慣れ親しんでいたHは、私たちのお嬢さん病には感染しないで、「あの二人の娘は子供だよ。犬みたいにいつもじゃれているじゃないか。色気付けば恥かしくて人前であんなふざけ方はできなくなるよ」と冷笑していたくらいである。

いや、そうではない――庭先の大きな樹の影の下に、今はSの姿は消えて、代りに二人の娘が横になって話をしている。そうして、話の感興が乗ると、二人の頭が急に動いて、小鳥のような軽い接吻が交される。それはごく無邪気な罪のない唇の接触に見えるのだが、しかし、ヴェランダの籐椅子からその情景を眺めている、ひとつの瞋恚《しんい》の目によって、その情景は突然に極めて罪深い呪われた遊びの様相を呈してくるのだった。私は今、日の光りの影になっていて表情の窺いがたいその人物のなかに、心が滑り入るのを感じた。そしてその人物が、全く思いがけなくもローズ・マリーの兄のアンドレであることに気が付いた。そうして、同時にそのアンドレの心の状態そのものを、生まなましく体験することが出来た。何とその怒りの目の奥にあるのは、実の妹に対する暗い情熱なのである。それはそれまで単なる肉親として扱っていた妹のなかに、ある時彼が突然に異性の肉体を意識した瞬間から衰えることなく持続している恐ろしい感情だった。そしてその感情が昂まれば昂まるほど、隣家の娘に対する嫉妬と憎悪とは燃え上って行ったのだ。

そこで不意に、私は自分の思いの流れのなかに浮き上って来た「肉親」という言葉に、意識を中断させられた。そしてその中断が私の心をヴェランダの上の混血の青年の肉体から離れて、門の前の五十歳の肉体のなかへ戻らせた。

「一体、アンドレとローズ・マリーが兄妹だというのは、どういう関係だったのかね」

と、私はKに訊いた。門柱のうえに掲げられた白くペンキを塗った板を眺めていたKは、驚いたように私の顔を見た。

「つまり秋野さんの姉さんか妹さんかが向うで外人と結婚して太郎を生み、それから未亡人になって今度は日本人と恋愛してお嬢さんを生んだ、というようなことじゃなかったかな。ぼくはあの太郎という奴が、妙にぼくら日本人を見くだしているような態度が、大嫌いだったな。そうだ、あいつは二重国籍を持っていたので、あの年のあとで引っぱられて、随分、ひどい目に遭わされたらしい。たしか南方で行方不明になったという噂を、誰かから聞いたよ。何しろあの男の日本人嫌いは徹底していて、妹のお嬢さんをまで、まるで他人のように突き離していたんだから。一度、ぼくはたまりかねて、彼に文句を云ったことがある。すると兄妹の感情の領域に他人が口を入れるのは無礼だとか何とか云いやがった。それでぼくは兄なら兄らしくしたらどうだと云い返してやったら、それは君の誤解だ、そんな罪深い感情をぼくが妹に持っているなどという想像は許せない、とか云って怒りだしたんだが、何で兄と妹とが仲良くするのが罪深いのか、ぼくら日本人には全然、想像がつかないやね。ともかくあの太郎という男は半気狂いだったよ」

半気狂いというKの言葉が、あの青年がひとりで芝生のうえを、ぐるぐると歩きまわっていた異様な姿を、私に思い出させた。その時私はこの家の門から何気なく入ろうとして、そのただならぬ雰囲気に思わず足を停めてしまったものだった。彼は何かの目に見えない糸に操られるように、また何か得体の知れない鬼に追いまわされるように、あの大木の幹のまわりを大きく廻りつづけていた。その姿はあたりに次第に立ちこめてくる夕闇のなかで、長い影を曳きながら、ひとつのシルエットと化しつつあり、それがその異様な雰囲気をいよいよ濃密なものに変えて行ったのである。そうだ、その時、私は視線の端にやはり異様な明るさを感じて、目を上方に向けた。するとそこに真紅の夕焼け空があった。半ば太陽を覆っている金色の雲のなかに、一本、血のような筋が生まなましく現われ、それが私の中でリュシエンヌの妹のあのオデットの膝の血の記憶と溶け合ったと思うと、突然に太陽は姿を没し、あたりに闇が濃くなった。そしてその夕映えのなかでの陶酔の時間がどれほど続いたのだったか、もう一度、目を木の下に転ずると、アンドレはもう姿を消していた。私はそれを彼が単に家のなかに入ったというふうには感ぜず、この闇のなかに溶けてしまったのだというような途方もない幻想から遁れられなかったのである。だから、私はその翌日かに、街で口笛を吹きながら歩いている彼と出会った時、まるで幽界から帰って来た人を見るような驚きで、彼を見つめたものだった。

しかし、あの夕暮れの透きとおったような空気のなかで、目に見えない長い綱で木の幹に繋がれたまま、芝生のうえに曳く長い影から一心に遁れようとして、円を描きながら歩きまわっていたアンドレを、その時追いつめていた想念は、間違いなくあの仄暗いヴェランダから梢の下の二人の娘を見詰めていた、あの瞋恚の目の奥に潜むものと同じ情念だったのである。

あのアンドレの罪深い情熱、それから二人の娘の表面的な無邪気さの底に潜む暗い情欲的な関係、それから機会あるごとにこの別荘の主人の話の道筋が到達する同性愛へのほのめかし、それらのものはひとつになって、この建物を当時の私に、それが禁じられている感情であるが故に尚更、胸を顫わせるような思いで見詰めさせていたものである。そうだ、私はこの建物を秘かに「快楽の館」と名付けていた。当時においては、快楽というものが社会的に、まさに禁じられ抑圧されていたが故に、そうしたこの邸の持っている、表面に姿を現わすことのできない情欲の底流は、あの頃の快楽という言葉の漂わせている禁忌的な雰囲気と、奇妙な調和を見せていたのである。

しかし私は、そうしたアンドレのローズ・マリーへの感情、ローズ・マリーとリュシエンヌとの感情、秋野さんの感情、のそれぞれの層の重なり合いの底に、さらに根本的な別な感情が潜在し、それがそれらの諸々の感情を背後から支配していた筈だったと思い付いた。しかし、それが一体、何であったのか。そうして若い私が、どうしてそのような奥深い罪に満ちた感情に気付いていたのか？——私の意識は記憶の敷居の傍らまで、そのように滑って行った。その時、私はKから肩を摑んで引き戻された。

「駄目だよ、君、勝手に入っちゃ」

そのKの言葉は想像の領域に不遠慮に闖入するのを彼が私に禁じたのだと、私に一瞬、錯覚させた。しかし、彼が口にしたのは全く別の現実的な注意であった。

「この家は今、別の住人が住んでいるらしいんだ。見ろよ」

なるほど、門柱のうえの白い矩形の板には、今はほとんど引退したようにして活動をやめている老作曲家と、その妻で昔オペラのプリマを演じた女性の名が、並べて横書きしてあるのが読みとれた。

「老人だから、春になると直ぐこっちへ来れるんだな」

と、Kは芝生の奥の建物を覗きこむようにして呟いた。

別の住人のいる以上、秋野家の庭への侵入ははばかられるので、私とKとは、秋野家とリュシエンヌの家との境いをなす、人ひとりがやっと歩けるほどの狭くて中央の凹んだ仄暗い小路を、ゆっくりと奥へ向って進んだ。そうして、低い柵越しに秋野家の台所の覗けるあたりで足を停めた。その台所は、多分、その後の三十年間に、何度も改修され、近代化されたのだろう。長く突き出た、薄い空色の合成樹脂か何かの板が、裏の空地のうえを覆い、そして今、そこで無地のズボンを穿いた老婆が、時々、地面にしゃがんで何かをしていた。空瓶や空罐の整理でもしているのだろうが、それは奇妙なことには、私には一種の永久運動のように見えた。極端に引き伸ばされた緩慢な時間がその空間を支配していて、そしてそのほとんど無時間とさえいえる空間のなかで、その老婆は終ることのない動作を繰り返している。その行為には何の未来もない、従って何の新しい要素もその行為からは生れて来ない。つまりそこには何の創造というものもなく、だから無時間なのだが、そうした中でその老婆は今、心安らかに上半身を起したり伏せたりしている。それが老年なのだ、と私は思った。その時、老婆はまた首をあげると、家のなかに向って、何かを呼び掛けた。その声は異様に若々しく、そして頭を覆っている赤い模様の布の下の横顔は、その高い調子と共に、私に突然に、往年の名ソプラノ歌手の面影を、微かに記憶の底から甦らせた。それは厚い氷の下に閉じこめられた木の葉の模様を、氷の表面から透し見る時に似た、遙かに底の方に凝固している若さと創造との輝きだった。それが今は、長い老年のなかでミイラのようになって残っている、という感じだった。残っているのは往年の形式だけであり、内容はとうの昔に息絶えている。そうした若さの実質でなく面影だけが、遠い谺のように生き残っているというのが、私たちの年齢の人間にとって、老年というものを不思議な恐ろしさに見せるのではないのか、と私は思った。私はいつのまにか、あのKと話しあったクラブでの晩のあとの、私の寝室のなかでの孤独な「夜の思想」のなかへ立ち戻っていたのだった。

老婆の呼び掛けに答えて、母屋の庭先に近いあたりから、男の声が戻って来た。いや、それも男の声というより、かつて男性であったその内容が消滅して、形式だけの残存している声といった空虚さだった。私は柵に沿って数歩引き返し、そうして、建物の入口近くのヴェランダを見た。そこの軒下には鳥籠が吊してあって、その戸口を開けて、今、ひとりの老人が小鳥に餌をやっていた。その鳥籠を覗きこみながら、老人は落ち窪んだ頬をゆがめたり膨らませたりしながら、口の恰好を絶えず変化させている。私は老人が何か胡桃《くるみ》でも頬ばっているのかと思った。が、忽ち私には判った。老人は口笛を吹いているのだ。いや、かつてそこから息が出てくる度に、ひとつの旋律を空気のなかに送りだした唇が、今はそれだけの力がないので、形だけを模倣しながら、その旋律をこの老いたる肉体の内部だけに描きだしているのである。口笛もまた年老いたのである。

私は不意に、この夫妻が三十年前のある昼に、本通りの坂道を腕を組みながら降りて来た光景を思いだした。そうだ、その時、当時既に巨匠であった作曲家は、ステッキを振り廻しながら、彼自身が国家的祝典のために作曲したばかりの儀式用の歌曲の旋律を口笛で吹いていた。そして、その時、彼が袖を通さずに伊達《だて》に肩にかけていた、当時としては非常識としか見えなかった赤系統のスエーターが、今、小鳥の籠を覗きこんでいる老人の上半身を包んでいる！そうだ、そうして、やはり当時としては、このいわゆる上流階級の集る国際的な避暑地でしか見られないように、夫の腕に自分の腕を大胆にからめた中年のオペラ歌手は、やはり今と同じように派手な布で、頭髪を覆っていたのだ。

そうだ、そうして、その光景を私たちは通りに面した喫茶店の卓から眺めていて、そしてその座の中央にいた秋野さんの姿を見付けたこの夫婦が、気軽に店のなかへ入って来て、そうして、隣りの席を取ると、秋野さんと雑談を始めたのだった。

私は突然に舞い降りて来た熱帯の鳥のように、無暗と華やかな服装と身振りとのこの夫妻、――しかも自分たちが現在の日本の文化界の指導者であるという自負に満ちた態度で、ことさら気軽に振舞おうとしているような夫妻――の様子を、若い好奇心に満ちて眺めていた。恐らく私はひとりに戻ったら、ポケットからノートを出して、この夫婦の生態を言葉でスケッチしてやろうと思っていたのだ。その時、私は私の傍らから、極めて鋭い非難の視線が、この隣席の夫婦に向けて突き差さっているのを意識して、振り返った。それはTの目差しだった。和平派の外交官を父に持ち、そうして彼自身の個人の生活をも現在破壊しつつある日本の権力に対して、絶えざる怒りと悲しみとを抱きつづけていたこの熱烈なカトリック教徒は、そうした憎むべき権力の主宰する国家的祭典の礼典歌を次々と作曲して、時を得顔でいるこの作曲家を、心のなかで許そうとしていないのだ。そういう彼の内心を見抜いた私は、彼の思想に対する共感から激しい喜びを感じると同時に、しかしやはりこの二羽の熱帯の鳥に対する興味は更に高まった。そしてそうした怒りを礼儀の感覚から僅かに覆おうとして沈黙しているTの、その内心の秘密にも一向に気付かず、自分たち夫婦は当然、青年たちの偶像であると信じきった楽天的な態度で、シャワーのようにソプラノの声を噴出させつづけている歌手を、私は秘かに観察しつづけていた。歌手は少年時代にTがジュネーヴのオペラ劇場で、彼女の歌を聴いたということを、秋野さんの口から聞いて、更に上機嫌を高め、専らTに向って卓越しに話しかけていた。私はこの七面鳥のような女歌手と、沈黙して今は目を伏せてしまった若者との間の奇妙に食い違った心理のなかに、いかにも現代的なドラマを感じ取り、しかも恐らくそれは私ひとりの目だけが透視しているのだと思うと、そのドラマは愈々面白さを加えて来た。雌の七面鳥はその時、今、滞在しているホテルにはピアノがないので、夫は新聞紙のうえに墨で鍵盤を描き、その音の出ない鍵盤をホテルの部屋の卓上に拡げて、指で敲きながら、新しい国家的祝典のための曲を書いているのだ、と嬉しそうに語っていた。そうしながら、彼女の肉付きのいい赤ん坊のような指が、卓のうえでピアノの鍵盤を敲く動作を模倣してみせていた。作曲家の今、鳥籠の前でかがんだ肩を覆っているスエーターを、あの夏、小意気に背に引っかけながら、彼がホテルの部屋で、新聞紙のうえに引かれた黒い線のうえを、敲いていた時間には、今の口笛と同じようにまわりの空気に向っては何の旋律的波動は伝えなかったとしても、彼の内心には新しい曲想が頭を擡げながら、そこにひとつの新しい世界を創造しつづけていたのだ。その世界がたとえ、Tや私やにとって目を覆いたいような悲惨なもの、嫌悪すべき虚飾に満ちたものだったとしても。ところが、三十年後の今、あの老人の唇が模倣しつづけている旋律は、台所口で空瓶を並べているあの老歌手同様やはり老年独特の無時間のなかでの、創造なき永久運動と化してしまっているのである。

その時、突然、Kが私の耳許で囁いた。彼の呼吸が昂奮のために乱れているのが、耳たぶに感じられた。

「そうだよ。ぼくたちがこの家へあの夏来たのは、一度や二度じゃなかった。入りびたっていたんだ。大概、この芝生のうえでお嬢さんやリュシエンヌやローズ・マリーや、と喋ったり、また、皆で自転車を列ねて本通りの方へ出掛けて行き、それからその途中で加入した新しいメンバーも引き連れて、またここへ戻って来たりしてね。そうだ、覚えているかい。あのシンガポールから来ていたという、たしかリャンという名の中国人の華僑の娘。それから、何とかナンダという、何度訊いても名前を覚えられなかったインド人の亡命者の娘と……」

そのKの言葉は、忽ち私の心のなかに立ちこめはじめていた暗鬱な老年への想いを吹き払い、そうして、目の前の華奢なヴェランダへ、鳥籠の前の老人を押しのけて、花の咲き乱れたような若い娘たちの群が、暗い室内から現われ出ると、その華やかな匂いに満ちた空気を、ヴェランダの前の芝生一面に氾濫させた。

その娘たちの群のなかには、いつも月の光に照されているような黄色の肌をしていて、そしてほとんど表情を動かすことのなかった、そして滅多に私たちに向っては口をきこうとしなかった中国娘がいる。彼女は想像もつかない「天文学的な数字」の富の相続者だと、情報通のSが一同に教えてくれた。そうして、現にSは一時、関心をお嬢さんからこの梁嬢の方へ移しかけて、そして彼女の世話で自分はシンガポールへ亡命するのだと、夢のようなことを云いだしたりしたものだった。あのなめらかでとろけそうな黄色の肌には、私はいつも中国古代の「凝脂」という言葉を連想し、その肌そのものに豪華な数千年の中国文明そのものが溶けこんで生きているという固定観念に捉われて、彼女が群のなかに現われると、私は視線をそこから他所《よそ》へ外らせられなくなるのだった。

そうしてまた、あの彫りの深い、黒く輝く肌の長身の娘。彼女の広い額の中心には、赤い宝石が嵌められて、それが彼女が空を見上げるたびに、幻想的な光りをあたりに撒き散らすような気がした。今世紀の聖者であるヴィヴェカーナンダによく似た名前を持ったその娘は、いつも「宇宙の合一」とか「魂の不滅性」とかいうような途方もない高級な議論を展開して、秋野さんを面白がらせた。しかし話題が国際政治の方へ転換すると、突然に黙って自分の真紅の掌を見つめはじめるのだった。私たちはそうした時、ビルマに潜入したまま行方不明になってしまった、独立運動の志士である彼女の父の運命に対して、深い憂慮に沈みはじめたのだと推測して、そっとしておいたものだった。そうして、そのような瞬間には、丁度、日が翳った時の草原の表面のように、あの光り輝く黒い肌も、色素を沈澱させたように、陰気に曇ってみえるのだった……

それから、あの関西から来ていた、いつも標準語を使おうと努力しては、不器用に舌をもつれさせていた製薬会社の社長の娘だという偏平な顔の少女は、私には明治維新以来、遅れて近代化に出発し、背伸びをしつづけている、日本のひとつの象徴のように見えたものだった。そして何かの拍子に、彼女が突然に関西弁で叫んでしまって、顔を赧《あか》らめる時、私は国際社会のなかでの近代日本人の心理的反応をそこに見る思いがして、奇妙な共感から私自身も頬をほてらし、いや近代の日本の発明した標準語などというようなエスペラント語まがいの言葉より、この「外套のボタン」のような、つるりとした平らな顔の娘の不用意に発する、私には耳慣れないアクセントのなかの方に、遙かの王朝時代の文明の空に響いた、古い宮廷の楽器のそら音が感じられるのだと、空想したりしたものだった。

それから、やはり奇抜な形容の名手であるSの表現によれば、「まぐろのように大味な」、カルフォルニアから来ていた二世の娘は、その肌の色だけが日本人であった故に、彼女の日本人離れのした長身も、男のような大股な歩き方も、まるで海岸にでもいるような、大柄で肌を露出した服装も、すべてが群の娘たちの秘かな軽蔑の対象になっていた。しかし彼女はそうした軽蔑には一向に気付かずに、人間の本性は善であるとのアメリカ的人道主義でもって、いつも朗らかに仲間に接していた。その朗らかさは、私たち内気な節度を以って育てられた日本の青年たちにとっても、何やら気恥しい気持を味わわせるもので、特にヨーロッパ主義者だったTは、いつもそうした彼女に対して眉をひそめて、「あのヤンキー娘が」と吐き出すように云っていた。その声の調子が、今、この家の柵のそばに立っている私の耳許に鮮かに甦って来て、それが私に、あの当時、あの昨日私の訪れた小屋のなかで、今は外交官として西洋に行っているTという青年が、私と一緒に暮していたのだという、存在の感覚を、はじめて濃厚に立ち戻らせてくれたのだった。

そうした東洋の娘たちのなかで、ローズ・マリーとリュシエンヌは「西洋」だった。血液的には純粋な日本人であるローズ・マリーは、その日本人の体格や容貌から遊離して西洋風の表情や物の云い方や身のこなしが目立つので、肉体と西洋とが自然に融合しているリュシエンヌよりも、一層に西洋風に私たちには見えた。彼女が日本語で強情に理屈を述べはじめると、却ってフランス語で話されるよりも、その精神構造が西洋人臭く感じられて、私たちを途方に暮れさせた。そういう時、私たちは純粋に日本人の顔形をした彼女を見詰めながら、その顔形の奥の、了解不能の「西洋」的領域について、絶望的な距離を覚え、その違和感が彼女の肉体を普通私たちの知っている娘の身体というものとは別の何物かであるように錯覚させた。普通の日本娘の肉体は、当時の私たちに肉そのものとして認識されることはなかった。そこにある身体とは、その身体の持主である少女の心の表現であり、もしそうした娘の指先に私たちが偶然に触れて、お互いに羞恥を感じるとすれば、それは肉体という物の接触に対する羞恥というより、その肉体の一部に現われているお互いの心が、当人の意志を無視して接触したという無遠慮さに対して感じる羞恥だった。ところがローズ・マリーの場合、その肉体は心の自然な表現とは私たちには感じられなかった。心が謎に満ちた西洋人であり、身体がその心を無視して日本人であるために、その身体は心から切り離されて、純粋な物としての肉体となり、それが思いがけない時に、直接的な欲情の衝動を私のなかに惹き起し、そしてその欲情は彼女の肉体にとどまるので、その心のなかまでは浸透して行かないのだから、そこに羞恥の感情が発生することがない。普通の娘に接触して羞恥の念が生じた場合は、私たちは自分のなかに現われた羞恥の念によって、いわば道徳的な慰めを感じることができて、自分が肉欲だけの動物ではないと思い知ることで、心の平和を獲得するのだったが、ローズ・マリーの肉体に対して挑発される欲望は、羞恥を伴わないために、私を絶望させた。私はそうした欲情を意識すると、自分が途方もない淫獣であるかのような誇張した錯覚におちいって、慌ててその欲情を心のなかから追い払おうとするのだった。そして、そうした欲情の追い払いというような心理的操作は、歯痛を忘れようとすると、却って痛みが強く意識されてくるように、避けようと努力することで、より一層鋭く意識されるようになるのだった。彼女の場合、そのローズ・マリーという西洋風の名前が、既に肉体と精神、あるいは生れと教育との乖離の象徴であり、彼女に向ってその名を発音する時の、私たちの舌のもつれは、既に私たちの意識のなかでの、この乖離に対する気まずさを自覚させてしまうことになった。Kが今、この名前を拒否して、執拗にその記憶のなかの娘を「お嬢さん」と呼んでいるのは、彼の記憶のなかの娘の像に、そうした乖離から来る割目の発生するのを避けたいという無意識の衝動からなのだろう。

それに比べると、あのリュシエンヌの、私たち当時の日本の青年にとっては法外だと思われた肉体の豊満さも、それは彼女の心の感情過多の自然な現われとして、抵抗なく私たちの感覚に受け入れられるものであった。そうして、彼女においては、肉と心との乖離は見られなかったので、彼女の日本語の途方もない不器用さ、その感情の表現の日本の娘たちとの想像外の距《へだ》たり、その髪の色と髪の質とが私たちの従来知っていた頭髪という観念とは全く異ったものであるという驚き、にも係わらず、彼女は国籍や人種を超えて、普通の娘であると私たちに理解され、気楽に接近することが出来た。だから、リュシエンヌは西洋人であるにもかかわらず、普通の娘であることによって、私たちのなかで、「お嬢さん」という一種の神話化は行われなかったのである。だからこそ、私は彼女の金髪が私の顎をくすぐったり、その太い膝が私に押しつけられたり、その胸が私に迫って来たりした記憶を、禁忌による抑圧なしで、三十年後の昨日、自然に想起することができたというわけだろう。

そうした若い群の中心にいて、若者たちと娘たち、東洋と西洋とを和解させる役を演じているのは常に秋野さんだった。いつもこの建物の前の芝生に若い男女が集って、若者たちは自分たちだけで、また娘たちの方も故意の無関心をよそおって、二つの群に分れて雑談したり、戯れあったりしていると、秋野さんはいつのまにか室内から姿を現わし、——それもいつも手に読みさしの本を持ってだったが――ヴェランダの木の階段を下りて来ると、気軽に若者たちに声をかけて、そしてその手にしている本についての感想を述べはじめる。するとやがてその不自然に作られた二つの群はひとつに溶け合ってしまうのだった。

秋野さんの読んでいる本はきりなく広範囲のものであった。だから、毎日、必ず群のなかの誰かの感興をそそり立てることになった。それはたとえば世界の蝶類の生態であったり、フランス革命史であったり、西域の探険であったり、マックス・ウェーバーであったり、ヴィクトリア朝の政治家の回想録であったり、理論物理学の新しい動向であったりした。ある時など、若い医学生のFとユータナジーについて複雑な議論を交換し合い、それがあまりにも専門的な医学用語に満ちた話であったために、その議論の終り近くになって、ようやく気付いたKが「ユータナジーというのは、何だ安楽死のことか」と叫んで、一同を失笑させたことがあった。

あの夏は私の記憶のなかでは、秋野さんの家の庭先だけは、この村を毎日の午後に通りすぎて行く雨が濡らすことはなかった。だから、毎日、秋野さんは好きな本を片手に――細い坂を昇って来て、私たちの小屋の芝生のうえに坐りに降りて来た。若い頃、長い間、イギリスに滞在して勉強していた秋野さんは、帰国してからも職業というものについたことはないようだった。秋野さんはその理由を自分の病身のせいにしていたが、秋野さんが病床についたという話を聴いたことは一度もなかった。私たちの小屋の全員が次つぎと夏風邪にやられて、交代で寝ていた時も、秋野さんは元気にステッキを振りながら——そう云えばあの夏は、どの成人の男性も、皆、ステッキを振っていたが、それがこのどこへ行っても雑草や木の枝が、目の先や足許をふさぐ村歩きの必需品だったのだろうが、そうして私たちも競ってその真似をして、木の枝からステッキを作り、その肌を夜、炉端で丹念に磨いたりしたものだが——細い坂を昇って来て、私たちの小屋のヴェランダの下から声をかけたものだった。秋野さんは、自分が日頃から病身であるから風邪とは無縁なのだ、という奇妙な理屈を述べて、私たちを驚かせた。「風邪を引くとは、健康な証拠だよ。ほんとうに君たちが羨ましい」と、秋野さんは庭先から、私の部屋を覗きこみ、昼間から水枕をして毛布にくるまっている、ベッドのうえの私に話しかけたものだった。

秋野さんは四十歳近くなるまで、一度も働いたことがないらしかった。帰国直後に、二三の文学的エッセーの飜訳を出版したということだったが、それが当時の険しい思想状況のなかで無視されるか冷笑されるかすると、そのあとは世間的な活躍の舞台を退いて、ただ毎日、本を読むか散歩するか、東京にいても外出するのは、展覧会や音楽会のためだけだという評判だった。彼が一度も結婚しなかったのも、彼自身の説明によれば、「稼ぎのない人間に嫁の来手はないよ」だったが、その真の理由については、誰も知らなかった。私たちの仲間のなかでは、秋野さんは英国留学中に向うの娘と恋愛し、それが失敗に終ったために独身を通している、という噂が流布されていたが、私はそれを本気で信じてはいなかった。そして、その真の理由らしいものを、当時、私は或る時、偶然に発見し、そして戦慄《せんりつ》したのだった……

が、その発見も今は記憶の闇のなかに眠っていて、私には甦らすすべがないのだった。それより、私は当時、このように仕事というものを一切退けて、悠々と自分の愉しみだけに生きているおとなというものが謎だった。世の大人たちは皆、忙しくて険しい表情で動きまわっていた。そして大概の大人は新聞に書いてある通りの意見を、新聞の用語を使って、「時局」がどうだとか、「非常時」がどうしたとか、「統制」が必要だとか、「配給制度」を強めるべきだとか議論しながら、毎日、朝から満員電車に乗って、勤めに出ていた。そしてそういう世のおとなというものが、もしカタストロフィーの訪れが遅れるとすれば、大学を出た後の私たちの姿でもある筈であった。そうして、その夏、小屋で合宿している私たちの大部分は、そうした大人たちの社会へ私たちがやがて組み入れられることに対する、心理的拒絶反応を強く持っていたので、この秋野さんの学生生活の無限の延長のような生活を、皆は羨ましく感じていた。そうした無為徒食の生活に反感を示したのが、既に結婚していたHであったということは興味がある。

Hはいつも秋野さんのことを「労働階級からの搾取を食って生きている、社会的寄生動物」だと蔭口をきいていた。すると秋野さんに好意的だったFは、「では君は、秋野さんのような財産を人がくれると云ったら拒否するかね」とからかい、また、Kも「君だって田舎の田畑の小作料によって、学校へ通っている寄生階級じゃないのかい」と横から口を入れて、Hを口惜しがらせていた。

「あの夏、ぼくたちは皆、お嬢さんだけでなく、秋野さんの信者にもなっていたな」

と、私の回想の流れに乗るようにして、Kの声が私の意識のなかへ滑りこんで来た。

「そうして、ぼくらのお嬢さんのイメージのなかに、あの秋野さんの思想なり感覚なりが、やはり溶けこんでいたのかも知れないな」

私はそこで不意に今、考えていることを口にした。

「しかし、Hの奴は、秋野さんの生活態度について、秘かに蔭口をきいていたよ。それをまた君が、自分も不在地主のくせに、とまぜかえしていたがね。……」

「いや、Hのあの批判は、Zさんの口真似なんだ。ぼくらより数年歳上で、マルクス主義の潮流に触れていたZさんが、あの夏、一週間くらいぼくらの小屋に滞在していたんでね」

私は不意に、現在、某大新聞の論説委員として、堂々の論陣を張っているZ氏の、強情そうな写真顔を思い出した。私は今までZ氏と顔を合せたことは一度もなく、学生時代の伝説を通じてだけZ氏の青年時代以来の卓越した見識を遠くから仰いでいたに過ぎないと信じていたことに、またもや驚かされた。しかしそれもほんの一瞬であって、忽ち私の回想の流れはもとに戻った。

……そうしたHによって代表されるような非難は、秋野さんの生活態度にとって有力なものになることはなかった。平時ならいざ知らず、その夏の自分たちにとって、もうそのような平時という時代は永久に世界から去りつつあるという危機感に捉えられていた私たちは、秋野さんのこの幸福な学生生活の延長のような生活も、やがて間違いなく、Kのいわゆるカタストロフィーのなかに呑みこまれてしまうことを予感していたわけだし、もしそのような破局が間もなく訪れてくるとしたら、あたかも永遠にこうした優雅な生活が続くような何食わぬ顔で、毎日を平然として遊び暮している秋野さんの生き方は、私たちには寧ろ快かった、とも云えるだろう。Tは秋野さんのことを「あの人だけは現代の集団的狂気のなかで正気だね」と批評したことがあった。そうして私たちのうちの何人かは、大学を出てもまだ暫くの自由の時間があるとしたら、秋野さんのように生きたいとさえ秘かに願っていた。しかし、恒産のない私などには、秋野さんの生活を真似する経済的基礎がなかった。だからそれは不可能に近いということになる筈だったのに、一向にそうした反省が起らなかったのは、その破局の来るまで、一日でも余計に自由に生き続けたいというのが私たちの気持であって、残された人生が日単位で予測されていたから、数日なら秋野さんの生き方が可能なのだ、というふうに感じていたわけである。もしその予測が年単位であったとしたら、皆、秋野式生活法を踏襲するのは尻込みしてしまったろう。

そこで私は不意に私が現在知っている老作家の秋野氏の面影を思い出した。あの目のいつも笑っている秋野氏は、破局の時期の終ったあとで、廃墟のなかから無一文で平然として甦り、そうして今度は、全く私たちの予測を裏切って、ペン一本でやはり平然として生活費をかせぎながら、生きはじめたのである。当時の私たちは、秋野さんという人は、他人の創造したものを観賞することに長じた芸術的美食家であると信じていた。そしてそうしたディレッタントというものほど、創造者とは遠い存在はないと思っていたのである。毎日、いつか書く筈の小説のノートを取りつづけていた私は、いつも秋野さんの微笑した瞳のなかに、軽い揶揄の色を読みとって、閉口していたものだった。その瞳の色はこう云っているように見えた。「君、人類はもう、ぼくたちが一生かかっても読みきれないくらいの古典的傑作を生んでいるのだ。その古典の山のうえに、君自身の作品をもうひとつ載せてみても何になるんだい。そんな徒労をする暇があるなら、ぼくはホメロスかダンテを読み返すね……」

だから私は、あの破局のあとで私などが新しく作品を発表しはじめた、新たに創刊された雑誌類の目次のなかに、秋野さんの名を発見した時、私はその姓がかなり珍らしいものであるにもかかわらず、はじめは別人ではないかと思った。そしてやがてその実際の作品を読んでみて、そのなかに燃えている熱い情念の光りに触れるに及んで、更に私は別人ではないかと思わざるを得なかった。そうしてある出版社の会合で、遠くから秋野氏の姿を眺めた時も、やはりこの別荘の庭に本を片手に坐っていた「秋野さん」の姿は、そこに二重写しになって現われることがなかった。

そして現在でも私は、この二十年以上の間たえず新作を発表しつづけている作家秋野氏と、今、私の記憶のなかに甦って来た秋野さんとが同一人物であると、理性のうえでは納得しながらも、内的な感覚のうえではどうしてもそれは二つの異った人格であると感じざるを得ないのである。

秋野さんの人生も、あの夏の青年たち同様、あの破局によって二つの別の世界に分断されているわけである。それは当時の大部分の大人たちが、忙しい生活態度によって、ほとんど軽々とあの破局を乗りこして、相変らず新聞用語を使って、新聞の論調を模倣して暮しているのとは、際だった対照を見せている。そうして、今日、本当の老年を迎えている彼らには、私たちの世代の半ばを亡ぼしてしまったカタストロフィーも、人生の途上に幾つも転がっている、そしてその都度、新聞紙のうえに反映を見せる事件のひとつに過ぎなかったのだろう。そのように幸福な連続的な人生を送ってきた人たちは、今迄にもし新聞ストライキが一年も続いた時があったとしたら、恐らくそこに破局が口を開き、一種の失語症におちいってしまっただろう。

しかしそのように彼の属する世代の大部分の人たちが、絶えず表面の色を変える波が常に同じ波であるようにして、時代の変化と共に彼自身の思想を変化させて行きながら連続的な生活を続けているなかでは、あの破局の前と後とで見事に生活態度を変えて別人になってみせた秋野さんの生き方は水際だっていた。そして、彼が作家となってからの二十数年の作品を今、読み返してみると、最初にそれを読んだ時に、別の未知の秋野さんを発見した、という驚きに捉えられた私は、実はそこに展開されている秋野氏の内的世界というものが、この目の前の庭のうえで当時、あの人が絶えず語っていた様々の感想の深化されたものに他ならないことを発見して、私はそこにあの人の剛直さのようなものを感じとるに相違ない。

だがまた、あの極端な優雅さの底に、極端な剛直さを生れさせたもの、あの無中心のディレッタンティスムの世界に強力な人格的統一を与えることで、それを創造的な世界へ大きく転換させた秘密は何であったのだろう。その秘密はあの破局のなかに横たわっていることは間違いないのだが――

そこで私は不意に目の前に稲妻が走って、世界が切り裂かれるような気がした。そして、その裂け目の奥から、一つの情景が鮮かに甦って来た。そうだ、先程から時々、私が偶然によって垣間見たという秋野さんの秘密、しかし、その内容はその秘密の深刻さの与えた衝撃によって忽ち忘却のなかへ突き戻され、そこに何物かがあった筈だという、発射のあとの硝煙の匂いのようなものしか記憶に残されていない情景が、今、思いがけなく架空の稲妻によって私の過去が引き裂かれると、古い傷口が口を開くようにして、裸の切口を現出させて来たのだった。

それは或る午後の時間だった。シエスタを早目に切りあげた私は、――そうだ、そのように昼寝の途中で起き上ってしまったその時の私の心の状態のなかに、今、私は突然に入っていた。私はその日に限って深い快い眠りから見放されていたのだ。そうして長い眠りから覚めたと信じながら脳の疲労感に怪訝な思いを抱いて、枕許の時計に目をやると、まだ十分しかたっていないということに驚きを感じ、そうしたことが二三回繰り返されたあとで、その驚きはひとつの惧れと変化したのだった。私の精神は、今、私の頭上で多分、大きな赤い目を見開いている不眠のKのように、奇怪な崩壊をはじめているのではないか。その崩壊の進行がこうして、眠りを分断するところまで来たのではないのか。私は私を追いつめようとしている破局に先立って、亡びてしまうのではないか。破局によって亡ぼされることには、運命への従順な服従という気持があり、私はそれ以前の短い充実した生を作りあげることで、その滅亡への恐怖を遁れることが出来ると信じはじめていたのに、私の内部で今、既に崩壊がはじまったとしたら、それは全く別の滅亡の筋道であって、私は救いようのない恐怖のとりことなるだろう。

そうした恐怖の接近によって脅かされた私は、遂に耐えきれなくなって、ベッドのうえに起き直った。そうして目のまえの大きな窓の向うに四角く切り抜かれた森のうえの青空を見た。その透明で淡い青空の色が、私の心のなかから恐怖を吸いとってくれるように私は感じた。そして、その青空に向って、祈るような気持で坐っていたのである。と、その四角の空間の下方の、窓枠に区切られたあたりに、ギザギザの稜線を作りながら、頭だけを覗かせている森の木々の列なりのうえに、微かな影のそのまた下書きのようなものが、描かれはじめるのが見えてきた。それは人間の顔に似ていた。「ローズ・マリーだ！」と私は心のなかで叫んだ。その瞬間、私の内部でローズ・マリーの持つ意味が変化したのである。――私はこの数日、毎日Kに説得されて、無理やりにお嬢さんに対するあの夏の仲間一同の情熱の仲間入りをさせられながら、心の一部ではそれがKだけの幻想に過ぎないので、そうしてまたその幻想の原因は、実は当時の私たちの共同生活の記憶に対する現在のKの熱中であって、その結果、Kのなかに甦ってきた、当時の私たちの生命力に満ちた友情と競争心との反映による幻影であると思っていた。そして私自身のお嬢さんに対する「愛」というようなものは、あの夏には実際には存在しなかったのではないか、少くとも現在の私の記憶の世界にはその痕跡は見出されまい、と思いがちであったのに、その「愛」があの午後のベッドのうえで、森の梢のうえにひとつの人間の顔の素描を幻に描き出した瞬間から、私の心のなかに生れたということに、今、突然に気付いたのだった。

そうして、あの瞬間にその愛が生れたとしたら、それは私の心の胎内で、あの夏の始め以来、確実に成長しつづけていたものに相違ない。そしてその愛が私から月満ちて生れる、つまり陣痛を誘発する動機となったのが、あの日の昼寝の床の不眠であった。つまり、私は幻の眠りの奥に生れた、現実社会の破局の予感に起因する内部崩壊への恐怖から遁れるために、私が絶望的に差しのばした心の指の先端の延長上に、ローズ・マリーの面影があったということになる。いや、彼女への私の愛の自覚は、内部崩壊の恐怖からの脱出手段というよりも、その恐怖の打撃が私の心の表面を幾重にも覆っている、別の経験の層を一気に打ち払ってくれたために、それが私の目のまえに裸の姿を現わしてくれたのかも知れない。更にあるいは私の心の奥で私にも自覚せられずに既に月満ちた私のローズ・マリーへの愛が、遂に日の目を見る時期が来たと意識した時、自分を覆っているその夏の多くの別の経験の層を下から押しあげ、そこに裂け目を作って表面に現われようとし、その震動が眠りのなかで私の神経を刺戟しつづけて、不安な浅い眠りの断片の連続となったのかも知れず、そうなればあの不安は死滅の不安ではなく、生誕の不安だったということになり、ローズ・マリーへの私の愛の自覚は、私の不眠の結果ではなく、原因だということにさえなる。

私は彼女に対する愛が、ひとたび日の目をみるに及んで急速に成長し、そして私を歓喜に満ちた夢見心地のなかへ吊り上げて行くのを感じた。私は全身を襲って来た顫えをじっと耐えながら、微妙に色を変えて行く青空を眺めていた。——その瞬間の桜色のもやに包まれている心の状態が、あの晩のクラブにおいてKのお嬢さんという発音によって、不意に私の心の奥から甦って来たのであった。だがそれが余りにも思いがけない不意打ちであったが故に、私はその心の状態そのものの私のまわりへの甦りのなかで、その原因であるローズ・マリーそのものの存在にまでは、記憶が回復しようとしなかったわけである。そうして、Kと共にこの高原に戻って来て、ローズ・マリーについてのかつての経験の記憶を回復すべき多くの場所を遍歴するにつれて、桜色のもやの実体に、私の意識は次第に接近して行き、それが先程には、私の関心は彼女の肉体――精神と矛盾するが故に、却って純粋なものとして認識された肉欲の対象としての肉体――の段階にまで進展し、そしてその段階では肉体と精神との乖離の故に、私は彼女を肉と心との統一した女性として捉えることができず、従ってそこに愛の発生する余地はない、と断定したのだった。それが今、不意に私の記憶は肉体の段階から飛躍して、統一した女性としてのローズ・マリーの面影にまで到達したのだった。そうしてそこに「愛」の存在を再発見したわけだった。

さて、その時、そのようにして、青年の私は昼寝のベッドのうえで、彼女に対する愛を自覚して陶酔状態に入った。そしてその状態のなかで、直ちに小屋を脱けだすと、庭先の自転車にまたがって、一気にこの秋野さんの別荘まで走って来たのだった。二十歳を過ぎたばかりの私には、そのような情熱は直ちに行為に直結したのである。

しかしそうした愛の自覚は、奇妙にも一方で若い私を臆病にした。いつもは「今日は」と声をかけながら、そのまま自転車を庭へ乗り入れるのだったが、その日に限って、私の心の奥の羞恥が私の車輪に歯止めをかけた。私は秋野家とリュシエンヌの家との間の小道――つまり五十代の私が今、三十年後にこうして立っている場所――へ、自転車を立てかけたまま、忍び足で歩み入り、そして柵ごしに建物を覗きこんで、ローズ・マリーの動きまわる姿を探そうとした。そしてそこに今の稲妻に切り裂かれた奥から現われた情景を見出したのである。

それは建物の裏手にあたって、台所口に近くこちらの方に向って長く張り出された小部屋であって、その細長い小部屋は木の外壁の中央に、フランス風の扉が切り抜かれてあった。しかしそれは普段は内部から鍵が掛けられていて、扉としての役は果していなかったようだが、その日は空気の入れ換えのためにか、その扉の上半部が小窓のように開けられてあった。そしてその小窓を通して、私は恐ろしい情景を見てしまったのである。

丁度、日の光りがその細長い小部屋の奥まで射しこんでいて、そこに小さな寝台が壁際に横たえられているのが見えた。寝台のうえには冬の季節のように毛布が何枚も重ねられて盛り上っており、その盛り上りの下から、子供のような細い手が伸びて、空間に何かを摑もうとし、それをこちらからは見えない、枕許に立っているらしい人物の手が押えこんで、毛布の下に戻そうと争っているのだった。はじめは私は二本の腕の戦い合いを、一方が太くて骨ばった男性の大人のものであり、他方が子供らしい細い腕であるのを、同一人物の腕と錯覚し、そうした不釣合いの二本の腕を持つベッドのうえの人間を、奇妙な怪物のように想像して、むかつくような不快感を覚えたのだったが、忽ち、開けられた小窓から、室内の争いの声が洩れて来て、それは法外に理不尽なヒステリカルな女性の声と、それからつとめて冷静になろうとしている中年の男性の声であった。私はその男性の声のなかに、普段の秋野さんの、あの幾分、浮世離れした声を聞きわけることができた。ただその声には、いつもの快活な輝きの代りに、胸の底から押し出されたような陰鬱な響き——たとえば、普段のあの人の声が、日の光りのなかで笑っているような、あの小さな木の教会のカリヨンの交響を連想させるとすれば、この小窓から洩れてくる声には、暗い海の底から聞えてくる幻想の鐘の音を思わせるものがあったが——そうした聞き慣れない音調に彩られていたのである。私は、あまりつき合いのない人なら、この声を秋野さんの肉親の誰か別の人物と誤解するだろうと思った。しかし、私にはその声のなかに、遺伝では伝えられない秋野さん独自の声の調子を聞き分けたのだから、彼に間違いはないと確信した。

しかしそれなら、そうした秋野さんと云い争っている、あの理性も人情も超越したような、——狂人じみたと云っていい、恐ろしい非人格的な——そして絶えずオクターヴの階段を慌だしく飛び上り飛び降りて、他人の鼓膜を攻撃しつづけている声の持主は、一体、誰なのだろう。ローズ・マリーであることはあり得なかった。その声の調子は全く別のもので、たとえ彼女の心が狂ったとしても、その時、私の耳を脅かしているような、妙に執拗な早口が彼女の喉の奥から現われ出るとは想像できなかった。そこで私は、この芝生のうえに私たちが集っている時、ごく稀にどこからかこの声が呼ぶのが聞え、そうすると、秋野さんの額に、ほとんど見分けられないくらい短い間、雲の影のようなものが走り、そして大概、アンドレが立ち上ると家の奥へ消えることがあったのを思い出した。ある時、私の怪訝そうな顔に対して、ローズ・マリーが「伯母です」と囁いて教えてくれたことがあったが、——そして、それによって、この家の住人は、通いの女中を別とすれば、秋野さんとアンドレ兄妹の他に、「伯母」という存在があるということをはじめて知らされ、それからは、一度も姿を見たことはないが、家の奥にその伯母のいる気配を、私は漠然と感じていたものだが、今のこの恐ろしいこわれたサイレンのような声の持主は、その伯母に相違ないと思い当った。

その時、小窓のなかの男の声は突然、昂まった。

「そんな事実無根の云いがかりはやめて下さい。××さんなどにはぼくは何の関心もありません。第一、あの人には夫がありますよ……」

その声はあまりに明晰に発音されて、静かな午後の芝生のうえを伝って私の耳にまで到達したので、却ってそれが現実の声というより、今、私のまえで展開されている、極めて明瞭なイメージを持つ情景がひとつの夢の場面としか信じられない私には、その夢のなかから真直ぐに私のところへまで伝達されて来たのだと感じられた。夢のなかでは距離に関係なく、他人の声の意味は夢みる人の意識にまで明瞭に伝えられるものであるから。そうして、私はこの声のなかの「××さん」という人名が、あのソプラノ歌手の名であることに気付くと、この悪夢のような二本の腕のからみ合いは、嫉妬のドラマを表現しているのだ、ということを忽ち理解した。二十歳の私の頭脳のなかでは、素早い計算が行われた。秋野さんはかつて結婚したことがない。従って、ローズ・マリーやアンドレにとっての「伯母さん」といえば、存在しない秋野夫人の方の姉ということはあり得ないのだから、つまり、彼女は秋野さんの実の姉に他ならないということになる。肉親の姉が弟を嫉妬している。しかも執拗に二匹の蛇のように絡みあっている腕の表現しているものは、肉体的な嫉妬である。それは未成熟な私には、現実に存在する筈のないものであった。このように執こい人間関係を、熱くて物の匂いの濃厚な空気のなかに閉じこめたのは、当時のフランスの流行作家、フランソワ・モーリアックの小説であり、そうした情念は彼の小説のなかにしか存在しない筈のものであって、従来からの淡泊な日本の人間関係の経験しかなかった若い私には、どうしてもひとつの悪夢としか感じられなかった。

今度は、その男の声を追いかけて、悲鳴のような女の声が窓の外へ投げ出された。

「××ちゃん、私はあなたなしでは、生きて行けないのよ。私を捨てないで……」

××ちゃんが、秋野さんの名前であることは直ぐ判った。そうしてその声の調子もその内容も、私の貧しい経験のなかでは、舞台で演ぜられる、「捨てられようとしている妻の、夫に対する哀訴」の典型的な表現以外にはありえないものであった。

若い私の心は、この理解不可能な情景のまえで、深い混乱のなかに捲きこまれてしまった。それは世界を支配している秩序が、一気に崩壊してしまった、という感覚であり、――それは今、小道に立ちつくして、その情景を眼前に再現させている、五十歳の私の心のなかでは、忽ち、あの夏の終りの、日に蒸され、鼠に荒らされていた、私のアパートの部屋の情景とひとつに溶け合って、立ちくらみのような感覚を、私のなかに起させた。その立ちくらみの感覚のなかで、私の心はもう一度、三十年前に滑り戻って行った。その立ちくらみは同時に三十年前のその時のものでもあったのだから。

そうだ、その時、不意に強い力が私の肩に加えられた。私は視野を覆っている暗さが立ち去って行くにつれて、私の肩を押えているのが、アンドレの掌であることが見えて来た。彼の薄い褐色の瞳が、暗い情熱に燃えながら、私の顔を凝視している。その時、私はその混血児の瞳の色のなかに、私の小屋の仲間たちとは全く遠くにある、従ってまた私の過去の経験外にある、理解を絶した感情を読みとった。それは愛とか憎悪とか、肉欲とか、絶望とかいうもの、についての、日本の伝統のなかに存在したことのない、ある濃厚で異質な感覚であった。私は咄嗟に、これが西洋人の罪の感覚なのだと直観した。

「とうとう秘密が暴露されてしまったね――」

と、アンドレは、私の顔にその燃え上ったような顔を近付けながら囁いた。

「ぼくはいつも恐れていた。いつか必ず、それが他人に知られてしまうことがあるということを」

それから急に、彼は私の視線から顔をそむけて、独語のように話しはじめた。それは奇妙に外人じみたアクセントの強調された発音で、それが今、彼が日本人である他人たちから離れて、自分自身のなかへ引きこもってしまっているのだという印象を強く与えた。彼はフランス語で考えながら、それを私のために日本語に飜訳して話しているのだ。

「ぼくたち兄妹が日本へ引きとられて来た時、東京の広い邸のなかには、もう寝たきりのあの伯母と、それから今の叔父の二人だけが、じいやを使って暮していた。その陰気な家の空気がぼくたちを脅かした。幼いローズ・マリーは毎晩ベッドに入ると、啜《すす》り泣いていた。伯母にとっては、世界は小さな寝台のうえだけだった。彼女の毛布のうえには、腕のもげた人形だとか、耳のとれた熊のおもちゃなどが載っていて、彼女が寝返りを打つ度に、その人形がベッドの足もとに落ちた。それを拾うことのできるのは叔父だけだった。彼女の世界に入れるのは、彼女やぼくらの母にとってのひとりきりの弟である叔父だけなのだから……」

アンドレは目の下の柵にまつわりついている蔦の葉を、残酷な手付きで挘《むし》り取ると、それを指先でもみつぶした。

「伯母は女学校へ入ったばかりの頃、ひとりで家で留守番をしていて、家の者が帰って来てみると、勉強部屋が荒らされていて、引っくりかえった机や椅子やの間に、失心して倒れていたのだそうだ。医者が来て、彼女は意識を回復したけれども、ひとりきりでいた間に何が起ったのか、ひと言も話さなかった。そしてそのまま腰が立たなくなってしまった。ぼくたちの母はそうした伯母との生活に耐えられなくなって、親戚の者を頼ってヨーロッパへ行ってしまった。何しろ腰の抜けた伯母は、小さな暴君に変ってしまったらしいのだ。それまでは妹や弟の世話をよくみる、優しい姉だったという。ぼくたちの母がいなくなってしまうと、伯母はいよいよ今の叔父だけに執着しはじめたらしい。それで、その執着に耐えられなくなった叔父まで、今度はぼくたちの母のあとを追ってヨーロッパへ逃げて来た。しかし、向うで結婚したぼくたちの母とは違って、叔父はぼくたちの祖父が死ぬと、姉のもとへ戻らなければならなかった。祖母の方はもっと前に死んでいて、伯母の世話は、家に長いことといたばあやが看ていたらしいのだが、そのばあやも老年で、もう役に立たなくなっていて、そのばあやの亭主であるじいやが、幸い元気だったので何とか代りに世話をしていたらしかった。そのじいやもぼくたちが引き取られて来て間もなく死んだ。そのうちに伯母は、女中を雇うことを断乎として拒否するようになった。中年の女が通いの家政婦として家に入って来るんだが、それはぼくや妹を世話するためであって、伯母の部屋には家政婦の入ることは許されなかった。そうして、その通いの家政婦さえ、ぼくたちの家の習慣に慣れて、家のなかに或る位置を占めはじめたことを、ベッドのなかで嗅ぎつけると、忽ち伯母は暴君に戻って、他の家政婦に替えることを叔父に要求するのだ。それは今もって変らない。伯母の世話をするのは叔父で、そのために叔父は世間に出て行くことも、家の外に職業を持つことも許されなかった。それが叔父をあのように去勢されたような男性にしてしまったのだ。だから勿論、叔父にとって結婚などは論外だった……」

アンドレの顔がもう一度、私の前に迫って来た。彼の薄い色の瞳の奥に、炎のようなものが揺れ動いているのが、私には不気味だった。

「勿論——勿論、叔父はぼくたちが引きとられて来てからも何度も反抗した。ロンドンから叔父を追って日本へやって来た女性は、何年も日本で語学教師をしながら、伯母の死ぬのを待っていたのだが、とうとう耐えきれなくなって、戻って行ってしまったらしい。叔父は新しい妻の候補者が生じると、まず伯母の説得にとりかかるのだが、しかし、その度に伯母は狂乱するか、何か誰にも判らないような策略を発明して、先方の女性を脅迫したりして、その話をぶちこわしてしまうのだ。そうすると、書斎のなかに閉じこもった叔父は、ひとりで泥酔して、長い長い電話を深夜に、学生時代の親友だった近江教授のところへ掛けて、歎きつづけるんだよ。この間も、教授はぼくに——君の叔父さんは女みたいな奴だな。あいつにできることと云ったら、夜中に電話線を焼き切ることだけだ——って、冷笑していた。本当にその通りだ。そうして、最も恐ろしいことは、叔父はいつも伯母を殺したがっていて、しかも自分のその殺人の衝動の奥に潜んでいるのが憎悪でなく愛だということに気が付いていないことなんだ。しかもその愛は年々、憐れみや同情から愛欲というようなものに変化して行っているのをね。伯母と叔父は、もうシャム兄弟になってしまっている……」

それからアンドレは、頭上を覆う梢越しに、青空を見上げながら吐き出すように呟いた。

「あの姉弟は呪われているのだ。この家は呪われているのだ――」

そのあいだに、私たちの目の向うの小窓が閉められ、男女の声も微かな囁き声に変って、そして死に絶えた。

そこで不意に、私の傍らの人物は、若いアンドレから五十歳のKに入れ変った。私は突然に現実のなかに解放された。

「君はこの家に、秋野さんの姉さんだという女性の寝ていたのを覚えているかい」

と、私は訊いた。

「寝ていた、と云うのは?――」

と、Kは訝《いぶ》かしそうな表情になった。

「ずっと寝たきりの病人だったらしい。子供の頃に原因不明の病気になったと云うんだね」

「そうか――」

と、Kは大声を出した。

「そう云えば、そうだ、あのリュシエンヌの一家が収容所へ連れて行かれた日の翌日かに——ということになると、それはやっぱりあの夏の翌年なんだな。ぼくは地方人とあの時代に呼ばれていた自由な身分がもうあと一週間くらいしか残っていないようになってから、例の最初の年にぼくらに宿を紹介してくれながら、自分は滞在ができなかった男と一緒に、こっちへやって来て、ぼくたちの小屋を開けた。そうだよ、Fは医学部だったから地方人である身分が自然と延長されていたし、あのSも例の不思議なニジンスキー的柔軟さで、破局の網の目を潜り抜けて、後を追ってやって来たような気がする。もう牛乳も前の夏のような具合にはいかなくて、すっかり水で薄められていたので、飲みさしてテーブルのうえに置いておくと、じきに固まりはじめたりしたものだった。何しろ日本中の外国人の家族が、この別荘村へ追いあげられるようにして集って来ていたので、この地方の牧場の供給する牛乳は、完全に品不足になってしまっていた。そうしたわけでその時、ぼくはここへも別れの挨拶に寄ったわけだ。秋野さんのところも、リュシエンヌのところも、あの前の夏からずっとこっちにいて、冬越ししたんだった。疎開が徐々に始まっていたんだな。それでぼくが訪ねてくると、丁度、あの張り出した部屋の庭に面した扉が開いていてね。秋野さんと太郎君とが担架で病人らしい人を運び出そうとしているところだった。ぼくは急病人かと驚いて、手助けに庭に駆けこんだんだったが、秋野さんが担架の腕木を握ったままで顔を上げて、病人の退避訓練をやっているんだ、と説明してくれた。秋野さんは額に脂汗を浮ばせて、苦しそうに担架を持ちあげていた。リュシエンヌの一家も連れて行かれてしまって、愈々破局がこの高原にまで押し寄せてくる気配が濃厚になって来たので、いざという時に病人を連れだす練習をしておく必要がある、というのが秋野さんの説明だった。ぼくはそれまでこの家にそんな病人がいることなど知らなかったので、担架のうえの毛布に包まれた病人の顔を覗きこもうとすると、そばに付き添っていたお嬢さんが素早く、その顔のうえに大きなタオルを掛けてしまったっけ」

「それが秋野さんの姉さんだったんだよ」

と、私は答えた。それから私は急に思い出してつけ加えた。

「そうだ、たしか、もう大分以前になるが、あるパーティーで秋野氏がぼくに、遂に姉から解放されました、と笑って話してくれたことがあるから、あの一生寝たまま過していた、ローズ・マリーたちの伯母さんは、その後とうとう亡くなったんだな——」

その時、Kが私の話を急に中断させた。

「そうだ、あの時、担架を持っていた秋野さんも、それから病人の顔のそばにつき添っていたお嬢さんも、もうその時は、前の夏のあの夢の暈はかぶっていなくて、寧ろ平凡な一市民に過ぎなくなっていたので、ぼくは驚いたのを、今、思い出した。あれから直ぐぼくは環境が激変してしまったので、その色の褪めたこの一家のことはすっかり忘れていたが。そうして最近、強くぼくのなかへ想い出されて来たこの一家は、相変らずあの匂いの豊かな夢の暈に包まれていたわけだ。だからぼくにとっては、あくまであのお嬢さんは、あのぼくたちの最初の夏のなかの存在なんだな――」

Kの「存在」という言葉が、不意に私の思念を私自身からKの方向へ転換させた。私の意識はKが認識しようと努力している方向の流れのなかへ滑り入りはじめた。そうした他者の精神の働きのなかへ同化しようという私の心のごく若い頃からの気質的傾向は、長年の職業的習慣によって、より自然なまた自由なものになっていたのである。

「ところで君のお嬢さんが存在であったという感じを今、君はここへ来てこの家の建物や芝生を眺めている間に、君の内部で深めたし、純粋化したらしいが、その存在とたとえばローズ・マリーとはどういう関係になって来たのかね」と、私は訊いた。

Kは考え深そうな顔になると、秋野さんの家の敷地の向う端まで黙って歩いて行き、向う隣りの隣家の、今は空屋になっているらしい、明け放しになったままの門を通りすぎて庭に入って行った。そして、そこの伸びすぎた雑草と混りあった芝生のうえに身体を投げ出して、頭のうしろに両掌を組んで枕代りにすると、空を見上げはじめた。私も彼の真似をして、その傍らに横になった。Kはゆっくりと語りはじめた。

「ローズ・マリーはあの夏の記憶のなかのひとりの娘だ。そうして、彼女はあの夏が終ると同時にどこかへ消えてしまった。ところがお嬢さんはひとりの娘というよりは、もっとぼくの内部の深い底に沈んでいてね。そうして現在もその存在がぼくの内部で生きているように感じられて来た。それはひとりの他人の記憶というものとは別のもので、いわばひとつの壺のような、堅固で美しい形をもってそこにある。そうしてその壺のなかから、何かが絶えず流れ出てくるのだが、その流れは若くていつも未来の方向へ向いている。そしてその流れにぼくの心が涵ると、ぼくの心そのものが強い創造的な、そうして静かで華やかな生きる力を持ちはじめるように感じられてくる。ぼくはそれを若さだと自分に云ってみるのだが、実はローズ・マリーのなかにあった生理的な若さは、この壺のような存在のなかでは、溶けて消えてしまい、残っているのはより本質的な若さ、年をとることのない、そして同時に成熟した若さ、永遠の若さ、たえず物を生みつづける若さ、そういうものなんだね。多分、あれから三十年のあいだに、ぼくの心の底でひとりの娘のローズ・マリーは、こうした堅固なひとつの象徴的な壺の形を作り上げ、それがぼくのこの頃の奇妙な感覚のなかで、ようやくぼくに見えはじめて来たということだな。ぼくのなかに生理的な若さの最後の炎が消えたと気付いた時、そのお嬢さんという壺が、その灰のなかから肌を暖めながら姿を現わしはじめたんだ。その壺をはっきり存在として認識したいという衝動が、ぼくをここまで引きずって来たことになる。だからこの旅は、過去への旅という形で始まり、今や時間の外への旅という形で、ぼくのなかで完成されはじめている……」

意識の重層性という言葉を私は思い出していた。Kの意識の多くの層を、あの夏の経験の諸々の断片が、長い歳月をかけて底の方へ降りて行った。そして、その断片はそれらの層のなかで次第に本質的でない要素を濾過《ろか》して行って、最後はひと滴の純粋経験といったものが、最深部の層に滴りおちる。そうした幾つかの純粋経験の滴が、鍾乳洞のような意識の最深部において、溶けあってひとつの美しい壺に結晶して行ったわけだ。そしてそれを彼はあの夏の記憶のなかから拾いだして、お嬢さんという言葉ではじめは呼んでいたのだ。だからそうして、今や明瞭な形をとって来たその壺に対しては、存在という名を与えるより仕方がないということになるだろう。それは神話の形成に似た手続きをとって、彼の心の奥に作り出されたので、現実のローズ・マリーというひとりの娘は、お嬢さんという神話的存在にまで深められた時、彼の内部では、はじめは、ローズ・マリーとお嬢さんとが別人だという記憶の錯乱を惹き起したわけだろう。そうして、お嬢さんとローズ・マリーとの乖離は、既に彼の内部であの夏の翌年にはじまっていたらしい。先程、彼の話した伯母さんの退避訓練の情景のなかでのお嬢さんからは、夢の暈が消えていたという現象は、その神話形成がはじまりだしていたという事実を示しているのだろう。そして今やようやくこの二人の娘が、同一の意識の層のなかでの別人ではなく、異る意識の層のなかでの、同一人物の別の形姿であると気付きはじめているようだった……

それから私たちは黙って青空を眺めはじめた。Kは恐らくあの吸いこまれるような空の奥に、美しい形をした巨大な壺の幻影を眺めているに相違ないと私は思った。そうして私の意識はまた自然に流れを変えて、私のなかに戻って来た。それでは、私にとっては相変らずぴたりと同一人物のイメージのなかにはまっている、ローズ・マリーとお嬢さんとは、いかなる存在であるのか、と私はぼんやりと考えはじめた。二十歳の漠然たる憧れの対象であったらしい三十年前のあの日本娘の形をした西洋の女は？　あの夏の彼女はたしかに現実離れのした――つまりHの細君やKの妹やとは別の世界に生きていた――夢のような雰囲気をもつ娘だった。その奇妙に色の薄い瞳は、時々、抵抗しがたい魔力をもって、二十歳の私――いや、現在の私にとってはそれは連続的な存在として、私と呼ぶことを躊躇させられる彼――を吸引したのだった。そして、その吸引された世界は、やはり一種の官能の世界だし、彼には直観されていたのだが、その官能性も、現実的な経験として彼の肉欲を刺戟した、あの西洋の娘リュシエンヌの与える刺戟とは、はっきり別の夢の官能性というようなものだった。

そこで私は、それが現実にあった情景なのか、それともあの夏のある夜の幻想なのかは判らないが、仄かな幻のような記憶を甦らせた。それは薄いカーテンの垂れている窓のなかに、ひとりの娘が動いていて、彼女が卓上の電燈のまえに立ちどまった時、その裸の形がカーテンのうえに切抜き絵のようにくっきりと浮び上って見えた光景だった。それを偶然に目撃した、二十歳の彼は、身体の奥から突き上げてくる欲情を激しく意識して、一瞬、目を閉じたのだが、もう一度、勇気を振いおこして目を開いた時、その窓のなかの裸像は、彼女の室内での位置の移動と共に、カーテンのうえで、丁度、砂糖が水に溶けるように、揺らめきながら消えて行った……

それから、私はその芝生のうえのKの傍らで、ごく短いあいだ眠ったらしかった。そして、その眠りのなかで私は一匹の蜂と化していた。蜂は物憂い空気のなかを、微かなうなり声を発しながら、執拗に何度も、目の前の花弁のあいだに攻撃をしかけていた。そしてその花が蘭の一種であると気付いた時、私は突然に夢から覚めた。私の心臓は驚きのあまり激しく鼓動していた。私はその夢のなかで途方もない記憶に出会ってしまったのだったから。その記憶はあまりの途方もなさによって、甦らされることをかたくなに拒否していたので、私の意識の最も奥深くに眠っていて、それが夢のトンネルを通過しながら、一気に明るい意識の表面にまで上昇して来た時、私の心臓は速すぎるエレヴェイターから降りたばかりのように、変調を来たしたのであった。

……それは或る温室のなかだった。この別荘村から列車で小一時間ほどの距離にある城跡公園へ散歩に行った私たちは、気紛れを起して、この小さな植物園のなかへ歩み入った。私たちの一団は流れるようにして、部屋のなかを通り抜けて行った。最後にふと気付くと、秋野さんがひとりその温室のなかに取り残されていて、彼は目のまえの花を腰をかがめて食い入るように眺めていたのである。私は引き返して彼に近付いて行った。意外なことには、秋野さんは額に汗を浮べて昂奮していた。私が昂奮している秋野さんを見るのは始めてだった。そして、秋野さんの唇を乾かすほど昂奮させている物は、彼の前に赤と紫と白との色をしどけなく溶け合せている蘭の花に相違なかった。

秋野さんは目をあげて私を見た。それからその蘭の開いた花を指さすと、押し殺したような声で話しはじめた。

「見たまえ。この花たちの奇抜な輪郭。その形を認識しようとして注意を集中すると、それは目のまえで忽ちその輪郭の線の複雑な入り混り方で、不可解な不整形に変ってしまう。ひとつの線のあとを追って行くと、それはいつのまにか、重なるようにして開いている隣りの花の輪郭のなかにまぎれ入ってしまうのだ。そこで別の線のあとを新しく追いはじめると、また別の輪郭を示しはじめる。つまり、この花びらは無限の形の可能性を秘めているのだ。そうしてこの色。この色もそうだよ。花弁のうえの赤い色が、どこで白に変って行くのか、どこで紫と入れ変るのか。君、いくら見つめていても、絶えずその境界は移動しているようなのだ。そうしてその色と形とのぼくたちの目のまえでの瞬間毎の奇怪な変貌、この花のふしだらな淫蕩な身のよじり、またそのたえず近付いてはまた遠ざかって行くような匂いは、あの液体に濡れそぼって放逸に大胆に快楽の声をあげている、愛の営みのさなかの女性の美の中心そのものなのだ。この花弁の色も形もその地肌も何と無遠慮に官能にあえいでぼくたちを誘惑しようとしていることだろう。あの女性の美の中心も、陶酔に濁った男の目のまえでは、どうしても一定の形状を取って見せてくれない。それは眺めれば眺めるほど、色と形と匂いとの混乱が高まって来て、そのものが独立した生き物のように、今にも死に絶えようとして身をよじっている。そうして、そのあえぎのなかで突然に、急に凝固したように不動になったと思うと、次の瞬間にはまた新たな匂いの強い液体をその秘密の奥から吐き出して、その鮮かな色の重なりのあいだを濡らして行く。そうして、それは何よりもまず美しいのだ。何という花だ。君、これは全くあれと同じだと思わないかね……」

この思いがけない秋野さんの、錯乱した花の描写は、その比喩のなかに急に現われ出た、耳慣れない「女性の美の中心」という言葉によって、一瞬私をまどわせた。そして、次の瞬間に、その比喩が私が今まで現実には一度も眺めたことのない、女性の肉の秘密の部分そのものを指しているのだと気付いた途端に、私の意識は洪水のような混乱のなかに押し流されるのを感じ、そして目の前の花々の恋の戯れが、私の暗くなった視界から、急に遠ざかって行くのを微かに知覚していた。

それは、秋野さんが女性の肉体そのものについて明らさまに語った唯一の機会だった。そしてその時、私は秋野さんとその姉、アンドレとローズ・マリー、ローズ・マリーとリュシエンヌ、同性愛に対する秋野さんの仄めかし、そうしたものの作りだしている雰囲気の最も奥にある秋野さんの心の秘密に、そしてそれは同時に、私の秘かに名付けているあの「快楽の館」の秘密に直面した、と信じた。

そうして、今、この隣家のひと気ない荒れた芝生のうえで、この私の心の奥からの記憶の甦りに出会った私は、その秋野さんの蘭の花の描写に、最近の秋野さんの文学的仕事と全く同じ質を発見することになったのだった。秋野さんは一行も表現しないでいた間に、その心の最も深い部分に、現在の作家秋野氏を、果して既に孕《はら》んでいたのだった……

第九章　崖の上の眺め

私にとっては全く未知の異国としか感じられない、あの私の心に対して冷淡な沈黙を守っている、新しく出来た本通りの端のコンクリート造りの広場に面して、私たちは一軒の今風の――ということはあの昔の夏を連想させるような雰囲気の全くない――スナックを発見した。夏の季節に先立って早々と開店準備の完了したこの店は、もう営業を開始していた。若い主人がまだ不充分なところだらけで、予定の給仕も東京から到着していないので、というような弁解をしながら、インドネシア風カレーなるものを大きなボールに入れて出してくれた。

あの時期に南方に行っていたKは、そのカレーを味わいながら、主人に向ってその味や製法について暫く議論を交していたが、主人が奥に消えた途端に、

「おい、早く片付けろ。おれは今、あの夏へ戻るのが目的なんで、そのあとの南方へ戻るのは目的じゃない」

そう、私に命令するように云った。それから、急にスプーンを皿に置くと、

「そうだったなあ、あの南の島の夜空というものは、実に悠久なものでね。海岸に寝っころが

って見上げていると、もう決して自分が戻ることのない日本というものが変に現実感がなくなって感じられて来たものだよ。つまり、それまでおれの生きていたあの東京下町の埃くさい環境、すべてが細かく動いている、建物だって樹木だって箱庭のように小さい、人間の心もちょっと動けばすぐ親子兄弟の心に衝突してしまうような世界。そうしたものがもう終ってしまった前世のような感じだった。何しろ海岸から少し陸地の奥へ引き返せば、おれたちのいる場所は、猛烈な熱帯の森林地帯なんだ。日本とそこでは全然、異った時間が流れている。その時間の流れのなかで、大きな星座を眺めていると、いつもその深い夜空のなかに現われて、空いっぱいに拡がって行くのが、あのお嬢さんの——姿というほど具体的じゃないし、個々の思い出の情景でもないし、雰囲気というほど漠然たるものでもないし、——要するに、お嬢さんそのものだった。そうしてそのお嬢さんというのは、ぼくが別離のために訪ねて行った時の庭先の、退避訓練をしていた彼女の姿じゃなかった。そうじゃなくて、あのぼくたちの夏の、夢の暈をかぶったお嬢さんなんで、それを彼女というような三人称の代名詞で指すのは、甚だ勝手の違う感じのものなんだ。そうだな、南十字星のあいだに毎晩現われたあのお嬢さんの面影は、既にあの時期に現実の、君がローズ・マリーと同一人物だという彼女からは、大きく遊離しはじめていたのだな。そうして、それからぼくの心を転覆させるような、思い出したくもない経験が無数に連続して、それから東京へ戻って来て、家も両親もあの破局のなかで消えてしまい、妹だけが近郊の百姓家で未亡人になって手伝いをしながら、食いつないでいるのを発見した。それからは現実の時間のなかの疾走の連続だ。ぼくはお嬢さんを、あの南方の夜空のなかに置き去りにして戻って来て、そうしてすっかり忘れていた。それが、三十年後の今になって、急に空から引き降したい衝動にぼくは駆られて来た。そうして、その道連れに無理に君を仕立ててしまった……」

私は卓のうえに小銭を並べながら云った。

「お嬢さんがもし彼女と呼べるような存在だったとしてだね、もし現在どこかで出会ったら、ひとりのつまらない婆さんに過ぎなくなっていて、そして、あの夏のぼくたちの桜色のもやとは何の関係もない、しなびた姿しか見せてくれないだろうと思うよ。お嬢さんは彼女という限定的な代名詞で呼べるような存在じゃなかったから、——敢ていえばそれは日常的現実の動物的な存在じゃなかったから、——今でも生きて君を誘っているんじゃないか。そうして、今の君に対して、人生の進路を動かすほどの力を持っているんじゃないか。ただのローズ・マリーだったら、現在の日本にはいくらでも街に氾濫している、あの混血児まがいの娘のひとりに過ぎないさ」

午後の目的は、あの崖のうえの家だった。しかし私たちの雇ったタクシーは、両側に無数の別荘の並んだ、町中のような道を短い時間走ったと思うと、もう坂のうえに停った。三十年の歳月は、あの森の奥の孤立した小屋を、別荘地の宅地造成というようなもので、明るく新しい町の真中へ引きずり出してしまっていた。そして、その孤立した木造の小さな粗末な小屋の前の、火山の山頂に向って這い上っていた深い森も、今や一群の建物の出現によって、その秘密を白日のもとに暴露していた。あの時期、ここで秘かに営まれていた小さなそして濃密な生活が、今や、粉ごなに打ち砕かれて、あたりに散乱しているという感じだった。

その小さくて濃密な孤立した生活を包んでいた建物だけは、恐らくその家の主人が死んだあと、空しく放置されているらしく、破れて素肌を露出させた外壁が、板で乱暴に補修された無残な姿をさらして、昔ながらに崖のうえに、木のヴェランダを突き出していた。

私は敷き並べた何枚かの板が、腐って踏み抜けそうになっている、ヴェランダに昇って行く勇気はなかった。それに庭からヴェランダに昇る木の階段の板は、既に横に渡した板が真中で折れて、端に垂れ下っているものもあった。

Kも足を停めると、

「ひどいことになっているなあ……」

と、歎声を発した。

「奥さんはここが嫌いで、滅多に来たこともなかったし、それにここの生活を抹殺したかったので、先生が亡くなった機会に閉めてしまって、時間の破壊にまかせたんだろう。つまり奥さんにすれば処罰のつもりかも知れない。あの沢山の本の運命もどうなったか……」

そこまでいいかけて、私はこの家のなかの本の手荒な搬出の光景を、空想のなかに思い描いた瞬間、多分、先生にとってはもうひとつの大事なものであったに違いないものが、先生の死の直後、この家から追い出され、そうして、どのような運命を辿って行ったのか、という考えが、突然に頭の隅にひらめくのを感じた。そうして、そのものが、今、この無人のヴェランダの手すりに凭れて、目の下に広く拡がる谷間を見下している姿を、ありありと見た。

それはまだ二十歳を過ぎたばかりの若い娘で、頭髪をひきつめにして、エプロンを掛けたままで、足許に何かの硝子《ガラス》器を置いて、魂を失った人のように、力なく木の手すりに上半身を任せている。誰かに腰を抱き上げられて突かれたら、彼女はそのまま下の緑の谷に向って転落して消えて行くだろう。そうして、今の彼女の姿はそうした運命に反抗し、生にしがみつこうという気力も失ってしまっているように見える。

が、そこで私の幻影のなかの彼女は、突然に全く同じ姿勢のままで、記憶の情景のなかの彼女の内部に滑りこんだ。と同時に、五十歳の私も、現在のなかからその記憶のなかの三十年前の若者の心のなかへ引き返した。記憶のなかの彼女は私を認めて立ち上ると、急に眼のふちを赤く染めて、私に向って云った。「先生がお待ちかねよ。昨日、電報を打ってから、まだかまだかって、子供のように聞き分けがなくて、私、困ったんですのよ」。二十歳の私は、その若い女性の、今、男の抱擁から解かれたばかりの痕跡であるに違いない目のふちの赤らみを、まぶしいもののように感じながら、ヴェランダへの細い階段を昇って行った。そして、その若者の幻影はヴェランダの端に昇りつくと同時に消えたのだが、それと一緒に、彼女の姿も私の目のまえから空気のなかへ拡散してしまった。

そうして私の記憶は、その情景の直前へまで逆回転して行った。

「スグ　オイデ　コフ」アフミ」という電報を、私が私たちの小屋で手にしたのは、前の晩おそくなってからだった。それは季節の終りで「別離の夕べ《アプシード・アーベント》」という音楽会の催しが、公会堂であった晩のことで、私たちは街で早い夕食を食べてそのまま、その音楽会へ出掛けて行ったので、電報を手にするのが遅れたわけだった。私は仲間と昂奮して細い夜道を帰って来て、食堂の電燈をつけた瞬間、例の大きな木の卓のうえに、ヴォルテール夫人によって目立つように拡げられてある電報用紙を発見したのだった。仲間の誰か、多分、医学生のFだったろうが、「こんな夜遅く、あの坂道を自転車で昇って行くのは無理だよ。先生には看護婦がついているんだから、心配はいらないよ。例の先生の我儘《わがまま》だから、明日の朝、出掛けて行けばいいんだ」と私に忠告した。「先生の生命より、君の生命の方が危険だよ。今夜は寝てしまえ」。私はその忠告に従って、訪問を翌日に延期することにした。実際、その晩の音楽会の、季節の終り独特の雰囲気のなかで昂奮したあとで、私は全身的な疲労に襲われて、口をきくのも億劫になっていたのだったから。

「あの頃は、ここの別荘には大概の家に電話がなかったので、いちいち連絡を電報でやったものだね。よく面倒に感じなかったものさ」

と、私は傍らのKに云った。

「そうだよ、おれたちの小屋にも盛んに電報が来た。金も電報為替だったしな。そう云えば君がここに泊りに来ていて、ぼくが君にぼくらの小屋宛てに着いた電報を届けに来たのは、あれは何の電報だったんだい」

と、Kが訊いた。

「それが全く覚えていない。その電報の指示に従って何をしたのかも記憶にないのだから、どう思い出しようもないんだ。あの夏のぼくらの記憶は脱落だらけで、それをどう想像力によって補っても、果して正確な修復が可能かどうか……」

そう話しながら、私の内部では先程からの継続の場面の回想が、濃厚な密度で展開を続けるのを、感じていた。

……翌朝は仲間一同が前夜の疲れで朝寝坊した。私たちはマダム・ヴォルテールに起されて、朝昼兼帯の食事をした。そうして私が自転車に乗って出発したのは、もう日が頭上近くにある時刻だった。若者の肉体の回復は速やかである。私はよく眠ったあとの精力の充実を意識しながら、長い坂道を腰を浮かせて自転車を漕いで行った。そして、この小屋の前の、二本の低い杭の立った門のまえに自転車を停めた時、私はこの小屋全体が異様な沈黙に支配されているのに、不吉な予感を持った。若い精力の余剰は、却ってそうした不吉さにも敏感になるものである。

私は自分が手伝って開けたこの小屋に、下の谷間の百姓家の小娘が通って来て、先生の世話をすることに決った時点で、自分たちの合宿所へ戻ったのだったが、その後、気候の急変で先生は発熱が続き、東京から看護婦がひとり駆けつけて、看病に当っているという情況だった。そうした情況でまた呼び出しの電報が私に来たのだったから、或いは先生の容態に何か悪い変化が起ったと想像されないこともなかった。ところが昨夜、仲間たちがあまり気軽に私を慰めたので、その若い雰囲気のなかで、私はそうした不吉な推測をすることをすっかり忘れてしまい、しかも今朝の好天と私の内部の精力の過剰とが、いよいよ私を明るい気分に包んでいたのだった。そうした明るい気分が先生の容態まで軽く想像させるというのが、青年特有の自己中心主義であると、現在の私なら批判したくなるところであるが。青年の無邪気なエゴイズムは、先生の呼びだしの目的を、私が先生を通して或る学者に借用を申しこんであった書物が、先生のところへ到着したので、それを取りに来いということであると、勝手に決めていた。そうして先生は、私がその本の飜訳に取りかかるについての、細かい注意を私に与えるつもりなのだろうと思っていたし、場合によっては一泊してもいいと考えて、自転車の荷台には、スエーターなどを入れたボストン・バッグまで縛りつけて来たのだった。

ところが私を迎えたのは、建物の異様な静まり返りだった。最初、その静寂は、その直前までいた人たちが急に留守した時に生じる、家のなかに生活の匂いだけが漂っていて、物音の方は聞えないという、感覚上の不調和から来るものかと私は思った。先生の容態に急変が生じて、看護婦が付き添って病院へ行ってしまったのだろうか。そうして私は、自分の楽天的な気分のなかで、肝腎な時に遅刻してしまったのだろうか。そうした後悔が胸を痛く締めつけた。しかし次の瞬間に、私はその静寂の質は、そのように急に建物が空屋となったための冷えたものでなく、底の方に異様に熱いものを潜めた種類の沈黙であることに気付いた。それは他人の接近を意識したために、あの親密な熱気を含んだ空気のなかに、突然に沈黙が導入された、といった感じの、息をひそめているような不安な静寂であった。新しい不安に駆られた私は、自転車を物音を立てないようにして門内に引き入れ、そして習慣に反して、普段のようにヴェランダのある庭先の方に廻らないで、道に面している低い生垣に沿って、空巣ねらいのように狭い隙間を、先生の部屋の前まで進んで行った。

窓は明け放たれていて、カーテンは風に飜って、室内の様子を覗かせた。先生は留守ではなかった。あの見慣れた長い髪を枕のまわりに拡げて、先生の身体は仰向けにベッドに横たわっていて、そして、先生の顔のうえに、先生の代りに駅に迎えに行った時、一度だけ私が会ったことのある、若い看護婦の顔が覆いかぶさっていた。私は先生が熱でも計られているのかと思った。が、次の瞬間、それが看護の光景ではなく、愛の光景であることに気付いた。看護婦はあえぎながら、私がもう直ぐ到着するからいけません、というような抗議をしていた。それに対して先生は無言のまま毛布を撥ねのけ、いきなりその娘の身体をベッドへ引きあげ、そうして、二人の身体はもつれあったまま、また毛布の下にかくれた。看護婦の抗議の声も、その毛布のなかに消えてしまった。

私は直ちにその場を離れ、そうしてその窓がそれに向って開いている低い生垣をまたぎ越すと、ひと気のない白昼の白けた道路を突っきり、そのまま火山の麓の深い森のなかへ、枝を掻き分けながら昇って行った。私は強い日に照されて木々や草の発しているむれた匂いに包まれながら、今の目撃の現場を遠ざかることだけを目的として、まるで猟師に追われる兎か何かのように、奥へ奥へと身体を潜りこませて行った。森のなかに立ちこめている刺戟性の自然の匂いは、今の情景が私の内部へ突き上がらせた激しい欲情を、いよいよ煽りたてるように働いた。——ということは、今の情景が若い私のなかに惹き起したのは、妻のある男性が、しかも私の尊敬している先生が、妻の目のとどかない所で、別の若い女性と寝床を共にしていたとか、或いは若い無垢の処女を分別のある筈の中年の男が誘惑したとか、そういうことに対する、若者特有の純潔な、あるいは未熟な道徳的反撥感というようなものではなかったということになる。もっと直接的にひとりの男性とひとりの女性とが、たとえ想像のなかでは可能であったとしても、現実に突然に自分の目のまえでひと組の獣と変身し、肉の快楽のなかに没入して行ったのを、生れてはじめて目撃したことの与えた衝撃であった。若者は今迄、教授を前にして一度も、教授と夫人とのあいだの性的交渉についても夢想したことなどはなかった。それまで男女の性の交りについての夢想のなかでは、男も女も特定の顔は持っていなかった。仲間のHが露悪的に彼の新婚生活について語った場合でさえ、そのHの話の内容を具体的に目に映るものとして想像することはなかったし、実際にHの妻が彼等の小屋に現われた時、はじめてその若妻の顔を見ながら、やはりその女の閨房《けいぼう》のなかでの姿態を連想することはなかった。Hの暴露的発言は、著しく彼の空想を刺戟したが、その刺戟から立ち昇ってくる男女の抱擁図は、直接にHとその妻とのものではなく、顔のない未知の男女の身体の縺《もつ》れあいだった。そのような具体的な人格を含む想像からの隔離は、ある本能的な禁圧によるのかも知れず、又、社会的な礼節の結果かも知れず、それとも童貞的な羞恥心から来たものかも知れなかった。しかし、今の情景は、そうした本能的な禁圧とか、社会的な礼節とか、童貞的な羞恥とかいう、彼の内部の防壁を、外部から一挙に突き破って乱暴にも押し入って来たのだった。そこでそうしたいわば日常的道徳感覚を構成する諸々の防壁が、不用意に打ち倒された時、彼のなかに最初に起った反応は、全く動物的な情欲の燃え上りとなったのだった。

そして、それはその夏の諸々の性的な経験——映画会場の闇のなかでのKの妹の髪の毛から惹き起された欲望、リュシエンヌの金髪を顎のしたに感じた時の快楽、幼いオデットの白い膝のうえに拡がる血の与えた刺戟、ローズ・マリーの裸形の薄いカーテンのうえの影から受けた官能的喜び——そうしたもののいわば総決算としての意味を、青年の性的経歴のうえに持ったと云えよう。そしてこれらの欲情の特徴は、その欲情がその対象によって満足させられるというところまで進展しなかったために、遂にその対象に固着するということ、つまり、その対象について持続的な愛を発生させるということが起らなかったという点にある。つまりそこでは、青年の肉欲は対象とは無関係なのであった。だからこそ、私の性の歴史にとっては新しい段階を開いた筈のこの体験は、三十年後の今日まで、私の奥でその記憶を眠らせていて、一度も意識の表面へ立ち昇ってくることがなかったのである。

そこで突然に私の思考は、あのクラブでKと語った後の、深夜の私の寝室の闇のなかでの私の「夜の思想」と直結した。現在の五十歳の私の経験している「性的感覚の直接性からの離脱」という現象が私の内部に引き起しているあの奇妙な感覚と、青年があの夏に味わっていた「肉欲の対象からの離脱」の現象が青年を駆りたてたあの苛立たしさとの間には、微妙な関連があるに相違ない、という直観である。私は最近、味わいつつあるあの奇妙な感覚によって、あの夏の精神状態のなかへ思いがけない秘かな抜け道を拓いたということになる。より端的に云えば、私の最近、悩まされている新しい感覚は、実は青年時代の感覚の状態への思いがけない復帰という要素があるわけであった。ということは、私の人生の第三期（成熟期）の入口において、私は第二期（壮年期）を飛び越して第一期（青年期）の経験をもう一度、自分のなかへ甦らすべきであると、あの深夜に考えたのだったが、実はそうした第三期が第一期と第二期との綜合であるべき筈だという思想そのものが、既にあの時、私の内部で秘かに進行していた奇妙な感覚自体の深化による第一期の精神状態との呼応という、無意識のなかでの現象に背後から押されて、私の意識の表面に、ひとつの要請として浮び上って来た、ということになるのだった。私のあの晩に作りあげた思想は、既に無意識の底で進行していた、青年期への復帰の現象の、後から付け加えられた解釈なのであった。

そこで私は、庭先の石のうえに腰を落して、茫然と廃屋を見上げているKを顧りみて話しかけた。

「君、君が東京で感じていた奇妙な感覚というのは、今日、話してくれたあのお嬢さんの存在が結晶してできたひとつの美しい壺の中味なんだよ。つまり今、君が自分のなかに見出している奇妙な感覚というのは、実は最初の経験なんじゃなくて、ぼくたちがあの頃あの破局を直前に予感しながら、無理に自分のなかの少年期を切り捨てて、生涯の最後の短い時期となる筈だった青年期のなかに自分を引き上げようと努力しながら、毎日味わっていた感覚と、等質のものだったんだ。ぼくたちの青春は自然の緩やかな展開に任せるべき時間的余裕がなかった。ぼくたちは子供の時期を脱したと思うと直ぐ目の前に死を突きつけられて、さあ生きろと声をかけられていたんだよ。そうして、そのような短い残された時間を、可能なかぎり豊かに生きるために、夢による増幅作用を集団的にあの夏、行なったわけだ。そこでその燃えるような夢のうえに、ひとつのコロナのようにして浮び出て来たのが、お嬢さんという観念だったのだよ。そうしてそのような観念が、非現実的な若い娘——しかし決して君の妹とか、Hの細君とかいう現実の肉体と日常的な生活習慣とを持った、時間と共に母親にも変貌して行くような型の娘ではない女——の姿を取ったのは、それがそうした若者の心のなかに発生したためなんだろう。だからこそ現実の放蕩者であったSの頭上にも、そのお嬢さんは宿ることができたんだね。そうして、思いがけないことに、君はあの破局の終ったあと、予想もしていなかった人生の第二期のなかへ生きたまま放り出された。そして、あの破局のなかで君のその青春の奇妙な感覚は全く破壊されていたから、お嬢さんの幻影はこの三十年のあいだ一度も君のなかへ出現の機会はなかったわけだ。ところが最近ぼくたちのなかに、またもや死を予感させるような、多分、生理的な違和感が生じて来た。それは生理的に云えば体質の変る時期、一種の更年期というようなものだろうが、その変動がぼくたちの心理にも波及して、それが奇妙な感覚となって、意識の表面へ顔を出して来た。そこで今までの生活を支えていたすべての価値観の動揺がはじまり、君のなかでそれは会社や家庭に対する突然の無関心という現象となった。同じように、ぼくにとっては、それは性的感覚の直接性からの離脱という現象となって現われて来た。そうしてその奇妙な感覚は、君の意識の底の方で、遠い青春の入口で毎日味わっていた同じ奇妙な感覚を甦らせ、その甦って来る気配がその感覚の中心にあったお嬢さんの面影を君の意識の表面へ浮び上らせることになったのだ。そして、君はそのお嬢さんの面影を追い求めるという形で、無意識にあの第一期の不安定で、同時に無限の可能性が精神のなかに渦巻いていた状態への復帰を求めはじめたのだろう。ぼくらの世代のような、死を正面から突きつけられた世代でない、通常の時期の世代だったら、青春の入口というものは、彼等の内部の諸々の可能性を、ゆっくりひとつずつ意識しながら試行錯誤を行なって、第二期のなかで実現可能な筈の可能性を選択する期間なわけだが、ぼくらの世代は、どの可能性も実現されうる時間的余裕がないことを意識し、しかしせめてその可能性の内容だけでも垣間見ようとして、短い時間のなかで苛立っていたのだ。だから、あの夏にぼくらの落ちこんでいた精神状態は、無秩序な可能性——生れる時、将来、長い時間をかけて実現させるべく用意されていた、贅沢すぎるくらい豊富な諸々の可能性——の、ひと時でも表面へ顔を出したいという押し合いへし合いの競争で、たえず波立っていて、それが奇妙な感覚となっていたのだ。そういう見地からすれば、君の不眠症もその副作用だったかも知れず、Tが断乎として残された時間のすべてを聖トマスの神学の研究に捧げていたのも、それは彼なりの諦念《ていねん》にもとづく決断であったわけだ。そして、そのような共通の混乱が、丁度、砂漠で疲れた旅人が空のなかにオアシスの幻影を見るように、夢の暈の幻影を生みだし、そしてその混乱が激しいほど、その夢の空気は濃厚になっていたのだろう。よく高い処から落ちる人間が、身体が下へ到着するまでの短い時間に、一生の凡ゆる記憶を物凄い速度で回復させると云われるが、二十歳を過ぎたばかりの若いぼくたちは、あの夏の短い時間のなかで、破局へ向って落下しながら、充分に生きた過去の欠乏のために、まだ生きていない可能性の群を、一気に意識の表面に浮き出させようとしたわけだろう。そうした墜落作業によって、今、無理に中断させられようとしているぼくらの生涯の未来を、絶望的に短い時間のなかで実現させようと、痙攣的な努力をしたのだったに相違ない。だから、今、美しい形と肌とを持つ壺となったお嬢さんから流出してくるものは、君の青春の時期の可能性の束なんだということになる。その一瞬だけわずかに姿の片鱗をみせて、君の奥に沈んでしまった諸々の可能性が、今、白日のもとに、あの時のままの若い生命をもって、きらきら輝きながら、滝のように流れでてくることになる……」

Kは私の話を聴きながら、深い冥想のなかへ沈んで行った。私の意識はそのKの沈黙にうながされて、再び現在の時点から二十歳の青春のなかへ戻って行った。――青年は、火山の麓の森林のなかを、爆発寸前の情欲に突きあげられるようにして、どれほどの時間を枝を潜って歩きまわっていたのだろう。やがて気が付くと、彼はもう一度あの自転車の置いてある門柱のまえに立っていて、そして汗まみれの身体からは、激しい情欲もかなり沈静していた。彼はその情欲の名残りのほてりを微かに感じながら庭先へ廻り、そしてヴェランダの上のあの看護婦と視線が出会ったのだった。そうして彼はその娘の瞼のうえに、愛欲の嵐の過ぎて行った痕跡を発見したというわけだった。そして、その瞼のかすかな赤らみのなかに、そのような「痕跡」を発見させるまでに、彼の感覚を発達させたのは、それに先立つあの垣間見の与えた衝撃と、それに続く森のなかの情欲に追われての彷徨の時間の作用であったのにちがいない。

ここで先ほど突然に途切れた回想の場面の終りに、私はそのようにしてもう一度、出会ってしまったわけであるが、そこで今度は、その回想は必然的な進行方向をとって、更に次の場面に滑りこんで行った。青年は今、先程、窓の外から窺った部屋のなかのベッドの端に立って、教授の顔を見下していた。教授は枕を立てて頭を持ちあげると、「昼寝の時間なんでね。別に加減が悪いわけじゃない」と答えた。そうして、電報で呼び寄せられた理由を語ってくれるものと期待している青年に向って、急に皮肉な微笑を口もとに浮べると、「おい、今、来たわけじゃないだろう。先ほど窓の外から覗いていたのは君だろう」と云った。その静かな言葉は、私の胸をねらい打ちするように貫き、私はそこにへたりこんでしまいそうになった。私の頭に血が渦まくようにして集中して行くのが判った。丁度その時、冷たい飲物を盆に載せて、先程の看護婦が入って来た。するとと先生はいきなりその娘の肩に手をかけて引き寄せた。「君、見る通りだ。君はこれを不道徳と見るかい？」教授の声は鋭かったが、その顔は相変らず笑っていた。「もし君が不道徳だと思うなら、君は大変な楽天家だよ。何故なら、こうしたことを不道徳と見る一夫一婦制の道徳を発明した社会が、今、急激な勢いで破滅に向って走りはじめている。そうした破滅すべき社会の上に乗っかっている我々が、その社会と心中するはずの道徳などを信じるということは、ノンセンスなんだよ。その破滅はぼくもこの娘も捲きこんでしまうことは残念ながらもう間違いはない。何も死に直面しているのは、若い男の君たちばかりじゃない。可哀そうにこんなに張りきった肉体を持っている、未来に満ちたはずのこの娘も、近い将来に死刑の執行を宣告されているのだ。そうした僅かの残された時間を、亡びるべき道徳に後生大事にしがみついている馬鹿はない。ぼくはぼくの内心の声に正直に耳を傾け、この娘を愛することに決めたんだ。この娘は職業柄多少の医学知識があるから、性的行為はぼくの病気にとって有害だなどと説教するがね。それは平常時の心得であって、非常時の今日には通用しないさ」

娘は顔を真赤に染めると、先生の腕を振りほどくようにして、部屋を出て行った。

教授は娘の背が扉から消えるのを笑いながら見送ると、青年の方へ向き返った。

「君は長い単調な夫婦生活というものを味わう機会が死ぬまでないのだろうから、参考までに教えてあげるがね。君たち青年にとって、多分、最大の関心事である性欲というものの充足のために結婚があると考えるのは、君たちの年齢の特徴でね……」

青年は驚いて抗議した。

「ぼくは結婚とは愛の充足のためだと思います。そうして愛する相手に結婚を申しこむ時に、欲望のことは絶対に意識にのぼらないと思います――」

教授は面白そうに青年の顔を凝視した。それからまた目もとに皮肉の色を浮ばせると云った。

「愛にも色いろあるんだよ。欲望にも色いろあるように。君には信じられないかも知れないが、ぼくは今でも奥さんを愛しているんだよ。青年時代の仲間はぼくが奥さんを手に入れるために、自分の思想を裏切ったと大袈裟に批判するがね。もともとぼくは政治的実践には向いていない性分だということを、かなり早い時期に認識してしまったんだ。青年としては醒めた部類の人間でね、だから厭な奴だったのさ。ぼくは短いブタ箱暮しで、忽ち健康を害してしまってね。それからはこの厄介な身体をだましながら、静かな書斎生活を送りたくなったのさ。そしてそのためには一定の財産が必要で、だがぼくは秋野と違って貧乏だったから、奥さんの財産を当てにして、結婚することにしたのさ。君みたいな愛の信者なら、そんな結婚は愛の冒瀆だと云うかも知れないがね。奥さんはぼくに夢中だったし、ぼくもエゴイストではあっても、どうやら冷酷な性格ではなかったらしく、一緒に暮している間に奥さんを愛しだしていることに、いつか気が付くようになって行った。ただね、激しい肉体的欲望の充足の時期が過ぎてしまうと、ぼくは奥さんの欲望に次第にわずらわしさを感じるようになって行った。ぼくの奥さんに対する愛のなかには、性欲的な要素は含まれなくなったのさ。その点では純粋主義の君の愛と同様だ。(そこで教授は意地の悪そうな笑い声を、歯のあいだからこぼれさせた)。ところが女である奥さんには性欲抜きの愛というものが全然理解できないのだね。奥さんは夜中にぼくの寝床へ入って来て、もう私を愛さなくなったのですかと云って、ぼくの胸に髪を埋めて泣くんだよ。仕方がないから、ぼくは元気を振いたたせて、奥さんを抱いてやるんだが、そうすると必ず翌日は微熱だ。ぼくは落語家の台詞じゃないが、奥さんがぼくの生命をけずるかんなに見えて来たものさ。(このおんなとかんなの古い洒落について、青年は知識がなかった。しかし、教授の自己嘲笑の調子だけは、彼の心臓を冷やすほどありありと感得していた)。君たちの年齢なら、そうした関係のなかからでも快楽を抽きだすことができるだろうが、ぼくくらいの年齢になると、そうした関係の惹き起すのは嫌悪と不快だけさ。そうして、そのような交渉のなかで快楽にあえいでいる奥さんを見ると、どうしようもない生理的な拒絶反応が起って来て、奥さんへの愛情まで薄れて来てしまうんだよ。肉体さえなければ、うちの奥さんは理想的な妻かも知れない。しかしそうした感情は女である奥さんに説明しても無駄だね。そうして、ぼくたちの夫婦仲は奥さんの方から冷えて行ってしまった。病人のぼくをひとりでこんな不便な山の中に暮させていて、看に来ようという気もないんだから……」

そこで教授は、この地方で出来る山いちごから作った冷たい果汁を、うまそうに一息に飲んだ。そうしてまた青年に向き直ると、

「そうしてあの娘さ。あの娘は東京の家へ看護婦として入って来て、冷淡な奥さんの態度を観察している間に、ぼくに同情を抱くようになった。なに、昼間冷淡な奥さんが夜中にどのように変貌するかを見れば、そんな単純な同情なんて成立しなくなるだろうに、若い娘なんて仕方がないものなんだよ。そうしてその同情が忽ち、態度のうえで明らさまになった。何しろ、事ごとに奥さんに対して反抗的になって来たんだ。そうして、娘に手を焼いた奥さんはヒステリーを起して、この小娘と二人で山の小屋へ行って暮したらいいでしょうと、ぼくに怒鳴る始末さ。そこで、泣きながら彼女は家を出て行って、ぼくはひとりでここへ来てしまった。しかし忽ち発熱したので、通いの村の小娘の手に負えなくなって、そうしてぼくは彼女を呼び寄せた。だから彼女は一大決心をして汽車に乗ったわけだ。彼女はやってくると、その晩にぼくに愛を告白し、そしてぼくのベッドへ自分ですすんで入って来た。奇妙なことには、彼女との交渉がぼくから微熱を奪った結果になった。ぼくは奥さんの場合とは反対に、あの娘とでは、交渉の

あとの発熱の心配が要らなくなった。どうやらぼくの熱は、性的交渉中の嫌悪感に原因があったらしい。彼女との交渉はぼくに長い間忘れていた快楽を思い出させてくれた。奥さんとの場合は、ぼくのなかにたまたま欲望が起っても、奥さんの顔を見た途端に、その欲望がすっと冷却して行ったものだが、彼女に対しては欲望が起ると、忽ち相手にも反応が生じて、そのまま快楽のなかに没入する。それだから、まるでぼくは今、青年のように毎日、新鮮な欲望が身体の底から噴き上げて来て、きりなくそうしたことを繰り返している。彼女はぼくの健康を心配して、いつもびくびくしているので、ぼくは彼女を安心させるためにその命令を守って、こうやって必ず早い昼飯のあとは二時間ばかり安静を守っているのさ。尤も大概、安静時間も、さっき君が見たように愛の時間に急変してしまって、何にもならないがね……」

それからまた教授の目のなかに面白そうな表情が現われた。

「君、さっき窓から覗いていて、ぼくたちの行為が猥褻に見えたかね。あれが猥褻に見えたんなら、君は古くさい明治政府式因習に捉われているんだよ。ぼくたちの行為は猥褻じゃなかったから、猥褻に見えるのは、見る奴の方に偏見があるんだ。猥褻に見えるのは猥褻な性行為だけだよ。ところが明治の世代の連中はすべての性行為を猥褻だと思いこんで育った。だから連中は、愛の関与する夫婦間の性生活には喜びを見出すことができないし、日本の家庭婦人の七十パーセントは実に不感症だという統計が報告されている。そうして連中は、専ら愛の関与しない関係だけに性の満足を求めている。彼等は娼婦との関係のなかにしか性の充足を味わえない。彼等の性行為は、細君に対してと、芸妓や妾に対してと二つに分裂している。つまり猥褻が連中の性の理想なんだから、猥褻な性行為のなかにしか満足を味わえないわけだ。そうして一方で、猥褻は悪だと信じていて、細君を猥褻の共犯者にする度胸はないわけだ。愛と猥褻とは反対概念でね。ぼくとあの娘との関係には猥褻の立ち入る余地はないのさ。一方、ぼくが奥さんを嫌悪感を以って抱く時にぼくの心理のなかに発生する拒絶反応は、奥さんの一方的行為のなかに猥褻の要素を発見するからなんだよ。奥さんはぼくに対する愛が冷えているにもかかわらず、ぼくから肉の快楽を引き出そうとしているんだから。ぼくは長年の奥さんへの愛情から、そうした猥褻に身を任せている奥さんを見るのが嫌なんだよ……」

こうした思いがけなく大胆な教授の告白は、青年には刺戟が強すぎた。彼は茫然として先ほどから自分の頭脳が混乱の連続であるのを意識していた。そして、その内容は先生らしい奇妙な逆説――一種の論理的遊び――であるとしてしか理解できないと思っていた。それが三十年後の私のなかに、その語調だけでなく内容そのものまで、正確に微細に再現されて来たのは意外だった。それればかりか、先生のその性哲学の告白の途中から、現在の私自身が幻影の先生のなかへ滑り入っていることさえ意識した。その性哲学が先生の口から実際に発せられたのか、現在の私が自分自身の思想を、幻影の先生の口を借りて喋っているのか判らなくなって来た。

そう意識した私はもう一度、先生と距離を置いた場所まで引き返すと、あの時、青年が即座になすべきだった返答を三十年たった今、幻影のなかの、——現在の私よりも若い——先生に向って、ようやく口に出すことにした。「ええ、先生たちの行為は決して猥褻には見えませんでしたよ——」

傍らから、驚いたようなKの声が聞えた。

「おい、猥褻がどうしたって。こんなところで妙なことを考えるなよ。ここはいちばんそうしたことに縁のない場所だったんだぜ」

「しかし、ぼくはある時、この家で近江先生の性哲学を聞かされたんだ。そうして、現在のぼくは全くそれに共鳴している。あるいはぼくの現在の性意識の形成はあの夏、先生から強烈なショックを受けたことが、根本的な体験となっているのかも知れないと、今、思いはじめているんだ」

Kは石のうえから、いぶかしそうな表情で私を見上げた。

「君、それは秋野さんと思い違いしているんだよ。近江さんは秋野さんのことを、あいつにとってはセックスが固定観念になっている。だからあいつはその固定観念から遁れようとして、生活的不能者となっているって、批判していた。秋野さんのあの無限の知的好奇心も、抑圧された性的放蕩への欲求が、知的領域へ脱線して現われたので、秋野さんが本から本へ飛び移って行くのは、女から女へ飛び移ることの代償行為なんだそうだ。だから精神的にひとりの女にも子供を生ませることができない。秋野さんの読書体験は何の実りもない。何でもそういう意見だった。尤も当時のぼくらに、そうした秋野さんをそばで見ていて、秋野さんのあの愉しいお喋りのなかに、性的動機なんぞを発見しろったって、無理な話だったよ。ぼくはそんな近江さんの意見は、セックスの問題に対する、非経験的な書斎的な見当外れのものだと思った。近江さんは病人だったし、セックスなぞとはおよそ縁がなかったんじゃないか。現にずっとひとりでこっちで暮していて、奥さんとは別居していたしね。あの頃、近江さんは社会学のなかにフロイト学説を導入することの可能性というような、新しい問題を考えていたので、近江さんにとってはセックスというものだって、生まなましさを拭きとられた学問的概念に過ぎなかったのさ」

私はKがそう信じこんでいる近江教授像に向って、改変を強要するような証言を、ここでしようとは思わなかった。彼が先程から黙って自分の内部に再現しつつあるこの崖の上の小屋についての記憶の絵巻のなかに、心ない破れ目をつけるのは本意ではなかったから。

その時、突然、Kが立ち上って叫んだ。

「おい、見ろよ。山頂に白い煙が上っているぜ……」

私もヴェランダの足もとから後ずさりしながら、建物から道路をはさんだ向う側の、住宅地の背景をなしている森のうえに、わずかに山頂を見せている火山を眺めた。そこには一条の柔らかそうな可愛い白煙が、青空のなかに立ち昇りはじめていた。

「ああいうふうに煙の立ち昇っている時は、かえって噴火はないんだな。あの夏はまた噴火の多い年だったね。ここの家は火山に近いから、たしか深夜の噴火の時に、雨戸が爆発の風圧で外れたと、お嬢さんが話してくれたことがあった。何でも今日あたり噴火がありそうだと云うので、太郎君やリュシエンヌと一緒にお嬢さんが、ここの家に来て待機していたんだが、夕方になって諦めて帰ったあとで噴火があったと云って、口惜しがっていたっけ……」

突然に私のまえに、ひとりの中年の肉付き豊かな女性の姿が現われた。彼女はヴェランダの手すりに片手を掛けて、噴煙の撒き散らしている火山灰が、ヴェランダの屋根に驟雨《しゅうう》のような音をたてて降って来るのに、じっと耳を傾けていた。またその女性において、始めて見かけるその孤独な表情を、庭先からひとりの青年が凝視していた。庭の木立ちの下に避難しているにもかかわらず、青年の肩には、まだ生暖かい火山灰が降り積んでくるのが判った。しかし、山麓の見晴しのいい場所まで噴煙が空に描きだす刻々の変化を見物に行っていた筈の青年が、いつのまにか戻って来ているのに気付いたその女性は、忽ち普段の朗らかな表情に戻ると、彼に向って、「あらあら大変。早く屋根の下にお入りなさいな」と、手を振りながら叫びかけた。

それは思いがけなくこの山の小屋を訪ねて来て、短い滞在中に火山の噴火に出会った、教授の奥さんの姿だった。そうして、多分、奥さんと二人だけの差し向いの時間を出来るかぎり避けようとして、教授が例によって電報を青年の小屋に打って来た、その日の情景だった。

奥さんはその日、階下の茶の間で、どっしりと椅子に掛けたまま、到着した私を笑顔で迎えた。奥さんは私に向って、「近江がいつもお世話を掛けるわね。私も里の父が身体を悪くしているもので、気になっていてもこっちへ来ていられないのよ。だからお願いするわね」と云った。傍らで気難しそうな顔をしている教授の痩せた身体が、青年にはいかにも頼りなく感じられたものだった。奥さんの肉付きの豊かな胸や腰には、実生活の経験が長年のあいだに充満していて、教授の細い身体と、不釣合いに大きい脳だけでは、その奥さんの豊かさには抵抗できないだろうと、青年は感じて恐怖に襲われた。奥さんが滞在するという二三日のあいだに、先生はこの奥さんに圧倒されて、あの看護婦のことなど、忽ち忘れてしまうのではないか。つまり、先生のあの看護婦に対する「愛」というようなものは、奥さんのどっしりとした実在感の前では、幻のように消えて行くのではないか、という感じであって、人生の経験に乏しく、そしてその夏の夢の暈の下で生活していた青年にとっては、現実生活の重みというものの体現のような奥さんの出現は、尚更、強烈な威圧感を持って迫って来たのだった。

そうして、青年は最初の頃に雇ったあの小娘がまた台所から現われるのを見た。そして同時に、あの看護婦の生活の痕跡が、この家のどこにも不意に消えているのにも気付いた。彼女がいつも足に履いていた、あの手製だという可愛い赤い室内履も、スリッパ立てのなかから姿を消していた。

夕方になって、格別の用もない青年は、先生にもう用が済んだから帰りたまえと告げられた時、一体、何の用が済んだのか、自分が何をさせられたのか、一向に合点が行かず、早目の夕食のあとで直ぐ腰をあげた。すると先生は、散歩かたがたそこまで送ると云って下駄を引っかけて出て来た。そして建物の見えないところまで来ると、先生は不意に、下の谷間の村の、通いの小娘の家に、今日から預けてある看護婦に会いに行ってほしいと、青年に頼んだ。奥さんの滞在中、毎日、通いの小娘が帰る際に、看護婦に手紙を持って行ってもらうし、翌朝はその返事を小娘が先生のところまで持ってくることにしたのだが、彼女の精神的動揺があまり激しいので、青年に出掛けて行って、落ちつくように説得してほしいというのである。しかし、何の経験もなく事情にも通ぜず、同年配の娘の心理にも暗く、しかも、二十歳を過ぎたばかりで自分の判断から敢えて中年の妻帯者の胸に飛びこんだ女性の内面に踏み入ることなど、想像しただけでも途方もないことだと思われた。

しかし、彼は実際に谷間に向って、もう薄暗くなりかけた森の小路を、一心に駆け下ったに相違ない。私の記憶のなかからは、農家の壁に古新聞を張りつけ、部屋の隅には古いつづらのようなものが置いてある、粗末な小部屋のなかで、あの看護婦と膝をつき合せて、頭を垂れている青年の姿が、ありありと浮び出て来たからである。娘は髪を時々、指で掻き上げながら、教授と自分との間の秘密が奥さんに突きとめられてしまったに相違ない、と絶望的な目で青年を見つめながら云った。青年は今、先生がどんなことがあっても彼女を守ると青年にこと付けたのだから、がんばって下さいというようなことを口にして、娘を慰めようとする。しかし、青年には、この娘の絶望の深さが実際は想像もつかないのであった。それはあの仲間たちの小屋で過している明るい毎日とは、全く無縁の恐ろしい暗い現実の深みだった。青年は彼自身までその娘と一緒に、その底知れぬ洞穴の底へ引きこまれてしまうのではないか、という恐れにおののいていた。そうして何故、先生はこのような抜道のない恐ろしい事態のなかに、この弱い娘を引きずりこんでしまったのか。どのような成算があって、この娘を愛してしまったのか。それとも先生はこの間告白したように、崩壊寸前の社会のなかで、自らそのなだれのなかへこの娘を抱いて飛びこんでしまったので、成算とか解決とかいうものは全く考慮に入れていないのか、と思った。そして、そうした事態にも口を開いているカタストロフィーそのものの恐ろしさを思い知らされて、戦慄していた。だからといって、今、一心に先生への愛に取りすがろうとしているこの娘に、「どうせもう遅かれ早かれ、ぼくらは皆、全滅なんですよ」というような言葉を告げられるものではなかった。

そうした青年に向って、娘はおのれの内心の秘密を、意識の流れに身を任せながら、独白的に語っていった。

「先生は決して私を捨てないというのよ。でも奥さんは私たちの仲を嗅ぎつけたから、こっちへやって来たに決っている。それでなくてはあの鬼のような奥さんが先生のそばへ来る筈はないわ。そうして先生は奥さんに責められれば、私たちの仲を告白してしまうに違いないわ。そうなればきっと奥さんがここへ押しかけてくるわ。そうなれば私はもうあの奥さんに負けてしまうに決っている。先生は私をお妾ではない、自分の妻だと思っている、と今朝のお手紙にも書いて来たわ。でも、私は二人妻なんてことは考えられないの。先生は偉い学者だから、一夫一婦制はブルジョワ的偽善に過ぎないなんて、平気でおっしゃっているけど、私は平凡な娘なのよ。だから先生が私だけの夫にならない限り、心は安まる時はないのよ。あの恐ろしい厭な奥さんに対して、どうして私がひけ目を感じなければならないの。どうして私が悪いことをしているように、こそこそと逃げ廻らなければならないの……」

娘の手が突然青年の膝に伸び、強い力でズボンの下の肉が摑まれた。娘は顔中を絶えず湧きでてくる涙で濡らしながら、青年の顔を凝視した。

「奥さんは先生を愛してないのよ。先生を愛しているのは私なんだわ。だったらどうして私だけが先生の妻になってはいけないの。先生は今の生活を変えるのは面倒だ、どうせ長くは続かない人生なんだからと、やけのように云うけど、もしそうなら、その残された短い人生を、本当に生きたと納得した生き方で通したいと思うのよ。先生は今までどおり働かないでいていいわ。私は、病院で働いて、先生を立派に食べさせてみせるわ」

そこでまた娘の表情のなかに、突然に恍惚たる表情が浮び出て来た。

「先生は私のことを、庭の木につないである仔山羊《こやぎ》にそっくりだって云うのよ。いつもぴょん元気にはねていて、そうして時々、頭でぐいぐい押しまくろうとするでしょう。先生は私のことぼくの仔山羊ちゃんと呼んで、いつもからかうの。そうするとつい、私も本当に仔山羊のように頭を先生の胸に押しつけて、ぐいぐい押してしまうのよ。先生は私の身体をいつも優しく撫でてくれて、そうしていると、私の若い生命が指を伝わって先生の身体に入って行き、健康を取り戻すことができると云っているわ。私がこっちへ来てから、本当に先生の熱は落ちついて来たし……」

が、またもや彼女の表情の奥から、あの恐ろしい絶望の色が現われ出て、束の間の恍惚の表情を溺らせてしまった。

「でも、もう駄目だわ。奥さんがやってくる」

彼女は恐怖のために大きく見開かれた目を、閉めきった窓に向けて凝固させ、いよいよ青年の膝の肉に、爪を食い入らせた。

「そうして私は、先生と連絡のつかない場所に追いやられてしまうのだわ……」

彼女はそう云いながら、遂にその熱に浮かされたような真赤な顔を、青年の膝に伏せ、そこで歎きの言葉が中絶した。青年は膝に伝わってくる、涙に湿った熱気をまざまざと感じながら、その湿った熱気のなかに絶望の重さと同時に、彼女の若い肉体そのものの持つ情欲の燃え上りを意識した。そうしてこのような瞬間に、そのように苦しみにさいなまれている相手から、情欲の幻想を感じる自分自身への羞恥に、彼はいよいよ脳のなかの混乱を深め、今にも自分の目の下の黒い髪のうえに自分の顔を伏せようという衝動を、こらえるのに一心だった。

と、突然にそこで私の回想の方向が急転して、全く別の場面となった。その急転を行わせたのは、今、娘の口走った「連絡のつかない場所」という鍵言葉《キー・ワード》だった。娘は確かにそういう意味の言葉を口にした。しかし表現がその通りであったかどうかは記憶が定かではない。とにかく、私の回想のなかで、それがその言葉の表現をとった瞬間に、私の意識はその言葉によって、方向を一転させたのだ。或いはその言葉が出現の場をねらって、以前から待機していたのかと思うほど、その場面転換は劇的だった。その転換によって、絶望に身をよじている娘は、私の記憶の曲り角で、無残にも意識の外へ抛り出されてしまったのだった。

新しい場面はこの家のヴェランダのうえで演じられる。先ほどまで昼寝の床に横たわって私に性哲学を論じていた近江先生が、今は起きて籐椅子に坐り、その前に青年が折り畳みの木の椅子に掛けて、向い合っている。そうして二人の間に次のような短い会話が交される。

「君、君が借りようとしていた例の本はもう手に入らないよ——」

「あの人の手もとにもないんですか」

「あるかないか判らないがね。あの人の細君から返事が来てね。あの人は今、連絡のつかない場所に行っていると知らせて来た」

青年は、咄嗟にその言葉の意味することが理解できずに、先生の顔を凝視した。

「つまり、ぼくらの行けない場所という意味さ」

青年は漸くその言葉の意味を理解し、そして自分が蒼白になるのが判った。青年にとっては、それは自分たちが大事に守っている「夢の城」の崩壊の不吉な前兆と感じられたのだったから。

「この調子じゃあ、いつぼくなぞもその連絡のつかない場所へ引っぱって行かれるかも知れないな。こうした情勢で大丈夫なのは、秋野の奴くらいのものだよ」

そこにまた、盆に茶を載せた例の看護婦が、顔に幸福を溢れさせて、いそいそとした動作でヴェランダへ出て来た。心の弾みを圧えきれないような軽やかな娘の身のこなしが、一瞬、私の意識を現在の時間のなかにフラッシュ・バックさせた。つい今しがた私の記憶のなかで、絶望に打ちひしがれて、青年の膝を熱い涙で濡らしていた娘が、回想作用のなかの時間の逆転によって、もう一度、あの愛による新鮮な開花の状態に戻って、私のなかに立ち現われたのを見て、私は現実の時間の進行においては行われ得べくもない、未来の暗黒との対比という奇蹟によって、その肉体の、日の光りを浴びて強い匂いを発散している果物のような官能性に、一段と感銘を受けたのである。しかも、現在の私にとって、「夢の城」は遙か昔に崩壊してしまったものであり、従ってその崩壊への不安からは完全に解放されていたので、尚更、この自然そのもののような若い娘の魅力は、何ものにもさまたげられずに感得することができたのだった。が、また次の瞬間、私の意識は青年の肉体のなかへ戻って行った。そうして眼前の先生の反応をうかがった。先生は彼女を視野の端に意識すると忽ち会話を中断し、青年にも沈黙を命ずるように目の合図を送った。先生は彼女に心配を掛けることを惧れているのだな、と青年は敏感に感じとった。そしてそこに先生の――日頃のシニカルな教授からは想像もつかないような――娘に対するいたわりの籠った愛を読みとって感動した。

そこでまた記憶のフィルムがぷつりと切れた。

私は振り返ってKに向って話しかけた。

「近江先生はいつもあの鋭い知性で心の表面を覆っていたようだが、その鎧の下には案外に優しい親切な心が潜んでいたのかも知れないな」

Kは不思議そうな表情になって答えた。

「それは君の記憶かい、それとも現在の作家的空想かい。ぼくの記憶のなかにある近江さんは、いつも人生を犬儒的にばかり見ている、厭なタイプのインテリだった。ぼくはあの人に向い会うと、いつも苛いらして来たものだ。あの人はまるで、あの破局が到来してぼくら全員を呑みこんでしまうのを冷笑しているように思えた。……そうだ、君は覚えていないかい。今、新聞の論説委員をしているZがね、ぼくらの小屋に泊りに来たと云ったろう。彼は秋野さんの生き方を痛烈に批判しただけじゃなく、わざわざぼくにここまで案内させて来て、近江さんと面会し、そうして面と向って近江さんをやっつけたんだよ。君も一緒だった筈だ。あれは痛快だった。さすがの近江さんも、しまいには手をぶるぶる顫わせていた……」

Kにとっては、この崖の上の家は、あの夏の夢の暈を、いつも冷たく否定しようとしていた対立的な要素であることが、今日ここへ来て、庭先の石のうえに坐っている間に、次第にありありと思い出されて来たと云う。おそらくあの私たちの小屋のなかでの昼寝の床で、この建物の幻影がいつも混濁した意識の端に吊さがっていて、そうして眠りの底に沈んで行こうとする彼を引き留めた筈だと云う。しかし、自分をそのように自然の夢のリズムから踏み外させようとするものの正体を、当時の彼は見抜いてはいなかったらしい。ただ、この建物の主人が他人から攻撃されるのを眺めるのが、彼の心の奥に云い知れぬ安らぎを与えたという記憶の回復が、今、三十年後に、ようやくその正体を暴露させたのだった。

「はじめは、近江さんはZさんに××の消息を精しく聞いていた」

××というのは、青年が飜訳のテキストを借りることを手紙で申し込み、そして夫人からその人が「連絡のつかない場所」に行ってしまっていると知らせて来た学者の名前だった。先生はその人の境遇についての憂慮と、明日は我が身に降りかかってくるかも知れない運命に対する不安とによって、××の弟子であった若いZから、色いろと情報を得ようとしたのだろう。

「君がZさんについてこの家へ来た時、若い看護婦がいなかったかい？」

私はそのZの訪問が、近江さんの奥さんの出現の、もしあとであったら、あの絶望以後の娘の身の成り行きについて、何らかの暗示が与えられるかも知れないと思って、咄嗟にKの回想の流れを堰《せ》きとめようとしたのだった。しかし、それは空しい試みに終った。

「看護婦？……全然、記憶にないな。それに近江さんは起きていて、元気にZさんと話していたから、別に看護婦の必要もなかったんじゃないか？　それにあの人は独身男のように、客に対しても自分で気軽に茶をいれて出すような人だったよ。あの時は、君が手伝わされて、台所へ立って行ったようだった」

Kは私の気持には全く冷淡にまた話を進行させはじめた。

「そのうちに話は、××と近江さんとの相違というようなデリケイトなところへ入って行った。権力が××に対して加えている非道な圧迫に対する、若いZさんの持って行きようのない怒りが、その時、目のまえにいる近江さんに向って爆発したという感じだった。Zさんにしてみれば、近江さんがごく早い時期に、わずかの圧力によって時代の潮の流れのなかから身を退き、裕福な家庭のなかで社会の崩壊を横目に見ながら、悠々と暮しているのが、××の行動に引き比べて我慢がならなかったのだろう。ぼくだって、近江さんが優越感に満ちて、時代の分析を行うのを聞いていると、何だい、自分は安全地帯に坐っていて、という反感を禁じ得なかったからね。それに比べれば時代批判などは一切行わない秋野さんの方が、ぼくらには懐かしく、またいさぎよく感じられたものだ。Zさんという人は、昂奮すると却って執こく論理的になる丈夫な頭の所有者だった。そのZさんがブルジョワ的ラディカリスムの立場では遂に××の現在の気持は理解できないだろう、そうして理解できない人間からの同情に対して、××は軽蔑をしか感じないだろう、とわざと近江先生の名前を挙げないで、意地の悪い論理を展開した時、日頃は冷たい笑いで他人に対している近江先生も遂に心の平静を失ってしまった。近江先生は立ち上り、出て行ってくれとZさんに向って怒鳴り、テーブルの上の茶碗をいきなりヴェランダの床に敲きつけた。Zさんとぼくは驚いて、裸足のままこの庭に飛び下りて、それから靴を摑むと、一心にあの坂を駆け降ったものさ。漸くあの坂の曲り角のところで、湧水に口をつけて喉をうるおしたZさんは、靴をはきながら、近江もああして怒るだけ、まだ見込みがあるのかな、と云って笑った。それから、だが現在の情況では、できるだけ冷静にしていないと、判断を誤るおそれがある。近江は時々、急に危険な意見を発表するから、君らも脇にいて注意してやらないといけないよ、と話した。ぼくはZさんの落ちついた態度に感嘆した。そうして、君をこの家に置き忘れて、逃げ出して来た自分の狼狽ぶりが、ようやくおかしく感じられて来る余裕を取り戻した」

私の目のまえにはまたもや新たな記憶の場面が回復して来た。それはこの家の台所の光景であった。崖のうえの空間を広く取り入れた窓から射しこんでいる午後の明るい光りのなかに、板敷きの床に立ったあの看護婦が、怒りに唇を顫わせながら、「失礼だわ、あの人たち自分を何だと思っているの？　あなたはあの人たちと同じ考えではないわねえ。あなたは先生から信用されているんだもの……」と、青年に向って囁いている。あれは今、Kの語ったZが先生を昂奮させた情景——その情景については、私は確かに立ち合ったに相違ないのに、Zが私たちの小屋に泊ったという記憶さえ取り戻していないくらいだから、思い出すことができなかったが——しかしそれに直ぐ接している台所の光景に相違なかった。娘が今のZの暴言をここで立ち聞きして、憤慨している場面である。そしてその瞬間の、怒りの色を浮べている娘の目を青年は美しいと思った。そして、急に彼女が彼から数年も年長の女性のように感じられたのだった。先生が誰かれについて辛辣な批評を聞かせる時に、身体を二つに折って笑いこける彼女は、青年には妹のように可愛く感じられたものだが、今、怒りに全身を顫わせている彼女は、その胸の奥に、痩身の先生に寄り添い、外部に向って先生を果敢に守ろうと決心している気丈な心が感じられた。その気丈さが青年には、年長者に対するような、犯すべからざる威厳のように感じられたのだった。そして、この人も奥さんがここへ来て数日間、下の谷間の農家に預けられている間に、急に成長したのだな、と感嘆した。その感嘆している青年の気持を、もう一度、今、思い出した私は、それではあの時、奥さんは何事も惹き起さずに帰って行き、娘がまたここへ戻って来て、従来のような生活が再び始まったのだな、と推測した。そうだ、あれからこの娘は、本当に先生の妻のようになって、物資の欠乏の時代に、食糧の買い出しなどに全力をあげるようになったのだし、あの破局の翌年の真冬にこの家で先生が急に喀血して、そのまま息を引きとった時、ただひとり先生のそばについていたのだと、その後、先生の弟子のひとりから、私は教えられたような気がする。何でもあの破局の時期のあいだ、先生の奥さんは実家の両親たちと共に、どこかの海岸の別荘に疎開していて、一度もここを訪れようとしなかった、とも聞いたような気がする。しかし、先生を失ったあの娘は、あの変転の激しかった時代のなかで、どのような生活を送ったのだろうか……

その疑問が、私の感慨のなかから浮び出て来た時、自然とまたひとつの情景の切れ端しが、私のまえを横切って消えて行った。その情景の断片は記憶というほどの確実な手答えはなく、半ば私の想像力の描き出した幻影——現実には起ったことのない場面——のようにも、私には感じられた。

それはどこか、多分九州であったらしいが、地方の都市の汽車の駅の待合室のなかからしかった。壁一面に貼られた観光地の案内のポスターを、木のベンチに坐ってぼんやりと眺めていた、多分、三十代の半ばを過ぎて太りはじめている私の視野の隅を、ひとりの中年の倹ましい感じの女性が急に横切り、そして私のなかを一種の予感が走り、顔をあげるとその女性と視線が合った。あの近江先生の看護婦だった。彼女は晴れればれとした笑顔に、懐かしそうな表情を浮べて、今、主人の出張を送ってこの駅へ来たのですと告げた。そして、自分は今、故郷であるこの都市の高等学校の教師と結婚して、子供も生れて倖《しあわ》せな日々を過していると云った。それから、あなたの活躍も新聞で知っていて嬉しく思っておりましたの、というようなことを述べ、更にはその頃、評判になっていたZの朝鮮戦争関係のルポルタージュの噂もして、彼女の主人はそのZの記事を毎日、切り抜いて保存することにしているが、そのスクラップ・ブック作りを手伝わされるたびに、彼女はあの頃のZのいかにも俊才らしい風貌を思い出して、やはり懐かしさに耐えられない、というような感想を喋った。彼女はあの日あの駅の待合室の雑踏のなかに立っていた時、この建物の台所でかつて怒りに身を顫わせたことがあったのを全く忘れ果てているように見えた。

そうして、実はその幸福そうな中年女の彼女のなかに、私は次第に、あの夏の看護婦の面影を見失って行くのを感じていた。彼女もまた、一瞬の懐かしさのあとで、目の前に坐っている現在の私が当時の青年とは別の人間であることに次第に気が付いたらしく、やや唐突に、幼稚園に子供を迎えに行きますというようなことを呟いて、私の前から消えて行った。

「そう云えば君、近江さんと秋野さんとが、珍らしく激しくやり合った時のことを覚えているかね。ぼくたちの今、泊っているホテルの食堂でだった。誰と誰とがテーブルについていたかは記憶にないが、秋野さんが、本当に思いがけない毅然たる態度で、近江さんの攻撃に反駁していたのを、ありありと昨日のことのように思い出すな」

と、Kは、地方都市の駅前の群衆のなかへ消えていったあの中年女の後姿を追おうとしている私の注意を、もう一度、あの夏の世界へ引き戻した。

「どういう内容の論争だったかは具体的には思い出せないが、何でも食事中からはじまった近江さんの秋野さん批判が、食後のコーヒーを前にして、だんだん辛辣さの度合いを加えて来てね。しかも珍らしく秋野さんが堂々と反論をはじめたものさ。それは壮観だったよ。ぼくらは手に汗を握る思いで、この二人の両極端な知識人の真剣勝負にじっと目と耳を釘付けにしていた」

私の心のなかの耳に、突然にあの当時、最も聴き慣れていた、全く異質の二種の声が二重唱のようにして聞えて来た。一種、非現実的な、日常生活の遙かの上方を飛翔する軽みのある、そして時々、それが高調してくるとなまめかしいと云ってもいいくらいの艶《つや》とうねりとの現われでてくる声は秋野さんのものであり、一方、喉を病んでいる人間特有の乾燥した音の連続のなかに、不意に鋭く、喉を切り裂くような激しい奇声が現われでてくる声は、近江先生のものだった。その二重唱は、私には何の言葉としての意味内容をも伝えることはなかったが、しかし、二つの心の絡まり合い、切り結び、また一瞬抱擁したと思うと、相互に飛びすさる様が、官能的なくらいに鮮かに感じられたのだった。

「そのうちに、急に近江さんは何か痛いところを突かれたらしく、いきなり椅子を後ろにずらして立ち上った。そうして、もう君とは絶交だと云って、卓上へ紙幣を敲きつけるように置くと、食堂を出て行った。何でも久し振りに近江さんが別荘村の方へ降りて来たというので、秋野さんが歓迎の宴を張ったということだった。近江さんが消えて行くと、そうだよ、秋野さんの隣りにいたお嬢さんが、近江先生の意見に私は全面的に賛成だわ、本当に叔父様は駄目な人なのよ、と云いだして、ぼくを面食わせた。同時に、ぼくはそれまで論争の間じゅう秋野さんの秘かな味方だったから、この思いがけないお嬢さんの態度は、ぼくをすっかり悲観させてしまってね。そうだよ、あの帰りに、ローズ・マリーがそっとぼくのそばへ寄って来て、意気の消沈しているぼくの耳許で、本当はお嬢さんは叔父様のことを深く愛しているのだから、先程の暴言を気にすることはない、あれはお嬢さんの自己顕示欲のあらわれであると同時に、叔父様への甘えでもあるんだから、とぼくを慰めてくれた。あの時、立派だったのは秋野さんで、あの人は、近頃、よく近江は昂奮するらしいが、あの男はこんな時局に対して、ぼくのような怠け者とは異って、本気で対処しようとするので、とかく苛立ちがちなのだ、あんな昂奮が身体にさわらなければいいが、と心配そうに話していた。そうして同席していたFに、近江さんの病気についての意見をしきりに聴き、Fがあの昂奮そのものが病状のあらわれなのだと説明すると、あの人は眉に皺を寄せて溜息をついていたっけ。そして、何と云っても学生時代以来、ぼくを見捨てないでいてくれるのは、近江だけなんだから、とひとり言のように云った」

　私はKのなかで相変らずお嬢さんとローズ・マリーとが分離しているのを面白い心理現象だと感じた。それからまた、あの冷笑的な近江先生は、そのような激昂の発作があの夏に何度も起ったとすると、もしあの娘がそばにいなければ、もっとずっと早くこの世を去っていたかも知れないと私は思った。そうした意味では、先生にとってあの時代は耐えられないほどの精神的苦悶の連続の日々ではあったろうが、あの娘と二人だけの時間は、それでも充分に幸福だったのではなかろうかと考えた。そうして私の心のなかには、一種の安らかさが訪れて来た。今、目の前のヴェランダの古ぼけた手すりに、傾きかけた日の光りが熱く戯れはじめたのも、その安らかさに共感を示しているように私は感じ、そして嬉しく思った。

「今から思えば、近江さんも辛かったのかも知れないな。ぼくらのなかでも、あまりこの家へは近付かない方がいいよ、この家の主人はねらわれている、と云っている連中もいたからな」

と、Kは云い足した。

そこにまたフラッシュ・バックのような光景の断片が、私の前を横切った。それはこの家の前の坂を降りきった、バス停のある広場の情景だった。停留所の裏手の、土地会社の事務所から、シャツにズボンという服装の男が、待ちかまえていたように青年のまえに現われ出た。それは事務員にしては目付きが凄すぎた。その視線に睨み据えられてしまうと、彼は目を外らせなくなった。男は「近江の家を訪ねて行ったな」と詰問するように、押し殺した声で云った。「何の用事だ」。青年は咄嗟に嘘を吐くことに決めた。「ぼくは先生の奥さんに頼まれて、薬を届けに行ったんです」。男は私の名前を口にし、青年がその当人であることを確かめた。青年はもう蛇に見込まれた蛙だった。それから、情景は一転して、その土地会社の事務所の奥にある小部屋らしい処の、小卓のまえに彼は立たされている。目の凄い男は扉を背にして彼を睨みつけている。男の指先には一枚の便箋がつままれていて、その便箋が小卓のうえに抛り出される。「これはお前が××宛てに書いた手紙だな」。それは本を借りるについて、近江さんの××宛ての手紙に同封した筈のものであった。青年の書いた一枚の手紙は、いつの間にかこの男の属する機関によって、抜きとられていたのだ。この非常時においては、平時の信書の秘密の保持というような法律は、簡単に踏みにじられてしまっているのだ。噂には聞いていたが、それが現実に自分のものになった青年は、立っていられないくらい両脚が顫えていることが判った。

男は矢継早に質問を仕掛けてくる。青年にはもう嘘を吐く気持の余裕は失われていた。「××が保護されていることは知っているか？」「その情報はどこから入手したか？」「近江は××の同志か？」

「おまえも近江の思想的同調者か？」青年に出来ることは、自分ができるだけ無智な子供っぽい人間である振りをすることだけだった。事実、男のあまり鋭すぎる追及が青年を萎縮させて、本当に彼を一時的に白痴同様にしてしまっていたのだった。それから先は、事実の記憶の回復であろうか、その訊問の最中での恐怖に満ちた予感の作りあげた幻想の回復なのだろうか、あるいはまた、あの恐ろしい時間の記憶が、長年のあいだに彼の内部に作りあげていた創作的情景の回復なのだろうか。突然に男の手が伸びて、彼の両頬に激しい平手打ちが加えられ、最後に青年の口を目掛けて拳が飛んだ。そして彼の身体は背後の壁に敲きつけられ、それから情景は暗黒となる。

そうして、空虚な暗黒のなかから、今度は全く雰囲気の異る情景が現われ出た。それは窓ガラスのこわれ、座席の布は切り裂かれた満員電車のなかの情景だった。私は背後から押してくる力に身を任せているうちに、奇妙に身についていない、袖の長すぎる背広を着た男と、胸を合せるようにして身体を接触させたまま、向いあうようになっていた。相手はやがて、突然に、顔に懐かしさの色を輝かせると、私に向って「××君、××君じゃないか」と呼びかけた。

「ぼくだよ、そら、あの時の……」彼の名乗った名前には聞き覚えはなかったが、あの時と彼が暗示を与えた時、不意にテレパシーのようにして、今、私が思い出した、あの高原の土地会社の一室に、扉を背にして立っていた男を記憶から甦らせたのだった。しかし、今、眼前にある目からは、当時のあの狂犬のような残忍さは失われ、代りに現われているのは、ごく平凡で単純なお人好しの表情だった。それから彼は慨嘆するように話しはじめた。「いよいよ君たちの時代が来たねえ。ぼくなどは首をすくめて逃げまわっているのさ。いずれほとぼりが覚めたら、君のところへも訪ねて行くから、何か適当な就職口を探しておいてほしい。いや、君が羨ましいよ、大分、御活躍の様子だし……」私は電車が次の駅に停った時、力一杯、人群れのなかを切り開いて、プラットフォームへ転がり出た。自動扉が閉じて、その男を私から安全に電車が遠ざけてくれて行くのを眺めながら、ようやく私は安堵の吐息を洩らし、それから、逃げ出さなければならなかったのは、私の方ではなく彼の方であった筈だ、と気が付いて苦笑した。しかし、私の心からはまだ凍りついた恐怖が溶けきってはいなかった。

そうした「凍りついた恐怖」を、過去の一瞬の記憶というよりも、現在の現実のもののように、生まなましく胸のなかに感じながら、私はKの方を向いた。そしてKの陶然たる表情に出会った。私にはそうしたKが、私と同じ時間のなかで顔を見合せているということが信じられないほど、そのKの表情は純一なものとして、彼の顔のまわりの空気のなかに静まりかえって見えた。外から見れば、私とKとは現在の瞬間のなかに並んで立っている。しかし、内部の目で見れば、私と彼とは全く関係のない別々の時間のなかに生きていて、そしてお互いの肉体だけが、たまたま同一空間を占めているに過ぎないのだ、と私は思った。そして、その二人の別々の内部の時間のなかでは、この目の前の半ば廃屋化したもとの近江先生の家の建物も、全く別の意味をもって見えているのだろうと気付いた。すると、私の目の前でその建物の褐色の瓦を敷きつめた屋根が、急に重なった二つの輪郭を持って見えて来た。建物が二重なものとして分裂をはじめたのである。それは原色版の写真の、色をそれぞれの原色に分けて刷ったものを並べて見る時の印象に似ていた。

Kは多分、私にとっては色の薄い、存在感の稀薄な方の建物の影を眺めながら、感慨深そうに云った。

「秋野さんの近江さんに対する友情は、はたで見ていても羨ましいくらい、優しい思いやりのあるものだった。ぼくらは当時、青年特有の遠慮のない友情のなかにあったわけだが、そうした青年から見ると、青年期をすでに脱した大人というものは、そうしたぼくらの持っているような友情は、いつのまにか抛棄《ほうき》しているようにぼくらに見えた。そして、それが当然なのだろうとも思っていた。ところが秋野さんの場合は違っていた。そうしてぼくはそれが普通の大人のように結婚もせず、世の中へ出て行くこともしないで、学生のような生活を続けている、秋野さんのその生活態度のせいだろうと、軽信していた。またその秋野さんの友情を受け入れる側の近江さんも、この建物のなかで不器用な独身生活を続けていたんだから、それでこの青年のような友情が成立しているのだとね。――しかし、今にして思えば、と云うことは、今、三十年後にこうして、この建物のまえに立っているとだね、その友情の底には、滅亡する運命を既に静かに受け入れていた秋野さんが、そうした諦念にまで達せずに、いつもその運命に対して恨み歎きいきどおってばかりいて、自ら生命をすりへらしている古い友人に対する、いたわりの気持がひそんでいたのだ、ということが急に判って来たような気がする。それだけこちらも年をとったということだろうがね……」

そこでKは急に明るい表情になった。

「物資を集める点では無能力で、しかも栄養を健康人以上にとらなきゃならない近江さんのために、秋野さんは絶えず気をくばって、何かを届けていた。バタだの肉だの、それからブドー酒とか食用油とかいうようなものもあったな。どうしてそれをぼくが知っているのかと云うと、そうした物資を届ける役がお嬢さんだった。そうしてお嬢さんはこの家までくる長い坂がひとりでは退屈だからという理由で、必ずぼくを誘ったんだ。ローズ・マリーがぼくに云ったっけ。秋野さんが食料などを近江先生に届けるのに、ひと月に一度とかいうようにまとめてすれば、手間が省けるのに、入手次第その都度というのは、実はお嬢さんとぼくとにこの長い坂の往復の時間を愉しませようという、秋野さんの好意に満ちた悪戯だって。ぼくはそのローズ・マリーの、聴き方によると皮肉ともとれる言葉を、随分嬉しく聞いたものだ。勿論、秋野さんがそんなにぼくとお嬢さんとの接近を計ってくれているなどとは信じてはいなかったが、嘘でも嬉しい、ということはあるだろう。そうして、そんな気持は、青年期に特に激しいものだよ」

そこでKの目は、彼がまたあの夏の真昼の長い坂の時間のなかへ戻って行きつつあることを暗示するような、心の内部を覗きこむ表情を取りはじめた。私ももう一度、印刷のずれた口絵写真のようなあの二重の輪郭の建物に向き直った。そうして、この建物が私自身には、何を意味し、私の記憶のなかではどのような重要性を占めているのかと考えた。

その時、私は奇妙な事実に突然に思い当った。この家の女主人であった、あの可憐な看護婦の記憶を追って行った私は、いつのまにか破局のあとの汽車の駅の待合室の、従って現在にまで一直線に繋がっている時間のなかへ逆戻りしていた。それからまたつい今も、私を土地会社の一室に閉じこめて訊問した恐ろしい男の記憶から逃げだそうとすると、Kのいわゆるカタストロフィーの時期をやはり突き抜けて、こちら側の満員電車の時間のなかへ戻ってしまった。私はKと共に、あの夏の桜色のもやの雰囲気を求めてこの旅に出たのだったが、そのもやが最も濃厚になったのは、今日の午前の秋野さんの庭であり、そして午後のもうひとつの頂点の筈であった近江先生の家は、秋野さんの家とは正反対に、私をそうしたもやの外に絶えず弾き出そうとする。それは二つの家の主人公の当時のそれぞれの生きる態度の自ずからの反映なのかも知れないと思った。秋野さんはどのような社会状勢のなかでも平然として生きている人であり、だからあの破局をも無抵抗にすり脱けて、今日も悠々と暮しているので、逆にあの家の庭を見れば、そこにはよく生きたあの時期の記憶だけが純粋に保存されているのであり、一方、いつも不満と苛だちとで冷笑的に生きていた近江先生は、この建物のなかで絶えず、あの夏の現在を否定しようとしていた。だからその記憶が私を破局のこちら側に絶えず突き戻そうとするのも当然であるし、そしてその御当人は、ようやく首を伸ばして自由に呼吸ができる筈の時代の到来と共に、とうとう息が切れて倒れてしまったのだろう。

そこで突然に、私は異様な記憶の谷間に落ちこんだような感覚のなかに入った。それは一面の薄明を背景として、そのなかから一人の娘が――いや娘の姿を取った運命そのものとも云いたい光り輝く存在が――こちらを睨み据えるようにして、話しつづけているのである。そして話しかけられている相手は、その幻影のなかには浮び出て来ない。実際の記憶のなかならローズ・マリーに相違ないその娘も、内部から光りを放出しながら、超人の姿を示しているし、実際には聴き手であった筈の近江さんや看護婦や私の姿も、一切その幻影のなかからは掻き消されているのである。その現実の経験は、あまりにも強烈であったために、記憶が現実の時空から抜け出してしまって、一種の象徴的な図柄に変貌したのである。Kのなかで神話的存在にまで高められているお嬢さんは今、私のなかでも同じ様相を帯びはじめていると云うべきだろうか。その運命の女神は恐るべき託宣を口にしており、それを聴いている人間共に解答を迫っている。

濃い灰色の背景のなかから生れて来たその女神は、己れの内部から放出する光りに照されて輝いている目を見据えながら――しかし、そうした瞬間でも、その瞳の色は薄く、それは正にローズ・マリーの瞳であったのだが――こう語っていた。日本は数日のうちに三つの政府を持つ、三つの地域に分れるだろう。そう秋野さんは考えている。そして秋野さん自身は病気で起き上れない姉を抱えているので、この高原から汽車で直通の裏日本の地域のソヴィエット政府治下へ脱出するつもりである。ただし、アンドレとローズ・マリーとの兄妹は、戦局いかんによっては、その後、関東地方の自由日本政府の領土へ潜入したいと思っている。そして、病身の近江さんは、このまま抗戦派の日本軍のたてこもるこの地方に残留するか、もし残留すれば先生は行動の自由を奪われるだけでなく、粛清によって生命をも失うことはほぼ確実である。だから、近日中に行動を起すとして、先生はソヴィエット地区か自由日本地区か、どちらを選ぶか。そう秋野さんは訊くために、お嬢さんを使いに寄越した。そう女神は語っていた――

それは現実としては、あの破局の最後の段階の真夏の筈であった。しかし、そこで女神の背景をなす灰色は突然に、女神の体内から放出される光りの量の突然の増大のために、一瞬、銀色に変貌し、そして、そこに立ったままの女神を立像として凍りつかせたまま、一面の樹氷の風景に変貌した。私はそのクリスマス・ツリーのような、日の光りを浴びて、きらきらと光っている木々を並べた広大な銀色の光景に衝撃を受けながら、頭の片隅で、その凍った女神の背景をなす樹氷の景色を、たしかにこの崖のうえの家の窓から現実に見た記憶が微かに残っている以上、私は恐ろしい時期の最中の真冬にも、先生を見舞いにこの高原へ昇って来たことがあったに違いない、と思っていた……

第十章　夢の完結

私たちがホテルへ戻り、フロントへ部屋の鍵を貰いに行くと、係りが私の鍵を置いてある棚の小さな区劃《くかく》のなかから、一枚のメモ用紙を出して渡してくれた。それは郵便局からホテルへ電話で知らせて来た、電報の文面の写しだった。今時、誰がわざわざ電報など打って来たのか。——そういう疑問に捉えられながら、私は素早く電文に目を走らせた。そして忽ち失笑した。

私は笑いながら、そのメモ用紙をKに渡した。

Kは声に出してその電文を読んだ。

「ハハキトクスグ　コイ」

それからKは、

「君の母親というのが、どこかにまだ生きているのかい？」

と、いぶかしそうに訊いた。Kは私の母がもう何十年も前に世を去っていることを知っていたのである。

「ああ、そうか。君のじゃなく、この電報を打った人の母親なのか。君とどういう関係の人なのかね」

「ちがうよ、ちがうよ」

と、私は更に笑いを高まらせながら、ロビーの長椅子に腰を落した。

「ほら、君があの時、近江さんの家へ、ぼくあての電報を届けてくれたろう。あの時の電文がこれだよ」

Kは不思議そうな顔になって、私を見つめた。

「思い出さないか。あの時は君は電文の内容がただならないものなので、かなり慌てていて、そして受けとったぼくが笑いだしたので、君はショックでぼくが気が変になってしまったと思って……」

「そんなことがあったかなあ……」

と、Kはなお、不可解だという表情で、手にしたメモ用紙と、私の顔とを交互に見比べていた。

そこで私は説明に取り掛った。

昔から私はある老人と知り合っている。その老人は死ぬことを忘れてしまって、今はもう九十歳くらいになっている。そうして、二年か三年に一度、老人は突然に私に会いたくなると、この同じ文面の電報を打ってよこすのである。老人の云い分によると、この文面なら電報を受け取った者が必ず急いで私を探すからだ、と云うのだった。そして、そんな途方もない電報は他の誰も打たないだろうから、私と会いたがっているのが老人であるということが、間違いなく私に伝達できる、と云うわけだった。私はあの時、慌てているKに向って、私自身にはとうから母がないという事実を思い出させ、そしてこの老人の——当時、既に六十歳を越して、東京近郊の田舎へ隠棲していたのだが——その悪戯の癖を話してやった。同行していたローズ・マリーは笑いがとまらなくなって、籐椅子から転げ落ちそうになっていたのだ……

「何でまた、母なんだい。父親代りということはあるだろうが、そんな爺さんが母親代りということはないだろう」

と、Kはまだ納得が行かないらしくて、訊き返した。

「父より母の方が、受け取った人間の同情を惹くだろうというのが、この明治初期に生れた老人の固定観念なんだよ。それに実際、この電文に助けられたこともある」

そうだ、それもこの土地でのことだった。それはあの破局の時期のさなかのことで、ある朝、雪のなかを配達夫が、近江先生の家まで昇って来た。看護婦は咄嗟にまた、先生の夫人が来るという通告ではないかと——彼女はそればかりを毎日、惧れていたのだから——もう誤解して、いきなり用紙を開き、そして茫然と立ちすくんだ。その気配を見て先生が立ち上ると、彼女はその電報を差し出しながら、「先生のお母様が……」と呟いた。教授は「ぼくの母が？……何を云うんだい、ぼくには母はないよ。女房の実家の母かな」と答えながら、その用紙を調べはじめた。が、忽ち、その宛名が教授自身ではなく、私であることを発見した。そこでまた笑い話となった。しかし、その老人の性急な招待に対して、私は汽車の切符の入手がほとんど不可能な時勢であることを、呑気な老人が知らないのかなあと、慨嘆した。すると看護婦は、この電報を持って駅長室へ行けば、きっと直ぐ切符は手に入ると教えてくれた。そして、その通りになった。それを報告すると老人は、当局まで騙したということでいよいよ得意になった。そしてもう自由に切符の買える時代になっても、相変らず「ハハキトク」と打ってくるわけである。

「それにしても、実にうまい偶然で、昨日から気に掛っていた、君が近江家へ届けてくれた電文を思い出すことができて、胸がすっきりしたよ」

と、私は云った。

Kはシャワーを浴びてくるからと云って、席を立った。私は坐りこんでしまうと、急に今日一日の運動の疲れを腰骨に感じはじめて来たので、暫くそのままで休んでいることにした。そうして、思いはおのずから、この突飛な電文を打ってよこした老人の上へ流れて行った。奇妙なことに、私はこの老人ともう数十年来のつき合いなのだが、最初にどうして知り合ったのか全く記憶にない。——恐らくあの破局の時期が、それ以前のほとんど全ての記憶を消し去った時、一緒に失われてしまったのだろう。——とにかく最初に会った頃から、彼はすでに老人であった。私は常に彼の隠居所の小さな茶室のなかだけで向い合って来た。従って老人のことを思い出そうとすると、必ず背後に掛軸と花差しとが浮び出てくる。そう云えば秋野さんと知り合ったのも、この老人の紹介であった。老人はこの高原に出発するという私に向って、秋野という変人がお前と気が合いそうだからと云って、簡単な紹介状を認めてくれたのである。そして、老人と秋野さんとの関係についても、今、私はどのような説明を受けたのか、何の記憶も保存していない。ところで、最後に老人に呼びつけられたのは、もう数年前になるが、その時、私は始めから異様な経験を味わった。彼はそれまでいつの会見でも同じような老人のままでいて、その身振りや話し方、容貌や表情に、前回と不変のものを見い出すことに、私は慣れていた。そしてその前に坐る私が、その都度、確実に齢をとっているのを、面白く感じて来たのだが、その最後の会見の時に、はじめて突然に目の前の老人が、急にひどくふけているのに気がついて愕然となった。老人は私に向い合っていながら、以前とははっきり異って、心がその肉体の奥に引っこんだままでいるように私には感じられた。何か話しかけても、ほとんど私の言葉の意味が老人の心にまで到達しないような具合なのである。それは目の無表情さからも察せられた。私はその時、不意に、この見慣れた肉体の奥で、彼の心がもうほとんど死にかけているという印象を持った。そして、それは大往生というようなものではなく、何か沼のなかへ徐々に沈んで行く人を前にして、救助の手を差し伸ばすことができないでいる者の持つであろうような、恐怖のまじった苛立たしさだった。私はそこに、人間というものが運よく生き続けた時に、最後に到達する状態というものを見た。それは奇怪で醜悪で、向い合っている人間の心を凍らせるような、おぞましいものであった。

今、私は目のまえに死者に似た老人のあの空《うつ》ろな目を思い浮べた。そしてそれがパリの公園のなかの老人たちの目と全く同じであることに気付いた。この間の晩、私はほしいままに日本と西欧の老人との相違というような妄想を展開したのだったが、老いと死とは人類全部に同じような形で配給せられるのだと改めて思った。道端に餓死しようとしている、極端に痩せ細ったインドの老人の写真が突然に記憶から甦った。事故や特殊な病気でなく、餓死とか老衰死とかに徐々に見舞われる人間は、まずその心が身体より先に死に引きこまれて行くのに相違ない。そして、その心の死のなかへの後退の有様は、他人の目に見えるものなのだ。私はそこで甚だ不可思議な錯覚のなかへ滑りこんだ。私は自分のまわりのほんのわずかの空間しか見えないような、暗い夜の道をもう長い時間のあいだ辿りつづけている。そして靴の裏にずっと感じているのは固い石の感触であり、そして足もとが不安定になると、手さぐりで差し伸ばす手の触れるのが、風雨に曝《さら》されて表面の風化した石の壁らしいので、私は自分の辿っている道が、パリの裏通りであることが察せられた。そうして、私はその狭い裏通りの街角を夢遊病者のように曲る。するとそこに黒い服に身を固め、無表情に私を見返している人間を見る。その人間の黒い服は周囲の闇のなかに溶けて、輪郭も定かではなく、一方、空ろの目は、まるでその厚い闇のなかに開いた穴のように感じられる。私にはそれが死者であることが判る。私はその幽霊のような人物の傍らをすりぬけて、また先へ進んで行く。それからまた直ぐ次の曲り角で、別の死者に出会う。そのようにして、私はひとりきりで夜の街を歩きながら、次々と死者に出会って行く。そうして、それらの死者たちは、明日また明るくなれば、公園のベンチのうえに集って、老人の姿をしてお喋りに興ずるのだ、と思った。そうして、先程、電報を打ってよこしたあの老人も、その群のなかに見られるだろう。彼は多分、私がその前に立っても、もう私を認めることができないだろう……

「おい、眠ってるのかい」

というKの言葉が、私をこの奇怪な幻覚から、現実のなかへ引き戻してくれた。私は目の前に立っているKの顔を見上げながら、彼が途方もなく遠い世界から、今、立ち戻って来たという印象を持った。私は手にしたメモ用紙を振って見せながら云った。

「この老人だがね。このキトクという言葉は、今度こそは本物かも知れないよ。彼は自分がようやく死の世界へ完全に沈んでしまったことをぼくに見せようとして、最後の電報を打って来たのかも知れない……」

Kは面白そうな笑顔を作った。

「それでは生の世界からの思いがけない合図を、君に紹介しよう。ぼくも今、見つけたんだ」

彼はそう云って、手にした新聞を私に渡してよこした。

「これを見たまえ」

それは「時の人」というような欄で、そこに網のヴェイルをはね上げた西洋人らしい老婆の横顔の写真があった。「P伯爵夫人」という見出しが目に入った。

私が訝かしげな表情で彼を見上げると、Kは面白そうに答えた。

「まあ、読んでみたまえよ」

——最近、京都で開かれる国際深層心理学会に参加するために、世界各国から続々と学者たちが来日している、という記事である。

「このなかにはぼくの友人もいるので、この旅行から帰ったら、早速、羽田へ迎えに行くことになっているのだ」

と、私はKに云った。そして、その記事の先に目を走らせた。

さて、そのなかにフランスからのひとりの女性のお客様がいるが、その女性が珍らしい経歴の人物なので、記者がインターヴューを行なったというのである。彼女は夫と共にフランスの地方の大学で研究を続けている学者であるが、実はパリ生れの日本人であり、一時、日本で暮していたのが、やがてフランスへ戻って、大学の研究室の指導教官であったP氏と結ばれたわけである。Ｐ家はフランスでも有数の名家であり、その旧領土には今なお城館があって、そこで夫妻は生活している。夫人は、二十年振りに日本へ戻った機会に、旧い友人たちに会えれば愉しいと語っている。彼女の名前はローズ・マリー……

そこまで読んで私はようやく気が付いた。

「これがあのローズ・マリーか？」

と、私は驚いて叫ぶようにした。

「それがだな、たしかに間違いないとは思うんだが、どうも秋野さんのお嬢さんの面影がどこにも発見できなくてね……」

と、Ｋも閉口したように呟いた。私はもう一度、この新聞の写真をゆっくり眺めた。しかし、その顎のとがった老婆の横顔からは、何の思い出も湧き出てはこなかった。

「もしかすると、この学会のパーティーかなにかで、彼女に会うことになるかも知れないが、果して先方は覚えているかな」

と、私は云った。

「ぼくは会いたくないな」

と、Ｋが答えた。

「これは夢のミイラだな」

と、私は呟いた。

「そうだ、正に夢のミイラだ」

と、Kも小声で相槌を打った。

「ぼくはこの旅行から戻ったら、勤め先に一大決心を通告すると、おとといここへ来る車中で君に云ったね」

と、Kは夕食後、バアに席を移すと、早速、切りだした。

「そうしてその決心の底にあるのが、例の奇妙な感覚なわけだが、それもこの間、我々のクラブで君に話したように、その奇妙な感覚は、勤め先と家庭の両方に働いているわけだ。それなら、ぼくの決心も勤め先だけに向けるのは不徹底なんじゃないかと、さっき部屋でシャワーを浴びながら気が付いた。そうして家庭に対する決心も忽ちでき上った」

そこでKは例によって上衣の胸ポケットから葉巻を抜き出して、端を食い切った。

「ぼくは東京へ戻ったら、女房に宣告することにした。女房は娘の方へ移ってもらう。そうしてぼくは今の家を解消して、六畳ひと間のアパートへでも移る。家は女房が勝手に仕末したらいいだろう。風呂は近所に銭湯があるだろうし、退職金は三分して、娘と女房とぼくで分け、その金がなくなるまで、ひとりで気楽に本を読んだり、美術館まわりをしたりするつもりだ。

そうしていれば、そのうちに自然にこれからの生き方も見えてくるだろう。ぼくはこの二日間にたっぷり味わった夢の雰囲気を、いつまでも大事にそばに引きつけて生きて行こうと思っている。それは平和な時代だったら、学校を卒業して直ぐに入った筈の気楽な独身生活の、遅すぎる実現というわけだ。ぼくは自分が急にロマンチックになって来たのが、我ながらおかしくて仕方ない。しかし、お蔭で随分、素直に正直に自分を取り戻した気がしている。全く奇妙な、感覚のお蔭だね……」

私はそこで不意に、今日の午後、近江先生の家の庭で、建物を眺めていた間に見た幻覚を、もう一度、バアの壁のうえに甦らせた。それは建物の輪郭が屋根から二つに分れて行った幻影だった。建物が私の目の前で、急に印刷のずれた原色版の写真のように、二重に見えて来た錯覚だった。そして私は、その二つに分裂した建物に、私の夢とKの夢との全く隔絶した二つの世界を感じたのだった。それはどちらも寸分異ならない形の建物であるわけだけれども、その建物はどうしてもひとつに重なろうとはしないのだ。

そうして、私は突然に、今、眼前で彼自身の夢のなかに溺っているKが、私にとってやはり全く無縁の男であることに気が付いた。彼が今、その決心をぶつけるという二つのもの、彼の会社も、彼の家庭も、いずれも私たちの共通の過去の終ったあとで、彼だけのなかに存在しはじめたものであり、従ってその二つを中心にして今日に至ったKは、青年時代の初期に私がひと夏、起居を共にしたK青年とは、名前の同一性以外には、何の共通点もないのである。なるほど、彼の決心の底に横たわっている奇妙な感覚は、現在、私もまた共有している。しかし、その奇妙な感覚も、あの近江先生の二重の家と同じように、外見は全く同じであっても、その意味はお互いにとって全く別のものなのであろう……

そうして私はこの旅行から帰って、駅のプラットフォームでお互いに手を上げて別れるとしたら、そのまままもう死ぬまでKとは会うこともないだろうと予感した。その予感はなおさら、このKを私に見知らぬ人間に思わせた。

その瞬間、私は非常に底の深い孤独のなかへ、自分が惹きこまれて行くのを感じた。そして、同時に、不意に私の肩を押えていた手が外されて、自分が自由になったのを覚えた。その手は昨日の午前に、あの小さな教会の聖水盤の前で、私が手を水に入れようとした時に、私の肩を押しとどめたものだった。それは何か私のなかの根本的な魂の体験の記憶が、外へ出てくるのを禁圧するための手であった。

そしてその手が今、不意に私の肩から外されたのだった。私は、ひとつの薄明のなかに閉された情景の甦りを、心の眼で見ることになった。それはあの私たちの小屋の煖炉の傍らで、椅子に両肱を立て、頭を垂れて沈黙している青年の後姿だった。その薄闇のなかの後姿も、私はこの土地へ来てから、何回か思い出していたが、その後姿のなかへ入る一歩手前で、私は引き返してばかりいた。しかし、私をさえぎるその禁圧が突然に取り除かれるのを感じた今、私の心は不意に、あの夏のある夕方の、青年の心の状態に満たされた。

それはあたりの薄闇のなかで、心の内部だけが光りの氾濫であるという状態だった。そうだ、私は読書に疲れて、煖炉の部屋へ歩み入ったのだった。そしてその日に限って、誰も電燈のスイッチを入れていなかったので、庭から這い昇って来はじめた夜が、部屋のなかにまだ消え残っていた日の光りと、微妙に混りあい、戯れあっている。その部屋の空気のなかに私が足を踏み入れた瞬間、私は電撃に遭ったように、突然に心の奥に激しい光りが溢れるのを感じたのだった。そして私は全く何の理由もなく、自分の魂が宇宙と同化するのを感じた。「宇宙は一つである」という確信が、——いつもあのインド人の何とかナンダという覚えにくい名を持つ娘が語っていた言葉が——ひとつの事実として、私の心を占領したのだった。そして、私は日常的なすべてのもの、特にこの小屋のなかでの愉しい交友というようなものを悉く遮断した絶対の孤独のなかでの宇宙との一体感に、かつて味わったことのない幸福を感じた。私は思わず椅子の前に跪き、何物とも知れぬものに対して祈りを捧げた。そうして、自分はこの啓示を味わっている今、足許まで迫って来ている破局に対しても、もう何らの恐怖を感じることはないのだ、私はこの世に生れて来てこうした至福を味わっているのだから、いつ死んでも満足なのだと思った。またこの幸福はたとえごく短い時間しか続かないとしても、その瞬間は生死を超越しているのだから、私は永遠のなかに入ったのだ、と信じた。ひとたび永遠のなかに生きた者にとって、死とは何だろう――

私はこの心の状態の回復のなかで、全身の筋肉が実に和やかな緩みのなかへ入るのを感覚した。そして、私の周囲のあらゆるものから、無邪気で朗らかな幼児の笑い声が湧き出てくるのを聴いていた。私は一瞬、もう私にはなじみとなった桜色のもやが私を包むのを感じたが、次の瞬間には、その桜色はまばゆい光りのなかに明るく透明に拡散して行った。桜色のもやの奥に、私が予感していたあの夏の根本的体験というのは、この心の状態だったのである。そしてそれはあまりにも特権的な感覚の体験であったが故に、仲々意識の表面にまで現われることをしなかったのである。実際、その後の三十年間、私は一度もこの体験を甦らしたことはなかった。あの薄明のなかの法悦の感覚は、その後直ちに、若く慌ただしい私の日々の祝祭のなかで、意識の奥へ再び深く沈んで行ったのだったから。

私はそうした光りの氾濫が、徐々に収まって行くのを感じていた。そして、私の前に今まで全く消えていたKの顔が、ゆっくりと姿を取りもどしてくることに気がついた。

「これで夢が完結した――」

と、私はゆっくりと静かに自分に云いきかせた。

解説（再録）

加賀乙彦

この小説の冒頭に「それが夢の発端だった」という一行があって、作品のすべてを言い表している。それ、つまり「秋野さんのお嬢さん」という言葉が、長大な夢、つまり小説を導きだしてくる。むろん、この一行は、小説の最後の「これで夢が完結した」と、はるかに響き合っている。

この小説は、夢なのだ。が、夢とは何だろう。

五十歳代の「私」は二十歳代の自分を思い出し、記述しようとしているのが、この小説の設定である。しかし、通常の場合だったら、三十年前の思い出は回想録として定着するはずなのに、「私」の場合はそうはいかない。なぜなら、「私」は、青春期を去った頃に、「戦慄すべき時期」のために、あるいは「精神の衝撃」のために、ほとんど完全な記憶喪失におちいっているからだ。その失われた記憶を回復する操作が、実は小説をつむぎだしていくのだ。

この操作は「私」ひとりでは不可能である。青春時代をともに過し、その時期について綿密な記憶を保っているKという友人が案内役として登場する。「私」はKとふたりで、若き日に一夏をすごした、「高原の避暑地」へと探訪にでかける。こうして失われた記憶は、厚い壁からすこしずつ染み出すようにして取り出されてくる。

ところで、記憶喪失におちいっていた「私」に取っては、回復した記憶が、事実であったという保証は何もない。それは事実であったかも知れないし、想像であったかも知れない。こういう曖昧《あいまい》さは、作品のおわりまでずっとつきまとう。これこそは真正の記憶だと「私」が思っても、それは単に「私」の意識が、そう思ったに過ぎないので、言ってみれば夢なのだということになる。

この小説は、夢そのものなのであり、夢としかありえない。

一体こういうタイプの小説がありえただろうか。すぐさま思いつく先行の作品として、マルセル・プルーストの『失われた時を求めて』があるけれども、プルーストの場合、マルセルは決して記憶喪失に陥っているわけではない。意識の自由な流れにより、記憶の重層性により、「失われた時」は確実に再現してくるのであって、それが想像かも知れぬという躊躇《ためらい》はない。そこには明晰《めいせき》な一つの世界が呈示されている。ところが『四季』では、記憶喪失という事態が、一切を曖昧なままにしている。いや、曖昧なだけでなく、不可思議な奥行とひろがりを持ってきている。この点が、この作品の独創なのである。

「私」はKとふたりで、高原の避暑地へおもむき、そこで三日間をすごす。Kは停年まぎわの某金融機関の役員であり「自分の勤め先も家庭も、宿命的なものには思えなくなって来た」と悩んでいる。「私」は、五十歳代となって、老年と人生の終末を前にして、自分の生涯を振り返ってみる心境となっている。そこで、自分と同年輩だった時の芸術家が何を考えているかを調べてみる。永井荷風やジードの日記を書架から探しだし、五十代半ばで決算期に入ったと自覚した北斎を回想する。こうして、動機に異なるが意気投合したふたりの初老の男は、過去へむけて出発する。

重要なのは、彼らの青春が、戦争直前の、束《つか》の間《ま》の晴れ間のように存在していたことである。しかし、この作品で戦争という言葉はただの一回も用いられていない。「カタストロフィー」「恐るべき時期」「大量虐殺の時期」という具合に表現されるだけだ。そもそも、軽井沢を舞台にした小説であるのに、軽井沢、まして軽井沢のどことか具体的な地名は一つも出てこないで、「避暑地」「中心地区」とあるだけだ。

戦争や軽井沢という言葉の持つ、手垢《てあか》にまみれた通俗性を、作者は周到に排除して、それらと違った、作品の中でのみ生きてくる意味をあたえようとしている。こういう周到さは、作品の設定から文体の隅々まで行きとどいているのであって、読者は、「私」の夢の世界に、素直に、しかも純粋に参画できるのだ。

記憶、あるいは若き日々の夢を再生させる発端は、音楽会で旧友から聞いた「秋野さんのお嬢さん」という言葉である。今の「私」には覚えのないこの女性とは何者なのか。友人のKは、その女性についてのさまざまな思い出を伝えてくるけれども、「私」には思い当るところがない。ただ、一種の夢見心地を覚えるのみである。記憶よりも先に気分や感覚がよみがえり、それは次第に、具体化していく。濃い霧の中に何かがうごめき、近付くにしたがってはっきりとした映像を結んでくるように、肉体の奥底の暗闇にひそむものが浮かびあがってくる過程を、小説は生きいきと表現している。対象が不分明であるだけに、それを明確にしたいという衝動がおこり、「私」の推理を読者も愉しむのである。

気分や感覚は、過去の何かを差示すが、それが具体化し、丁度『失われた時を求めて』のプチット・マドレーヌ菓子のように大きな記憶を引き出す切掛となるのは、昔、友人たちと共同生活をした山荘を訪ね、「頑丈な厚板を組み合せた大きな椅子」に坐って、暖炉を思い出すところである。暖炉のまわりから「記憶を覆っている厚い層が突然に破れて、次つぎと濃厚な情景が展開する」。

そうして、情景は次第に明らかになり、細部まで充塡《じゅうてん》され、死の時期を前にした若い男女や知識人たちの姿が、克明に立ち現われてくる。「私」とKとは、ゆかりの場所を訪れていきながら、一夏のドラマを発掘していく。

しかし、「私」とKの記憶は、細部では連続していきながらも、肝腎の点では喰い違ったままで、再生がすすむにつれて、むしろ亀裂は大きくなる。「私」にとっては、「秋野さんのお嬢さん」はローズ・マリーという一人の娘なのだが、Kにとっては別な二人の女性なのだ。

ふたりが記憶を再生していく努力を重ねて、結局、深部から浮かびあがってきたものは、もはや記憶と単純に呼びえないものであった。この消息について「私」は次のように解釈している。

「意識の重層性という言葉を私は思い出していた。Kの意識の多くの層を、あの夏の経験の諸《もろ》諸《もろ》の断片が、長い歳月をかけて底の方へ降りて行った。そして、その断片はそれらの層のなかで次第に本質的でない要素を濾過《ろか》して行って、最後はひと滴の純粋経験といったものが、最深部の層に滴りおちる。そうした幾つかの純粋経験の滴が、鍾乳洞のような意識の最深部において、溶けあってひとつの美しい壺に結晶して行ったわけだ。そしてそれを彼はあの夏の記憶のなかから拾いだして、お嬢さんという言葉ではじめは呼んでいたのだ……。」

この小説は、つまるところ、純粋経験にいたる試みといってもよいだろう。こういう創作の方法は、日本の文学で主流を占めている自然主義の方法、つまり抽象を嫌い、常に具体性において物語を組立てていく方法とは、まったく対極に位置する。

中村真一郎は、その文学的営為の出発点から、自然主義的方法への反措定を彼の文学の信条としてきた。具体的なものを抽象化し、個別的なものを普遍化し、物や人物をそのものとして描くよりも象徴として表そうとする彼の方法は、二十世紀の西欧文学、とくにジェムス・ジョイス、アンドレ・ジード、マルセル・プルースト、ウィリアム・フォークナーなどの目差した方向を、日本において開花させようとするもので、すでに数々のすぐれた作品を生みだしている。この『四季』は彼の長い文学歴の頂点にある作品だと言うことができる。

もともと『四季』は、大きな四部作のうちの第一部『春』に相当する作品であって、このあと『夏』、『秋』がすでに完成し、『冬』の出現が予告されている現在においては、まだ『春』の全貌《ぜんぼう》はとらえられないと、私は思う。

もちろん、これはこれで独立した小説として読めるけれども『夏』以下の作品を誘い出す伏線は作中に縦横にめぐらされてあるわけだから、四部作全部を通読したあとでなければ、『春』の十全な味読は不可能なのである。たとえば作品のおわりに、「秋野さんのお嬢さん」すなわちローズ・マリーが来日する新聞記事が語られているが、この話は次作『夏』の大事な構成要素であって、大きく脹《ふく》らんでいく予兆を秘めているのだ。

中村真一郎は、最近『四季』の創作ノートを一本にまとめた（風の薔薇《ばら》刊『小説構想への試み』一九八二）。それを読むと小説を書いていくうえで、作者がどのような配慮をし、どのような困難に遭遇し、またどのように意図と創作とがずれていったかが如実に読みとれる。作者は、日本の近代小説の完成した「写実的客観描写」が、初春の夢の表現には不自由であると感じ、『源氏物語』よりもむしろ『枕草子』のような「心の襞の暗示的表現」をこころざした。それは、アメリカの作家ホーソンの「レアリスムによる視覚的描写ではなく、光りと匂いと音楽との溶けあった、乙女の無垢《むく》の心そのものの暗示」に学んだものでもあった。とにかく、私たちに向って立ち現われた小説は、作者の当初目論んだところを、間然する所のない完成度でもって示してくれている。日本の文学に、いや世界の文学に、これほどまでに重層し、暗示に富んだ青春の夢があったろうか。

カタストロフィーを前にした若い青年たち、その多くは死んでしまった者への、作者悲痛な思いが、そういう暗い現実の中から一つの、懐しい「桜色のもやの雰囲気《ふんいき》」をたちのぼらせたのである。

（一九八二年八月／作家）

P+D BOOKS ラインアップ

別れる理由1 小島信夫 ●伝統的な小説手法を粉砕した大作の序章

別れる理由2 小島信夫 ●永造の「姦通」の過去が赤裸々に描かれる

別れる理由3 小島信夫 ●「夢くさいぞ」の一言から幻想の舞台劇へ

別れる理由4 小島信夫 ●「夢くさい世界」で女に、虫に、馬になる永造

別れる理由5 小島信夫 ●アキレスの名馬に変身した永造だったが…

別れる理由6 小島信夫 ●最終巻は〝メタフィクション〟の世界へ

P+D BOOKS ラインアップ

女誡扇綺譚・田園の憂鬱	佐藤春夫	● 廃墟に「荒廃の美」を見出す幻想小説等5篇
サムライの末裔	芹沢光治良	● 被爆者の人生を辿り仏訳もされた〝魂の告発〟
津田梅子	大庭みな子	● 女子教育の先駆者を描いた〝傑作評伝〟
四季	中村真一郎	● 失われた青春を探しに懐かしの地へ向かう男
白く塗りたる墓・もう一つの絆	高橋和巳	● 高橋和巳晩年の未完作品2篇カップリング
誘惑者	高橋たか子	● 自殺幇助女性の心理ドラマを描く著者代表作

（お断り）

本書は1982年に新潮社より発刊された文庫を底本としております。

あきらかに間違いと思われるものについては訂正いたしましたが、基本的には底本にしたがっております。

本文中には気狂い、女中、未亡人、傴僂、シャム兄弟、混血児、百姓、看護婦、娼婦、妾などの言葉や人種・身分・職業・身体等に関する表現で、現在からみれば、不当、不適切と思われる箇所がありますが、著者に差別的意図のないこと、時代背景と作品価値とを鑑み、著者が故人でもあるため、原文のままにしております。差別や侮蔑の助長、温存を意図するものでないことをご理解ください。

中村 真一郎（なかむら しんいちろう）
1918年（大正7年）3月5日—1997年（平成9年）12月25日、享年79。東京都出身。1971年『頼山陽とその時代』で第22回芸術選奨文部大臣賞（評論その他部門）受賞。代表作に『死の影の下に』『この百年の小説』など。

P+D BOOKS

ピー プラス ディー ブックス

P+Dとはペーパーバックとデジタルの略称です。
後世に受け継がれるべき名作でありながら、現在入手困難となっている作品を、
B6判ペーパーバック書籍と電子書籍で、同時かつ同価格にて発売・配信する、
小学館のまったく新しいスタイルのブックレーベルです。

四季

2020年1月14日　　初版第1刷発行

著者　　中村真一郎
発行人　飯田昌宏
発行所　株式会社　小学館
〒101-8001
東京都千代田区一ツ橋2-3-1
電話　編集　03-3230-9355
販売　03-5281-3555
印刷所　昭和図書株式会社
製本所　昭和図書株式会社
装丁　　おおうちおさむ（ナノナノグラフィックス）

ISBN978-4-09-352383-7

P+D BOOKS